O dueto sombrio

Também da série Monstros da Violência:

A melodia feroz

VICTORIA SCHWAB

MONSTROS DA VIOLÊNCIA VOL. 2

Tradução
GUILHERME MIRANDA

1ª reimpressão

O selo jovem da Companhia das Letras

Copyright © 2017 by Victoria Schwab
Publicado mediante acordo com a autora, aos cuidados da BAROR INTERNATIONAL, INC., Armonk, Nova York, EUA.

O selo Seguinte pertence à Editora Schwarcz S.A.

Grafia atualizada segundo o Acordo Ortográfico da Língua Portuguesa de 1990, que entrou em vigor no Brasil em 2009.

TÍTULO ORIGINAL Our Dark Duet
CAPA E CALIGRAFIA DA CAPA Jenna Stempel-Lobell
FOTOS DE CAPA Getty Images
PREPARAÇÃO Lígia Azevedo
REVISÃO Érica Borges Correa e Renato Potenza Rodrigues

Dados Internacionais de Catalogação na Publicação (CIP)
(Câmara Brasileira do Livro, SP, Brasil)

Schwab, Victoria
 O dueto sombrio : Monstros da Violência volume 2 / Victoria Schwab ; tradução Guilherme Miranda. — 1ª ed. — São Paulo : Seguinte, 2018.

 Título original: Our Dark Duet.
 ISBN 978-85-5534-066-6

 1. Ficção norte-americana I. Título. II. Série.

18-12191   CDD-813

Índice para catálogo sistemático:
1. Ficção : Literatura norte-americana 813

[2021]
Todos os direitos desta edição reservados à
EDITORA SCHWARCZ S.A.
Rua Bandeira Paulista, 702, cj. 32
04532-002 — São Paulo — SP
Telefone: (11) 3707-3500
www.seguinte.com.br
contato@seguinte.com.br

/editoraseguinte
@editoraseguinte
Editora Seguinte
editoraseguinteoficial

Aos que estão perdidos dentro de si

Quem combate monstruosidades deve cuidar para que não se torne um monstro. E se você olhar longamente para um abismo, o abismo também olha para dentro de você.
FRIEDRICH NIETZSCHE, *Além do bem e do mal*

Estão aqui os demônios!
WILLIAM SHAKESPEARE, *A tempestade*

PRELÚDIO

No Ermo, havia uma casa abandonada.
Lá uma menina crescera, e um menino havia sido queimado vivo. Um violino fora estilhaçado, e um estranho levara um tiro...
E um novo monstro nascera.
Na casa, ela passou por cima do corpo do homem morto no chão, dirigiu-se ao pátio e inspirou o ar fresco ao pôr do sol.
Então começou a andar.

No Ermo, havia um depósito esquecido.
Lá o ar era repleto de sangue, fome e calor, porque era de onde a menina havia escapado, onde o menino caíra e os monstros tinham sido derrotados...
Todos menos um.
Ele estava caído no chão, com uma barra de aço cravada nas costas. Ela atingia seu coração a cada batida, e sangue negro se espalhava como uma sombra sob seu terno escuro.
O monstro estava morrendo.
Mas não estava morto.

Ela o encontrou caído ali e tirou a barra de suas costas, observando enquanto ele cuspia sangue negro sobre o chão do depósito e levantava para encará-la.

Ele sabia que seu criador estava morto.

E ela sabia que a dela não.

Ainda não.

# VERSO I
CAÇADORA DE MONSTROS

I

Prosperidade

KATE HARKER SAIU CORRENDO.

Sangue gotejava de um corte superficial em sua panturrilha e seus pulmões doíam por causa do golpe que levara no peito. Ainda bem que tinha uma armadura, mesmo sendo improvisada.

— *Vire à direita.*

Suas botas deslizaram no pavimento escorregadio enquanto ela virava numa ruela. Kate soltou um palavrão quando viu que estava cheia de gente, com os toldos dos restaurantes abertos e as mesas na calçada, apesar da tempestade a caminho.

A voz de Teo soou em seu ouvido.

— *Ele está chegando.*

Kate deu meia-volta e saiu correndo pela rua principal.

— Se não quiserem um monte de vítimas me arranjem outro lugar.

— *Mais meio quarteirão, depois vire à direita* — disse Bea, e Kate se sentiu como um avatar em um videogame em que uma menina é perseguida por monstros em uma cidade enorme. Só que essa cidade enorme era real (a capital, no coração de Prosperidade), e os monstros também. *O monstro.* Kate já havia derrotado um, mas o outro estava atrás dela.

As sombras se agitavam à sua volta enquanto ela corria. Um calafrio percorreu seu corpo na noite úmida, e gotas grossas de chuva entraram por sua gola, escorrendo pelas costas.

— *Esquerda logo à frente* — instruiu Bea. Kate passou correndo por uma fileira de lojas e desceu por um beco, deixando um rastro de medo e sangue atrás de si. Ela chegou a um terreno estreito com um muro, então percebeu que não era um muro, mas a porta de um depósito. Por uma fração de segundo, estava de volta àquele lugar, algemada a uma barra numa sala escura, enquanto, do outro lado da porta, metal acertava ossos e alguém... — *Esquerda.*

Ao ouvir Bea repetir a instrução, Kate piscou para afugentar a memória. A porta estava entreaberta, então ela entrou com tudo no espaço vazio, escapando da chuva.

Não havia janelas ali e absolutamente nenhuma luz além da que vinha da rua, que iluminava poucos metros, deixando o resto da estrutura de aço mergulhado na escuridão. Seu coração martelava no peito enquanto acendia um bastão fluorescente benzido — ideia de Liam — e o atirava nas sombras, enchendo o depósito com luz branca.

— *Kate...* — interveio Riley pela primeira vez. — *Toma cuidado.*

Ela bufou. Ele sempre dava conselhos inúteis. Kate examinou o depósito, avistou engradados empilhados até as vigas de aço no teto e começou a subir, alçando-se no exato momento em que a porta do depósito chacoalhou.

Ela paralisou.

Kate prendeu a respiração quando dedos — não de carne e osso, mas de outra coisa — agarraram a porta e a abriram.

Estática soou em seu ouvido bom.

— *Como você está?* — Liam perguntou, nervoso.

— *Ocupada* — ela sussurrou, equilibrando-se enquanto o monstro entrava pelo batente lá embaixo. O suor na pele dela esfriou. Por um instante, Kate imaginou os olhos vermelhos de Sloan, suas presas reluzentes, seu terno escuro.

Saia, pequena Katherine, ele diria. *Vamos jogar um jogo.*

Mas era só a mente dela pregando peças, porque a criatura entrando devagar no depósito não era um malchai. Era algo completamente diferente.

Tinha os olhos vermelhos de um malchai e as garras afiadas de um corsai, mas sua pele era de um preto-azulado como a de um cadáver putrefato, e não estava atrás de carne ou sangue.

Ele se alimentava de *corações*.

Kate não sabia por que tinha achado que os monstros seriam os mesmos. Veracidade tinha sua tríade, mas, ali, ela só havia deparado com uma espécie. Até então.

Mas Veracidade ostentava o maior índice de criminalidade dos dez territórios, e Kate tinha certeza de que, em grande parte, isso se devia ao seu pai. Já os pecados de Prosperidade eram mais difíceis de definir. Oficialmente, era de longe o território mais rico, mas sua economia robusta apodrecia de dentro para fora.

Se os pecados de Veracidade eram como facas, rápidos e violentos, os de Prosperidade eram venenos: lentos e insidiosos, mas igualmente letais. Não foi de repente que a violência começou a tomar uma forma tangível e monstruosa, como em Veracidade, mas num gotejar tão lento que a maioria da população tentava fingir que os monstros não eram reais.

A criatura no depósito indicava o contrário.

O monstro inspirou, como se tentasse *farejá-la*, um lembrete arrepiante de quem era o predador e quem era a presa, pelo menos no momento. O medo percorreu a espinha da garota enquanto a cabeça do monstro balançava de um lado para o outro. Então ele ergueu os olhos. Para ela.

Kate não esperou.

Pulou, segurando-se na viga de aço para aliviar a queda. Pousou agachada entre o monstro e a porta do depósito, com estacas extremamente afiadas lampejando em suas mãos, cada uma do comprimento do seu antebraço.

— Procurando por mim?

A criatura se virou, mostrando duas dúzias de dentes preto-azulados em uma carranca ferina.

— *Kate?* — insistiu Teo. — *Está vendo ele?*

— Sim — ela disse, seca. — Estou.

Bea e Liam falaram ao mesmo tempo, então Kate desligou as vozes, que um segundo depois foram substituídas por uma batida forte e um baixo pesado. A música encheu sua cabeça, abafando seu medo, sua dúvida, seu coração e tudo o que era inútil.

O monstro dobrou seus dedos longos. Kate se preparou, lembrando que o primeiro havia tentado abrir seu peito com um soco (ela ainda tinha os hematomas para provar), mas o ataque não veio.

— Qual é o problema? — ela perguntou ríspida, a própria voz perdida sob a batida. — Meu coração não é bom o bastante?

No começo, ela tinha se perguntado se a marca de seus crimes em sua alma a tornavam menos apetitosa.

Parecia que não.

O monstro *pulou*.

Kate sempre ficava surpresa ao descobrir como eram *rápidos*.

Por maiores que fossem.

Por mais feios que fossem.

Ela desviou, ágil.

Cinco anos e seis escolas particulares de defesa pessoal tinham lhe dado uma vantagem inicial, mas os últimos seis meses caçando os seres que surgiram nas trevas de Prosperidade haviam sido sua verdadeira educação.

Ela dançou entre os golpes, tentando evitar as garras do monstro e achar uma brecha na guarda dele.

Unhas varreram o ar sobre a cabeça de Kate, que desviou e conseguiu arranhar a palma da mão da criatura com a estaca de ferro.

O monstro rosnou e avançou contra ela, encolhendo-se depois que suas garras se cravaram na manga dela e chegaram à malha de cobre por baixo. Ela absorveu a maior parte do impacto, mas ainda assim Kate soltou um silvo de dor quando sua pele se abriu e sangue jorrou de seu braço.

Ela soltou um palavrão e chutou o peito da criatura.

O monstro, feito de fome, sanguinolência e Deus sabe o que mais, tinha duas vezes o tamanho dela, mas a sola da bota tinha uma placa de ferro. A criatura cambaleou para trás. O metal queimou um pedaço da carne, expondo a membrana espessa que protegia seu coração.

Na mosca.

Kate avançou, mirando a marca ainda escaldante. A estaca perfurou a cartilagem e o músculo antes de cravar com facilidade no centro vital do corpo da criatura.

Era engraçado como até os monstros tinham corações frágeis, ela pensou.

O impulso a projetou para a frente enquanto o monstro caía para trás. Os dois mergulharam juntos, e o corpo dele caiu sob o dela num monte de sangue negro. Kate levantou cambaleando e prendeu a respiração para se proteger da nuvem tóxica que pairava no ar até chegar à porta do depósito. Ela se apoiou ali, pressionando a palma da outra mão contra o corte fundo em seu braço.

A música em seu ouvido estava chegando ao fim, e ela apertou o botão que a reconectava com o Controle.

— *Quanto tempo passou?*

— *Precisamos fazer alguma coisa.*
— Calem a boca — ela disse. — Estou aqui.
Uma série de palavrões veio a seguir.
Então algumas frases banais de alívio.
— *Situação?* — Bea perguntou.
Kate pegou o celular do bolso, tirou uma foto da gosma sanguinolenta no concreto e enviou para o grupo.
— *Meu Deus* — respondeu Bea.
— *Muito louco* — disse Liam.
— *Parece de mentira* — Teo comentou.
Riley parecia enjoado.
— *Eles sempre... se desmancham?*

A ladainha em seu ouvido era apenas mais um lembrete de que aquelas pessoas não tinham como estar do seu lado da luta. Todos tinham o mesmo objetivo, mas não eram como ela. Não eram caçadores.

— *E você, Kate?* — perguntou Riley. — *Está bem?*

O sangue encharcava sua panturrilha e pingava de seus dedos. Ela se sentia um pouco zonza, mas Riley era humano — Kate não precisava contar a verdade para ele.

— Ótima — ela disse, desligando antes que percebessem como arfava. O bastão fluorescente piscou algumas vezes e apagou, mergulhando tudo nas trevas de novo.

Mas Kate não se importou.

O lugar estava vazio agora.

II

Kate subiu a escada, deixando um rastro de gotas cinza. A chuva tinha voltado a cair no caminho para o apartamento. Apesar do frio, ela tinha se deliciado ao deixar a chuva lavar a maior parte do sangue negro.

Ainda assim, parecia ter lutado com um pote de nanquim — e perdido.

Ela entrou no apartamento do terceiro andar.

— Querido, cheguei.

Nenhuma resposta, obviamente. O lugar era de Riley e seus pais que pagavam, mas ele "vivia em pecado" com o namorado, Malcolm, em outra casa. Ela se lembrava de ter pensado que os pais de Riley claramente faziam compras usando um catálogo diferente daquele que Callum Harker usava quando viu o apartamento pela primeira vez, com seus tijolos expostos, suas obras de arte, sua mobília acolchoada e confortável.

Kate nunca tinha morado sozinha.

Os quartos dos alojamentos das escolas eram sempre para duas pessoas. No Harker Hall, ela tinha o pai, pelo menos na teoria. E a sombra dele, Sloan. Kate sempre imaginara que adoraria a privacidade, a liberdade, mas descobrira que ficar sozinha perdia um pouco do charme quando era a única opção.

Ela conteve a onda de autopiedade e foi ao banheiro, tirando a armadura no caminho. "Armadura" era um modo pomposo de se referir à malha de cobre sob a roupa de paintball, mas o interesse de Liam em fantasias e jogos de guerra dava conta do recado... em noventa por cento do tempo. Nos outros dez, eram só garras afiadas e azar.

Ela viu seu reflexo no espelho do banheiro — o cabelo loiro para trás, molhado, o sangue negro pontilhando as bochechas pálidas — e focou nos olhos.

— Onde você está? — murmurou, perguntando-se como outras Kates em outras vidas estavam passando a noite. Sempre tinha gostado da ideia de que havia um "eu" dela diferente para cada escolha que havia feito ou deixara de fazer. Em algum lugar, havia Kates que nunca tinham voltado para Veracidade e nunca tinham implorado para sair.

Kates que ainda conseguiam ouvir com as duas orelhas e tinham pai e mãe.

Kates que não tinham fugido, não tinham matado, não tinham perdido tudo.

Onde você está?

Num passado distante, a primeira imagem em sua mente teria sido a casa além do Ermo, com a grama alta e o céu aberto. Agora, era o bosque além de Colton, com uma maçã na mão, os passarinhos cantando e um garoto que não era um garoto com as costas apoiadas numa árvore.

Ela ligou o chuveiro, contraindo-se ao tirar o resto das roupas.

O vapor cobriu o vidro. Kate conteve um grunhido quando a água quente acertou a carne viva. Ela se recostou nos ladrilhos e pensou em outra cidade, outra casa, outro chuveiro.

Um monstro caído na banheira.

Um garoto queimando de dentro para fora.

Sua mão apertando a dele.

Não vou deixar você sucumbir.

Enquanto a água escaldante escorria de seu corpo cinza, cor de ferrugem e finalmente translúcida, ela examinou a pele. Um mosaico de cicatrizes estava se formando. Da lágrima no canto do olho e da linha pálida que corria da têmpora ao maxilar — marcas do acidente de carro que havia matado sua mãe — à curva dos dentes de um malchai em seu ombro e ao corte prateado das garras de um corsai em suas costelas.

E havia também a marca que ela não conseguia ver.

Aquela que tinha feito em si mesma quando ergueu a arma do pai, apertou o gatilho e matou um estranho, manchando a alma de vermelho.

Kate desligou o chuveiro.

Enquanto fazia curativo nos cortes, cogitou se em algum lugar haveria uma versão dela se divertindo. Com os pés apoiados no encosto da cadeira da frente do cinema enquanto monstros saíam das sombras num filme e as pessoas na plateia gritavam, porque é divertido sentir medo quando se está seguro.

Imaginar essas outras vidas não deveria fazer com que se sentisse melhor, mas fazia. Um daqueles caminhos levara à felicidade, embora o que seguira a tivesse levado até ali.

Mas ali era exatamente onde deveria estar, Kate dizia a si mesma.

Tinha passado cinco anos tentando se tornar a filha que seu pai queria — forte, dura, monstruosa —, para então descobrir que ele simplesmente não a queria de nenhum jeito.

Mas o pai estava morto, e Kate não. Ela precisava encontrar alguma coisa para fazer, alguém para *ser*, algum jeito de pôr em prática todas as suas habilidades.

Sabia que não era o suficiente — sabia que, por mais monstros que matasse, aquele que ela tinha criado não ia sumir, o vermelho em sua alma não ia se apagar —, mas a vida seguia em frente.

Ali, em Prosperidade, Kate tinha encontrado um propósito, um objetivo. Agora, quando deparava com seu reflexo no espelho, não via uma garota triste, solitária ou perdida. Via uma garota que não tinha medo do escuro.

Uma garota que caçava monstros.

E era muito boa nisso.

III

A FOME CORROÍA OS OSSOS DE KATE, que estava cansada demais para ir atrás de comida. Ela aumentou o volume do rádio, suspirando com o conforto simples do cabelo limpo e do moletom macio.

Nunca tinha sido sentimental, mas viver apenas com uma mochila ensinou a valorizar aquilo que tinha. O moletom era de Leighton, o terceiro dos seis internatos pelos quais passara. Kate não tinha nenhum carinho pela escola, mas o moletom velho era quentinho, um pedaço de sua vida passada. Ela não se apegava a esses pedaços, mas os segurava com força suficiente para que não escapassem. Além disso, as cores de Leighton eram verde-floresta e cinza, bem melhores do que o show de horrores de vermelho, roxo e marrom de St. Agnes.

Ela ligou o tablet e entrou no grupo privado que Bea havia criado no mundo infinito da rede aberta de Prosperidade.

BEM-VINDO AOS GUARDIÕES, disse a tela.

Era o nome que eles tinham escolhido — Liam, Bea e Teo — antes de Kate aparecer. Riley também veio depois — foi ela quem o levou para o grupo.

LIAMA: hahahahahahaha lobos
TEOMAISOQUEFAZER: é uma cobertura. todo mundo sabe o que aconteceu em veracidade

BEABÁ: Não vejo → não ouço → finjo que não existe
LIAMA: sei lá já tive um gato bem do mal

Por um momento, Kate só ficou observando a tela e se perguntando pela centésima vez o que estava fazendo ali, conversando com aquelas pessoas, abrindo-se com elas. Odiava a parte de si que queria aquele contato, chegando a ficar ansiosa por ele.

RILEYCOMELE: Vocês viram a notícia sobre a explosão na Broad?

Kate não tinha *procurado* companhia — nunca havia se dado bem com outras pessoas, nunca ficara numa escola por tempo suficiente para fazer amigos de verdade.

RILEYCOMELE: O cara entra no apartamento e arranca o tubo de gás da parede.

Kate entendia o valor da amizade, a moeda social que era ser parte de um grupo, mas nunca tinha compreendido o apelo emocional. Amigos queriam sinceridade. Queriam que você compartilhasse. Que ouvisse e se importasse e se preocupasse com uma dezena de outras coisas para as quais ela não tinha tempo.
Tudo o que ela queria era uma pista.

RILEYCOMELE: O colega de quarto estava em casa quando aconteceu.

Ela tinha chegado em Prosperidade seis meses antes, apenas com aquela mochila, quinhentos em dinheiro vivo e um mau pressentimento que se agravava a cada notícia. ATAQUES DE CÃES. VIO-

LÊNCIA DE GANGUES. ATIVIDADE SUSPEITA. ATOS BRUTAIS. SUSPEITOS À SOLTA. CENAS DE CRIME ALTERADAS. ARMAS DESAPARECIDAS.

LIAMA: Que medo.
BEABÁ: Credo, Riley.

Uma dezena de histórias, todas exibindo sinais reveladores — do tipo feito por dentes e garras. Havia os boatos na rede, fazendo referência ao mesmo lugar, cujo nome arranhava a pele: *Veracidade*.

Mas, sem contar a ideia de colar uma placa com ME COMA nas costas e perambular pelas ruas à noite, Kate não sabia exatamente por onde começar. Encontrar monstros nunca tinha sido um problema em Veracidade, mas para cada visão real havia centenas de enganadores e teóricos da conspiração. Era uma agulha num palheiro, com um bando de idiotas gritando "Alguma coisa me cutucou!".

Mas, em meio a todo o ruído, ela os notou. As mesmas vozes aparecendo de novo e de novo, tentando ser ouvidas. Eles se denominavam Guardiões, e não eram caçadores, mas hackers — *hacktivistas*, segundo Liam —, convencidos de que as autoridades eram incompetentes ou estavam determinadas a esconder as notícias.

Os Guardiões vasculhavam sites e desencavavam imagens de segurança, sinalizando tudo o que parecia suspeito, depois vazavam os dados para a imprensa e os disponibilizavam na rede, tentando fazer *alguém* ouvir.

E Kate ouviu.

Depois que tivera sucesso com uma das pistas deles, ela retornara à fonte. E foi então que descobrira que os Guardiões não passavam de dois universitários e um moleque de catorze anos que nunca dormiam.

TEOMAISOQUEFAZER: é, que triste. mas o que isso tem a ver com os devoradores de coração?
BEABÁ: Desde quando chamamos eles assim?
LIAMA: Desde que eles começaram a *comer corações*, dã.

Kate continuava não querendo ter amigos. Mas, apesar dos seus esforços, conhecia os Guardiões cada vez melhor. Bea era viciada em chocolate amargo e queria ser pesquisadora. Teo nunca ficava parado, tinha até uma esteira na frente da escrivaninha no seu dormitório. Liam morava com os avós e se preocupava demais para seu próprio bem. E Riley, a quem a família mataria se soubesse onde passava as noites.

E o que eles sabiam sobre ela?

Nada além de um nome, e até aquilo era uma meia verdade.

Para os Guardiões, ela era Kate Gallagher, uma fugitiva com talento para caçar monstros. Manteve o *Kate*, embora o som do nome lhe causasse um sobressalto toda vez, como se alguém do seu passado a tivesse encontrado. Mas era tudo o que lhe restava. Sua mãe estava morta. Seu pai estava morto. Sloan estava morto. O único que diria o nome dela com conhecimento era August, que estava há centenas de quilômetros de distância, em Veracidade, no coração de uma cidade em chamas.

BEABÁ: Faz muito mais sentido do que corsai, malchai, sunai. Quem deu *esses* nomes?
TEOMAISOQUEFAZER: não faço ideia.
BEABÁ: Sua falta de curiosidade profissional é irritante.

Eles tinham importunado Kate por meses para conhecê-la pessoalmente. Quando chegara a hora, ela quase tinha dado para trás. Vinha observando-os do outro lado da rua, e todos pareciam tão...

normais. Não que não chamassem a atenção — Teo tinha cabelo azul, o braço de Bea era todo tatuado e Liam parecia ter doze anos, com seus óculos laranja gigantes. Mas não pareciam alguém que saíra de Veracidade. Não eram soldados da Força-Tarefa de Flynn. Nem alunos mimados de Colton. Eram... normais. Tinham uma vida além daquela. Coisas a perder.

LIAMA: Por que não chamamos simplesmente pelo que são, pelo que fazem? Devoradores de corpos, devoradores de sangue e devoradores de alma. BAM!

Kate se lembrou de August no metrô, seus cílios escuros tremulando enquanto erguia o violino, a música saindo enquanto o arco tocava as cordas, transfigurada em fios de luz ardente. Chamá-lo de devorador de alma era como chamar o sol de brilhante. Tecnicamente correto, mas apenas uma fração da verdade.

RILEYCOMELE: Algum sinal da Kate?

Ela tirou seu perfil do modo invisível.

Kaçadora entrou no chat.
BEABÁ: Olha ela aí!
TEOMAISOQUEFAZER: Quem é vivo sempre aparece.
RILEYCOMELE: Estava ficando preocupado.
LIAMA: Eu não!
BEABÁ: Até parece...

Os dedos de Kate dançaram sobre a tela.

KAÇADORA: Não precisa se preocupar. Ainda estou de pé.

RILEYCOMELE: Você não pode sumir assim.
TEOMAISOQUEFAZER: aaah, riley, você parece um pai falando.

Pai.

Kate pensou no seu, nas abotoaduras manchadas de sangue, no mar de monstros a seus pés, na expressão de arrogância logo antes de ela meter uma bala na perna dele.

Mas sabia o que Teo queria dizer — Riley não era como os outros Guardiões. Nem seria um deles se não fosse por ela. Cursava pós-graduação em direito e estagiava no Departamento de Polícia local, que era a parte que importava para os Guardiões, já que isso representava acesso à rede de vigilância e a informações confidenciais. Não que Teo não pudesse hackear a polícia, como havia dito dezenas de vezes, mas por que se dar ao trabalho de arrombar uma porta aberta?

(Segundo Riley, a polícia estava "ciente dos ataques e continuava a monitorar os desdobramentos", o que, na opinião de Kate, era uma forma de dizer que estavam em negação.)

RILEYCOMELE: *faz cara de pai* *levanta o dedo*
RILEYCOMELE: Mas falando sério: não suja meu sofá de sangue.
KAÇADORA: Não se preocupa.
KAÇADORA: A maior parte ficou na escada.
LIAMA: O_O
KAÇADORA: Alguma pista nova?
TEOMAISOQUEFAZER: nada ainda. as ruas estão quietas.

Era estranho.

Se ela conseguisse manter o ritmo, derrubando os devoradores de coração conforme tomavam forma em vez de limpar a bagunça, dando dois passos para a frente em vez de um para trás, talvez a situação não piorasse. Talvez conseguisse impedir que aquilo se tornasse um Fenômeno. Talvez... Que palavra inútil. Era uma maneira de dizer que não *sabia*.

E Kate odiava não saber.

Ela fechou o navegador, os dedos hesitando sobre a tela escurecida antes de abrir uma janela nova e começar a pesquisar por Veracidade.

Tinha aprendido a acessar sinais estrangeiros em seu segundo internato, na fronteira leste de Veracidade, a uma hora de Temperança.

Todos os dez territórios *deveriam* trocar transmissões abertamente, mas, para saber o que realmente estava acontecendo em outro lugar, era preciso passar por baixo da cortina digital.

A ideia era aquela, embora, por mais que Kate procurasse, não conseguisse encontrar o caminho para casa.

A quarentena tinha voltado: as fronteiras que haviam sido abertas lentamente ao longo da última década estavam fechadas de novo. Mas não havia cortina por baixo da qual passar. Nada saía de Veracidade.

Não havia sinal.

E só havia uma explicação para aquilo: as torres tinham sido derrubadas.

Com as fronteiras fechadas e a rede de comunicação desligada, Veracidade estava oficialmente isolada.

E a população de Prosperidade *não ligava*. Nem mesmo os Guardiões. Teo tinha usado a palavra "inevitável". Bea achava que as fronteiras nunca deveriam ter sido abertas, que Veracidade deveria ter sido abandonada para se consumir, como fogo numa jarra de vidro. Até Riley parecia ambivalente. Só Liam demonstrava alguma preocupação, mas era mais uma compaixão do que um interesse. Eles não sabiam, claro, o que Veracidade significava para Kate.

Nem ela própria sabia.

Mas não conseguia parar de pesquisar.

Conferia toda noite, por via das dúvidas, clicando em todas as migalhas da rede na esperança de encontrar alguma notícia sobre Veracidade, sobre August Flynn.

Era muito estranho — ela tinha visto August em seu pior momento. Tinha-o visto mergulhar na fome até a doença, a loucura e as trevas. Tinha-o visto queimar. Tinha-o visto matar.

Mas, quando pensava nele, não via o sunai feito de fumaça ou a silhueta queimando numa banheira gelada. Via um garoto de olhos tristes sentado sozinho na arquibancada, com um estojo de violino aos pés.

Kate deixou o tablet de lado e se recostou no sofá. Colocou um braço em cima dos olhos e deixou a batida do rádio envolvê-la até cair no sono.

Então, no silêncio entre as músicas, o som de passos ecoou na escada. Ela ficou imóvel, voltando o ouvido bom para a direção da porta conforme os passos diminuíam até parar.

Kate esperou por uma batida que não veio. Então ouviu uma mão na porta, o tremor da fechadura ao tentarem abri-la sem sucesso. Ela tirou uma arma escondida embaixo da almofada. A mesma que tinha usado para matar um estranho na casa de sua mãe, a mesma que tinha usado para atirar em seu pai no escritório dele.

Uma voz abafada soou de fora do apartamento, seguida por metal sendo riscado. Kate apontou a arma para a porta enquanto se abria.

Por um momento, o vulto no batente não passou de uma sombra, uma figura um pouco mais alta do que ela contornada pelas luzes do corredor, com as bordas arredondadas e o cabelo curto. Nada de olhos vermelhos, dentes afiados ou terno escuro. Era só Riley, parado ali com uma pizza, refrigerante e a chave.

Ele viu a arma e ergueu as mãos, derrubando a caixa, as latas de refrigerante e o chaveiro. Uma das latas explodiu, derramando a bebida no patamar da escada.

— Caramba, Kate.

A voz dele saiu sufocada.

Ela suspirou e deixou a arma na mesa.

— Você deveria bater.

— É a *minha* casa — ele disse, pegando a pizza e as latas com mãos trêmulas. — Você aponta a arma para todo mundo ou só para mim?

— Todo mundo — disse Kate. — Mas, para você, deixei travada.

— Me sinto muito especial.

— O que está fazendo aqui?

— Ah, você sabe — ele retrucou. — Vim ver como anda a garota que invadiu meu apartamento, para garantir que não destrua o lugar.

— Queria ver se manchei o sofá de sangue.

— E a escada. — Ele alternou o olhar entre Kate e a arma em cima da mesa. — Permissão para entrar?

Ela apoiou os braços abertos no encosto do sofá.

— Senha?

— Trouxe pizza.

A caixa emanava um cheiro divino. A barriga dela roncou.

— Muito bem — ela disse. — Permissão concedida.

IIII

Rituais eram engraçados.

As pessoas os viam como fórmulas elaboradas, feitiços ou compulsões inculcadas no subconsciente por meses ou anos.

Mas, na verdade, "ritual" era apenas outra palavra para "hábito". Algo que passou a ser mais fácil fazer do que não fazer. E hábitos eram simples — especialmente os ruins, como deixar as pessoas se aproximarem.

Kate se encolheu num canto do sofá e Riley no outro, enquanto o apresentador de TV fazia piadas ruins.

Riley pegou uma das latas que havia derrubado.

— Isso vai ser divertido — ele disse, puxando o anel e se encolhendo em expectativa, depois suspirando aliviado quando o refrigerante não espirrou pela sala.

Kate pegou sua segunda fatia de pizza, tentando esconder a dor enquanto os curativos repuxavam a pele sob a manga.

— Você não precisava fazer isso — ela disse entre as mordidas.

Riley deu de ombros.

— Eu sei.

Ela o examinou por cima da borda da pizza. Riley era magro, com olhos castanhos afetuosos, um sorriso que dominava o rosto e um complexo de salvador. Quando não estava na universidade ou na polícia, fazia trabalho voluntário com adolescentes em situação de risco.

Kate seria aquilo para ele? Um novo projeto?

Ela havia chegado três semanas antes em Prosperidade quando seus caminhos se cruzaram. Kate vinha passando as noites em prédios abandonados, e os dias em um café vasculhando a rede em busca de pistas.

Era apenas uma questão de tempo até aquele café de esquina expulsá-la — fazia horas que não consumia nada. Mesmo assim, ela não gostou quando um cara sentou à sua mesa sob o pretexto de estudar, apenas para perguntar se precisava de ajuda.

Ela havia tido seu primeiro confronto com um monstro na noite anterior, e não correra nada bem. Mas sua experiência — tirando as aulas de defesa pessoal — consistia em executar um malchai amarrado no porão de seu pai e quase ser destripada por um corsai no metrô, então não ficara muito surpresa.

Kate tinha escapado só com um corte no lábio e o nariz quebrado, mas sabia que parecia acabada.

Ela disse que não estava interessada em Deus nem em nada que o rapaz estivesse vendendo, mas ele não foi embora. Alguns minutos depois, uma nova xícara de café apareceu na frente dela.

— Como isso aconteceu? — ele perguntou, apontando para o rosto dela.

— Caçando monstros — Kate disse, porque às vezes a verdade era estranha o bastante para fazer as pessoas irem embora.

— Hum, tá... — ele disse, cético, então levantou. — Vem.

Ela não se moveu.

— Aonde?

— Tenho um chuveiro quente e uma cama extra. E deve ter comida na geladeira.

— Não conheço você.

Ele estendeu a mão.

— Riley Winters.

Kate ficou observando a palma da mão aberta dele. Não era fã de caridade, mas estava cansada, com fome, e se sentia um lixo. Além disso, se ele tentasse qualquer coisa, conseguiria derrubá-lo.

— Kate — ela disse. — Kate Gallagher.

Riley não tentou nada — por motivo de: Malcolm —, só deu uma toalha e uma almofada para ela e, uma semana depois, uma chave. Kate ainda não sabia como havia deixado aquilo acontecer. Talvez tivesse sofrido uma concussão. Talvez ele só fosse persuasivo.

Ela bocejou e jogou o prato descartável em cima da mesa, ao lado da arma.

Riley pegou o controle remoto e desligou a TV.

Kate respondeu ligando o rádio.

Ele balançou a cabeça.

— Por que você odeia tanto o silêncio?

Riley não sabia, claro, sobre o acidente de carro que havia matado a mãe dela e feito com que perdesse a audição do ouvido esquerdo. Não sabia que, quando o som era tirado, era preciso encontrar maneiras de recuperá-lo.

— Se precisar de barulho, podemos *conversar* — ele disse.

Kate suspirou. Aquele era o lance de Riley.

Suborná-la com comida, açúcar e calorias até ela estar relaxada e então fazer com que se abrisse. E o pior era que uma parte masoquista de Kate devia querer isso, devia sentir prazer no fato de que alguém *se importava* o bastante para perguntar, porque continuava deixando-o se aproximar. Continuava indo parar naquele sofá com latas de refrigerante e caixas de pizza vazias.

Era um péssimo hábito.

Um ritual.

— Certo — ela disse. Riley ficou radiante, mas, se ele achava que ela falaria sobre si mesma, estava errado. — Por que você comentou sobre aquela explosão?

A confusão tomou conta do rosto dele.

— O quê?

— Você mencionou uma explosão no grupo. Obra humana. Por quê?

—Você viu aquilo? — Ele se recostou. — Sei lá. Os Guardiões me fizeram procurar as coisas que não se alinhavam e aquilo chamou a minha atenção... É o quinto assassinato seguido por suicídio esta semana. É um número alto, até para Prosperidade.

Kate franziu a testa.

— Acha que é algum tipo de monstro?

Riley deu de ombros.

— Há seis meses, eu nem *acreditava* em monstros. Agora os vejo por toda parte. — Ele balançou a cabeça. — Não deve ser nada. Vamos conversar sobre outra coisa. Como você está?

— Ah, olha a hora — ela disse, seca. — Malcolm vai ficar com ciúme.

— Obrigado pela preocupação, mas garanto que nosso relacionamento é estável o bastante para podermos ter amigos.

Amigos.

A palavra acertou suas costelas com tanta força que a deixou sem ar.

Porque ela sabia de algo mais: havia *dois* tipos de monstros, o tipo que caçava nas ruas e o que vivia dentro da sua cabeça. Kate conseguia lutar contra o primeiro, mas o segundo era mais perigoso. Estava sempre, sempre um passo à frente.

Não tinha dentes ou garras, não se alimentava de carne, sangue ou coração.

Só lembrava o que acontecia quando deixava as pessoas se aproximarem.

Na mente de Kate, August parou de lutar por causa dela. Sucumbiu às trevas por causa dela. Sacrificou uma parte de si — sua humanidade, sua luz, sua alma — por causa dela.

Kate conseguia lidar com o próprio sangue.

Mas não precisava do sangue de outras pessoas em suas mãos.

— Regra número um — ela disse, forçando a voz a ficar firme e leve —: não faça amigos. Nunca termina bem.

Riley girou a lata de refrigerante entre as mãos.

— Não é solitário?

Kate sorriu. Era tão fácil quando podia mentir.

— Não.

A violência
tem um gosto
um cheiro
mas acima de tudo
tem
    um *calor*
as sombras
se erguem
na rua
engolfadas
em fumaça
em fogo
em fúria
em ira
    banhando-se
        no calor
e por um instante
a luz reflete
num rosto
encontrando
um maxilar
um queixo

o levíssimo
traço
de lábios
por um instante
mas nunca é o bastante
      nunca é o bastante
um humano tem
tão pouco calor
e ele esfria de novo
faminto de novo
com as beiradas
turvas
de volta às trevas
como as beiradas
sempre fazem
ele quer
mais
revira
a noite
e encontra
uma mulher, uma arma, uma cama
um casal, uma cozinha, uma tábua de corte
um homem, uma demissão, um escritório
a cidade toda
uma caixa de
fósforos
só esperando
   para ser acesos.

Veracidade

O VIOLINO DE AÇO BRILHAVA EM SEUS DEDOS, esperando para ser tocado.

O corpo de metal refletiu o sol, transformando o instrumento em luz enquanto August passava os dedos pelas cordas, verificando todas uma última vez.

— Ei, Alfa, está pronto?

August fechou o estojo e pendurou a alça no ombro.

Sua equipe estava à espera, apertada num trecho de sol no lado norte da Fenda — uma barricada de três andares que se estendia como uma sombra no horizonte entre a Cidade Norte e a Sul. Ani estava bebendo de um cantil, enquanto Jackson examinava a câmara de sua arma e Harris estava sendo Harris, mascando chiclete e atirando facas num engradado de madeira no qual havia desenhado toscamente um malchai. Ele até o tinha batizado de *Sloan*.

Era um dia fresco e os outros vestiam o equipamento completo, mas August usava apenas a calça militar e uma polo preta, com os braços nus exceto pelas linhas pretas que rodeavam seu punho feito pulseiras.

— *Posto de Controle 1* — disse uma voz pelo rádio —, *cinco minutos.*

August se contraiu com o volume, mesmo tendo tirado o fone

do ouvido e o deixado pendurado em volta do pescoço. A voz era de Phillip, que estava no complexo.

— Ei, Phil — disse Harris. — Conta uma piada.

— *Os rádios não servem para isso.*

— Então eu conto — disse Harris. — Um corsai, um malchai e um sunai entram num bar...

Todos resmungaram, incluindo August. Ele não entendia muito bem a maioria das piadas da FTF, mas sabia que as de Harris eram péssimas.

— Odeio esperar — Jackson murmurou, olhando o relógio. — Já falei isso?

— *Como resmungam* — disse Rez, a franco-atiradora, pelo rádio, do alto de um telhado próximo.

— Como está aí em cima? — perguntou Ani.

— *O perímetro está livre. Sem problemas.*

— Que pena — disse Harris.

— *Idiota* — xingou Phillip pelo rádio.

August ignorava todos, contemplando o alvo do outro lado da rua.

A Sala de Concertos de Porter Road.

O prédio era embutido na Fenda, ou melhor, ela tinha sido construída em volta dele. August semicerrou os olhos para ver os soldados que patrulhavam a barricada e pensou avistar a figura esguia de Soro antes de lembrar que ele já devia estar no segundo posto de controle, uns oitocentos metros adiante.

Atrás de August, começava a discussão de sempre.

— Não sei por que a gente se dá ao trabalho, essas pessoas não fariam o mesmo por...

— Não é essa a questão...

— Não é?

— *Fazemos isso, Jackson, porque a compaixão deve falar mais alto do que o orgulho.*

A voz era clara e forte no rádio, e August visualizou na hora o homem por trás dela: alto e magro, com mãos de cirurgião e olhos exaustos. Henry Flynn. O líder da FTF. Pai adotivo de August.

— Sim, senhor — disse Jackson, parecendo devidamente arrependido.

Ani mostrou a língua. Jackson mostrou o dedo do meio para ela. Harris riu e foi buscar facas.

Um relógio soou.

— É hora do show — Harris disse, radiante.

Sempre houvera dois tipos de pessoas na FTF: aquelas que lutavam porque acreditavam na causa de Flynn (Ani), e aquelas para quem sua causa era uma boa desculpa para lutar (Harris).

Agora havia também um terceiro tipo: os conscritos. Refugiados que tinham atravessado a Fenda não necessariamente porque *queriam* lutar, mas porque a alternativa — permanecer na Cidade Norte — era pior.

Jackson era um deles, um recruta que tinha trocado o trabalho pela segurança, e virara médico do esquadrão.

Ele encarou August.

— Depois de você, Alfa.

A equipe tinha assumido sua posição formal, e August percebeu que todos o encaravam, *recorrendo* a ele, como deviam ter recorrido a seu irmão mais velho, Leo. Antes de ser morto.

Eles não sabiam, claro, que *August* o tinha matado, que tinha enfiado a mão no peito de Leo, pegado a chama sombria do coração dele e a apagado. Não sabiam que às vezes, quando August fechava os olhos, o calor frio ainda ardia em suas veias, a voz de Leo ecoava firme e vazia em sua mente, e ele se perguntava se a morte era mesmo definitiva, se alguma energia se perdia, se...

— August? — Ani chamou, com as sobrancelhas arqueadas, esperando. — Está na hora.

Ele reordenou os pensamentos, permitindo-se uma única piscada lenta antes de ajeitar a postura e dizer com o timbre de um líder:

— Entrem em formação.

Eles atravessaram a rua com passos velozes e seguros. August ia à frente, cercado por Jackson e Ani, com Harris na retaguarda.

A FTF tinha tirado as placas de cobre de dentro do salão e as pregado nas portas, criando chapas sólidas de luz polida. A presença de tanto metal puro queimaria um monstro menor. August se contorceu quando o cobre revirou seu estômago, mas não diminuiu o passo.

O sol já tinha passado do seu ápice e descia em direção ao horizonte, formando sombras alongadas.

Uma inscrição tinha sido gravada na placa de cobre nas portas ao norte.

POSTO DE CONTROLE 1 DA CIDADE SUL
POR VONTADE DA FTF, O ACESSO SERÁ GARANTIDO A TODOS
OS HUMANOS DAS 8H ÀS 17H.
NÃO SÃO PERMITIDAS ARMAS ALÉM DESTE PONTO.
SIGA PARA A SALA DE CONCERTOS.
OBS.: AO ENTRAR NA SALA, VOCÊ CONSENTE COM A TRIAGEM.

August levou a mão à porta. Os outros membros da FTF saíram do caminho quando ele a abriu. Uma vez, ele tinha deparado com uma emboscada, levando uma saraivada de tiros no peito.

As balas não causaram nada — um sunai bem alimentado era imune a ferimentos —, mas um tiro acertou de raspão o braço de Harris, e desde então a equipe ficou mais do que disposta a deixar que August agisse como escudo.

Mas, ao entrar dessa vez, August foi recebido apenas pelo silêncio.

A Sala de Concertos de Porter Road tinha sido, segundo uma placa na parede, um "centro de cultura da capital por mais de setenta e cinco anos". Havia até uma imagem sob a inscrição, uma gravura do saguão em toda a sua glória, em madeira, pedra e vitral, cheio de casais elegantes com traje social.

Enquanto atravessava o salão, August tentou fazer a ponte entre o que aquele lugar tinha sido e o que era agora.

O ar estava parado, as janelas tinham sido cobertas por tábuas e cobre, escondendo os vitrais, o piso de pedra polida estava repleto de escombros e a luz quente fora substituída por lâmpadas com reforço ultravioleta forte o bastante para ele até conseguir ouvir claramente quanto um sinal de rádio.

O saguão estava vazio. Por um tolo segundo de esperança, August pensou que ninguém tinha vindo, que ele não teria que fazer aquilo, não naquele dia. Mas então ouviu os passos arrastados, as vozes abafadas dos que aguardavam na sala de concertos, seguindo as ordens.

Seus dedos apertaram a alça do estojo do violino.

Ani e Jackson se separaram para fazer uma varredura rápida. August avançou, parando antes da imagem de uma mulher incrustada no chão. Era feita de vidro: centenas, talvez milhares de quadradinhos de vidro, algo mais do que a soma de suas partes — um *mosaico*.

— *Corredor esquerdo livre.*

Os braços da mulher estavam estendidos e sua cabeça tombava para trás enquanto a música saía de seus lábios em quadradinhos dourados.

— *Corredor direito livre.*

August se ajoelhou e passou os dedos nos ladrilhos ao redor do mosaico, traçando os roxos e azuis que formavam a noite ao redor da figura e deixando a mão repousar em uma única nota dourada. Era uma sereia.

Ele tinha lido sobre sereias, ou melhor, Ilsa tinha. August sempre se interessara mais pela realidade do que pelos mitos — a realidade, a existência, esse estado frágil do ser entre um suspiro e uma explosão —, mas sua irmã tinha uma queda por contos de fadas e lendas. Fora ela quem lhe contara sobre aqueles seres do mar, com belas vozes potentes o bastante para fazer marinheiros baterem os navios nas rochas.

Com uma melodia sua alma...

— Estou pronta quando você estiver — disse Ani ao lado dele.

August tirou os dedos dos ladrilhos frios e levantou, voltando-se para as portas internas, aquelas que davam para a sala de concertos propriamente dita. O violino pendia pesado em seu ombro, cada passo criando um leve zumbido das cordas que só ele parecia ouvir.

August parou atrás das portas e acionou seu intercomunicador.

— Contagem?

A voz de Phillip zumbiu.

— *Pela câmera, parecem cerca de quarenta.*

O coração de August se apertou, porque, depois de seis meses, ele conhecia as probabilidades, sabia que as chances de encontrar vermelho eram altas, sabia que aquele era o objetivo, o motivo por que estava ali.

Era para aquilo, lembrou a si mesmo, que ele servia.

7

Antigamente, a sala de concertos devia ter sido deslumbrante, mas o tempo — o Fenômeno, as guerras territoriais, a criação da Fenda — tivera seu preço.

O olhar de August percorreu o salão — o teto sem cobre, as paredes vazias, as fileiras sem assentos —, antes de se fixar inevitavelmente nas pessoas reunidas no centro.

Quarenta e três homens, mulheres e crianças que tinham atravessado a Fenda em busca de abrigo e segurança, com os olhos arregalados por falta de sono e excesso de medo.

Estavam maltrapilhos, com as roupas que deviam ter sido elegantes começando a desfiar, os ossos despontando sob a pele. Era difícil acreditar que eram as mesmas pessoas com quem ele cruzava nas ruas e nos metrôs da Cidade Norte, pessoas que podiam se dar ao luxo de fingir que o Fenômeno nunca havia acontecido, que tinham zombado da Cidade Sul por tantos anos e comprado sua segurança em vez de lutar por ela, que haviam fechado os olhos, tampado as orelhas e pagado o dízimo a Callum Harker.

Mas Callum Harker estava morto. O próprio August havia colhido a alma dele.

August ficou para trás, deixando Harris assumir a liderança. O soldado marchou pelo corredor central, subiu no palco e abriu os braços como um artista nato.

— Olá — cumprimentou alegremente. — Sejam bem-vindos ao Posto de Controle 1. Sou o capitão Harris Fordam e estou aqui em nome da Força-Tarefa Flynn...

August tinha ouvido Harris fazer aquele discurso centenas de vezes.

— Vocês vieram aqui por escolha própria, então obviamente têm *um pouco* de bom senso. Mas esperaram *seis meses* para tomar essa decisão, então não deve ser muito.

Ele estava certo; aqueles eram os restos, outrora certos de que conseguiriam sobreviver sem a ajuda da Cidade Sul, teimosos demais para admitir — ou tolos demais para perceber — o caminho que estavam escolhendo.

Naquelas primeiras semanas, quando ficou óbvio que a morte de Callum anularia sua promessa de proteção, houve um gigantesco influxo de pessoas atravessando a Fenda todos os dias (entre as quais estavam Jackson e Rez).

Mas alguns *ficaram*, trancaram-se em casa, esconderam-se, esperando que a ajuda fosse até eles.

E, quando não foi, restavam três opções: ficar quieto, desbravar o Ermo — a área perigosa além da cidade em que a ordem dava lugar à anarquia e estabelecia que era cada um por si — ou atravessar a Fenda e se render.

—Vocês chegaram aqui — continuou Harris —, então conseguem seguir instruções, mas estão com uma cara péssima, por isso vou explicar direitinho...

Em algum lugar na multidão, um homem murmurou:

— Não preciso aguentar isso. — Ele virou para ir embora, mas Jackson bloqueou seu caminho. — Vocês não podem me manter aqui — rosnou o homem.

— Na verdade, você deveria ter lido as letras miúdas — disse Jackson. — Entrar na zona de triagem significa que você consentiu em passar por isso. Como ainda não passou pela triagem, não pode ir embora. É uma precaução.

Jackson empurrou o homem com força em direção ao palco enquanto Harris trocou a expressão animada por um semblante sombrio.

— Me escutem. Seu governador está morto. Seus monstros veem vocês como alimento. Estamos oferecendo uma chance de lutar, mas a segurança não é gratuita. Vocês sabem disso, porque escolheram pagar em dinheiro por ela. A má notícia — ele diz com o olhar sombrio dirigido a uma mulher segurando um rolo de notas com suas mãos cheias de anéis — é que não é assim que funciona na Cidade Sul. Querem comida? Querem abrigo? Querem segurança? Precisam trabalhar para isso. — Harris apontou para o distintivo da FTF em seu uniforme. — Todo dia e toda noite estamos lá fora, lutando para recuperar a cidade. A FTF era opcional antigamente. Agora é obrigatória. E *todos* os cidadãos na Cidade Sul a servem.

Ani gesticulou para que acabasse o discurso. Harris retomou o tom simpático bruscamente.

— Talvez vocês estejam aqui porque viram a luz. Talvez porque estão desesperados. Qualquer que seja o motivo, vocês deram o primeiro passo, e, por isso, parabenizamos vocês. Mas, antes de seguir em frente, precisamos fazer a triagem.

Aquela era a deixa de August.

Ele se desencostou da parede e começou a longa caminhada pelo corredor central, andando num ritmo firme, o som da sola de suas botas ampliado pela acústica do salão. Alguém começou a chorar, o que a acústica também ampliou. August avaliou a multidão, em busca da contração reveladora de alguma sombra, o movimento que marcava um pecador que só os sunais conseguiam enxergar, mas as luzes do salão e os tremores de nervosismo dificultavam a visão.

Sussurros percorreriam a multidão conforme ele passava.

Mesmo se não soubessem *o que* August era, pareciam entender que não era como eles. Antes ele se esforçava muito para passar despercebido, mas aquilo não importava mais.

Uma menininha de três ou quatro anos — ele nunca tinha sido bom em adivinhar idades — estava agarrada a uma mulher de roupa verde. August imaginou que era a mãe dela, com base na dureza dos olhos cansados. Ele encontrou o olhar da filha e abriu o que pensava ser um sorriso terno, mas ela só escondeu o rosto na perna da mulher.

Ela estava com medo.

Todos estavam.

Dele.

O impulso de recuar subiu como bile em sua garganta, competindo com o de falar, garantindo que não havia o que temer, que ele não estava ali para machucá-los.

Mas August não conseguia mentir.

Nenhum monstro conseguia.

Aqui é seu lugar, disse uma voz em sua cabeça, lisa e dura como pedra. Uma voz igual à de seu irmão morto, Leo. *Este é seu propósito.*

August engoliu em seco.

— Esta parte é simples — Harris disse. — Fiquem à distância de um braço um do outro... Muito bem...

Enquanto August subia no palco, o salão ficou em silêncio — tanto que conseguia ouvir as respirações contidas, os corações aterrorizados. Ele se ajoelhou, abriu as travas do estojo — o estalo tão alto em seus ouvidos quanto um tiro — e pegou o violino.

Sunais, sunais, olhos de carvão...

A visão do instrumento, a compreensão súbita do que a FTF queria dizer quando falava em "triagem", gerou uma onda de choque pela sala.

Com uma melodia sua alma sugarão.

Um homem com cerca de trinta anos perdeu o controle e saiu em disparada em direção às portas. Chegou a dar três ou quatro passos antes que Ani e Jackson o pegassem e forçassem a ajoelhar.

— Me deixem ir — ele implorou. — Por favor, me deixem ir.

— Por quê? — Jackson o repreendeu. — Tem algo a esconder?

Harris bateu palmas para atrair a atenção da multidão de volta ao palco.

— A triagem vai começar.

August se empertigou e repousou o violino abaixo do queixo. Contemplou o público, um mar de rostos marcados por emoções tão intensas que o faziam perceber como suas tentativas tinham sido fracas. Ele havia passado quatro anos procurando aprender — *imitar* — aquelas expressões, como se pudessem torná-lo humano.

Era tudo o que ele queria antes, tanto que teria dado qualquer coisa por isso, teria vendido a própria alma. Havia feito todo o possível, passado fome até seu limite — e o ultrapassado.

Mas August nunca poderia ser humano.

Agora sabia aquilo.

A questão não era *o que* ele era, mas *por que* ele era; seu propósito, seu papel. *Todos* tinham um papel a cumprir.

E aquele era o dele.

August encostou o arco nas cordas e tocou a primeira nota.

Ela pendeu no ar por um longo momento, um único fio belo e inofensivo. Quando começou a enfraquecer e vacilar, o sunai fechou os olhos e mergulhou na música.

E ela emanou, tomando forma no ar e serpenteando entre os corpos na sala, trazendo as almas para a superfície.

Se os olhos de August estivessem abertos, teria visto ombros relaxarem e cabeças abaixarem. Teria visto a resistência se esvair do homem no chão e de todos os outros no salão; o medo e a fúria e a incerteza levados embora enquanto ouviam. Teria visto seus soldados ficarem indolentes e com o olhar vazio, perdido no arrebatamento da música.

Mas August manteve os olhos fechados, deliciando-se com seus próprios músculos relaxando a cada nota, a pressão em sua cabeça e seu peito se aliviando ao mesmo tempo que seu anseio tornava-se necessidade, vazia e dolorida.

Ele se imaginou em um campo depois do Ermo, a grama alta balançando no ritmo da música; imaginou-se em um estúdio à prova de som em Colton, as notas reverberando e refratando contra as paredes brancas rígidas; imaginou-se sozinho. Não solitário. Apenas... livre.

Então a música acabou e, por um último momento, enquanto os acordes se perdiam pela sala, ele manteve os olhos fechados, sem se sentir pronto para voltar.

No fim, foi o sussurro que o trouxe de volta.

Só podia significar uma coisa.

Sua pele ficou tensa, seu coração se apertou e a necessidade cresceu dentro dele, simples e visceral, o centro vazio em seu coração, aquele espaço insaciável, aumentando.

Quando abriu os olhos, a primeira coisa que viu foi a luz. Não as RUVs fortes que cercavam o espaço, mas a aura das almas humanas. Quarenta e duas eram brancas.

E uma era vermelha.

Uma alma manchada por um ato de violência, que havia dado origem a um monstro.

Era a mulher de verde.

A mãe, com a menina ao seu lado, o bracinho ainda em volta da perna dela. A luz vermelha cobria sua pele, riscando suas bochechas como lágrimas.

August se obrigou a descer a escada.

— Ele partiu meu coração — confessou a mulher, com os punhos ainda cerrados. — Por isso pisei no acelerador. Eu o vi na rua e pisei no acelerador. Senti o corpo dele se quebrar sob os pneus. Eu o tirei da estrada. Ninguém soube, ninguém soube, mas ainda escuto aquele som toda noite. Estou tão cansada disso...

August esticou a mão e parou com os dedos a poucos centímetros da mão dela. Era para ser simples. Ela era uma pecadora, e a FTF não abrigava pecadores.

Mas, para August, não era simples.

Ele poderia deixar que ela se livrasse.

Poderia...

A luz no salão estava começando a se apagar, o brilho pálido de quarenta e duas almas voltando a imergir sob a superfície da pele. O vermelho na dela brilhou ainda mais forte. A mulher encarou seus olhos, atrás dele, talvez através dele, mas ainda assim ele.

— Estou tão cansada... — ela sussurrou. — Mas faria tudo de novo.

As últimas palavras quebraram o feitiço; em algum lugar da cidade, um monstro vivia, caçava e matava por causa do que aquela mulher fizera. Ela tinha feito uma escolha.

E August fez a dele.

Tocou a mão dela, apagando sua luz.

8

August voltou para o saguão assim que acabou, se afastando o máximo possível dos sons de espanto, do alívio palpável dos sobreviventes, do grito penetrante da menina.

Ele parou diante da sereia, esfregando as mãos, as últimas palavras da pecadora ecoando em sua cabeça. A vida da mulher ainda cantava sob a pele dele — tinha lhe dado força, firmeza. Não exatamente como fome saciada — fazia meses que não ficava *faminto* —, mas uma sensação de solidez, realidade. Uma calma tranquila que se evaporou no momento em que a menina começou a gritar.

Ele tinha levado o cadáver para longe dela, tirando-o do corredor, entregado para a equipe de coleta. A pele parecia estranha sob seu toque, fria, pesada e oca de uma forma que o fazia querer se afastar.

August tinha passado muito tempo observando os soldados da FTF — não tentava mais imitar suas expressões, suas posturas, seus tons de voz, mas o estudo havia se tornado um hábito. Tinha observado como apertavam as mãos depois de missões ruins, como bebiam, fumavam e faziam piadas para esconder aquilo.

August não se sentiu enjoado ou nervoso.

Apenas vazio.

Quanto pesa uma alma?, ele se perguntou.

Menos que um corpo.

As portas da sala de concertos se abriram.

— Por aqui — disse Harris, guiando o grupo.

Ani estava com a menininha em seus braços.

August sentiu Jackson apoiar a mão sobre seu ombro.

—Você fez seu trabalho.

Ele engoliu em seco e desviou o olhar.

— Eu sei.

Eles guiaram a multidão através das portas ao sul. Estavam trancadas, mas August digitou o código enquanto Ani ligava o rádio.

— Livre?

Veio um estalo de estática e a voz seca de Rez.

— *Mais livre impossível.*

O grupo se afastava de August enquanto ele abria caminho até a frente, encolhendo-se como se uma pequena distância fosse mantê-los em segurança.

Do lado de fora, a Cidade Norte se erguia atrás deles, mas o sol continuava se pondo lentamente atrás dos prédios.

Ainda havia uma hora de segurança antes que o dia começasse a dar lugar ao crepúsculo, o que significava que os monstros não eram a preocupação mais premente. Os corsais só saíam na escuridão e, embora os malchais não fossem *incapacitados* pela luz do dia, eram enfraquecidos por ela. O perigo real, enquanto havia sol, eram os garras — os humanos que tinham jurado lealdade aos malchais, que adoravam os monstros como deuses, ou simplesmente tinham julgado que era melhor se submeter a fugir. Os garras haviam armado a emboscada na sala de concertos naquele dia, e eram eles que cometiam a maior parte dos crimes durante o dia, trazendo novos monstros para o mundo a cada pecado.

August começou a atravessar a rua.

Apenas seis quarteirões separavam o posto de controle da segurança do Complexo Flynn, mas quarenta e dois civis apavorados, quatro membros da FTF e um sunai eram um alvo tentador demais. Eles tinham uma dezena de jipes, mas a gasolina era escassa e a demanda, alta; além disso, a tensão era alta depois de uma triagem, e Henry não queria que os novos recrutas se sentissem como prisioneiros sendo levados de camburão.

"Vão a pé com eles", seu pai tinha dito. "Passo a passo."

Por isso, August e seu esquadrão guiavam as quarenta e duas pessoas em direção à escadaria na esquina.

Botas soaram por perto, os passos firmes e tranquilos. Um momento depois, Rez estava ao seu lado.

— E aí, chefe?

Ela sempre o chamava assim, mesmo sendo uma década mais velha do que ele — mais do que isso, na verdade. Afinal, August só *parecia* ter dezessete anos. Ele tinha nascido em meio à fumaça de pólvora e estojos de bala num refeitório cinco anos antes. Rez era baixa e esguia, uma das primeiras recrutas da Cidade Norte a trocar o pingente de Harker por um distintivo da FTF. Ela tinha estudado direito na vida passada, como ela chamava o período anterior, mas agora era uma das melhores integrantes da equipe de August, franco-atiradora de dia e parceira de resgate e reconhecimento à noite.

Ele ficou contente ao vê-la. Rez nunca perguntava quantas almas havia colhido, nunca tentava minimizar o que August tinha feito, o que tinha de fazer.

Juntos, chegaram ao portão da escadaria, com um arco de aço no alto sinalizando o lugar como uma estação de metrô. Ao ver aquilo, várias pessoas diminuíram o passo.

August não as culpava.

Em sua maioria, os metrôs eram domínio dos corsais — túneis escuros como aquele pelo qual havia corrido com Kate, cheios de sombras que se torciam e retorciam, garras que cintilavam na escuridão, murmúrios de *espanca quebra arruína carne osso espanca quebra* saindo entredentes.

Mas as escadas depois do portão eram fulgurantes de luz.

A FTF tinha passado três semanas aplicadas em proteger a linha, selando todas as rachaduras e enchendo a passagem com tantos raios UV que Harris e Jackson a tinham apelidado de "bronzeadora", já que dava para pegar um bronze no caminho entre o Posto de Controle 1 e o Complexo.

Rez abriu a série de fechaduras e August se contorceu de leve com o brilho enquanto desciam para a plataforma e entravam nos trilhos.

— Fiquem juntos! — Ani ordenou, enquanto Harris trancava o portão atrás deles.

Era uma zona morta lá embaixo, e os sinais de rádio se perdiam. Os túneis ecoavam ao redor deles enquanto entravam em fileiras de dois e três. Jackson e Harris pontuavam o silêncio dando instruções aos recrutas trêmulos enquanto August se concentrava na batida de seu coração, no tique-taque de seu relógio, nos marcadores nas paredes, contando a distância até poderem subir para tomar um ar.

Quando finalmente subiram a escada para a rua, o Complexo surgiu como uma sentinela diante deles, iluminado da torre até o meio-fio. Uma faixa de reforço de UV da largura de uma rua traçava a base do prédio, o equivalente tecnológico ao fosso de um castelo, ficando mais potente à medida que a luz do dia começava a diminuir.

A escada do Complexo estava cercada por soldados, cujas expressões variavam de dura a irritada com a visão dos mais novos sobreviventes da Cidade Norte. Quando viam August, voltavam o olhar para o chão.

Rez se afastou com um "Até mais, chefe", e os quarenta e dois recrutas foram levados escada acima, mas August continuou na ponta da faixa de luz, ouvindo.

Ao longe, em algum lugar depois da Fenda, alguém gritou. O som estava distante e saíra agudo demais, partido demais para ouvidos humanos captarem, mas August o escutava perfeitamente. Quanto mais se esforçava, mais sons escutava. Conforme os acordes se desemaranhavam, o silêncio ia revelando uma dezena de ruídos distintos: um farfalhar na escuridão, um rosnado gutural, metal riscando pedra, o zumbido da eletricidade, um soluço trêmulo.

Quantos continuavam do outro lado da Fenda?, ele se perguntou.

Quantos haviam fugido para a Cidade Sul ou escapado para o Ermo?

Quantos não tinham conseguido sair?

Uma das primeiras coisas que Sloan e seus monstros tinham feito fora cercar o máximo possível de humanos e prendê-los em cadeias improvisadas em hotéis, prédios residenciais e depósitos. Diziam que toda noite eles soltavam alguns, apenas pela diversão de caçá-los.

August virou as costas e seguiu sua equipe, mas, depois de entrar no Complexo, foi direto para os elevadores, evitando os olhares dos soldados, dos novos recrutas e da menininha que era entregue para um membro da FTF.

Ele se recostou na parede do elevador, aproveitando o momento de solidão até uma mão impedir a porta de se fechar por completo. O metal se abriu e outro sunai entrou.

August se empertigou.

— Soro.

||||

||||

— Oi, August — Soro cumprimentou com os olhos brilhando, apertando o botão do décimo segundo andar.

Mesmo sendo mais jovem, Soro tinha uma aparência mais velha que seus dois irmãos. Tratava Ilsa como uma bomba-relógio e olhava para August como ele antes olhava para Leo: com um misto de cautela e respeito.

Com o corpo magro e alto, Soro tinha a pele prateada marcada por pequenos xis pretos. Tinha um cabelo prateado que era como uma sombra, mudando seu rosto dependendo de como caía sobre a testa. Agora, estava penteado para trás, destacando seus maxilares delicados e sua sobrancelha marcante.

No começo, August via Soro como mulher, mas não tinha certeza daquilo. Quando criou coragem para perguntar se Soro se considerava mulher ou homem, recebeu um olhar demorado antes de ouvir:

— Sou sunai.

Essa foi a única resposta, como se o resto não importasse, e August achou que não importava mesmo. Depois daquilo, não pensou mais em Soro como nada além de Soro.

Enquanto as portas se fechavam e o elevador subia, August lançou um rápido olhar para Soro. A frente de seu uniforme estava manchada por uma gosma enegrecida e sangue humano, mas

Soro não parecia notar ou se importar. Gostava de caçar — mas "gostar" não devia ser a palavra certa.

Soro não tinha a presunção de Leo, a excentricidade de Ilsa ou, até onde August sabia, seu desejo de se sentir humano. O novo sunai possuía uma determinação inabalável, uma crença de que os sunais existiam apenas para destruir monstros e eliminar os pecadores responsáveis por eles.

"Orgulho" talvez fosse a palavra ideal.

Soro se *orgulhava* de sua habilidade de caçar e, embora não tivesse o ardor de Leo, sua técnica mais que se igualava à dele.

— Teve um dia bom? — August perguntou, e Soro abriu a sombra de um sorriso, tão tênue que os outros nem deviam perceber, tão tênue que o próprio August teria deixado passar se não tivesse se esforçado tanto para aprender a expressar suas próprias emoções de forma que os humanos pudessem identificá-las.

— Você e suas perguntas estranhas — Soro disse. — Acabei com sete vidas. Isso é *bom*?

— Só se tiver sido merecido.

Uma leve ruga se formou na testa de Soro.

— É claro que foi.

Não havia nenhuma hesitação, nenhuma dúvida. Enquanto August encarava o reflexo de Soro na porta de metal, não pôde deixar de se questionar se seu catalisador tinha algo a ver com sua postura resoluta. Como todos os sunais, Soro havia nascido de uma tragédia, mas, ao contrário do massacre que criou August, o dele tinha sido mais... voluntário.

Um mês depois que a Cidade Norte mergulhou de volta no caos, um grupo que se autodenominava CPH — a Corporação do Poder Humano — teve acesso a um depósito de armas e decidiu bombardear os túneis do metrô, lar de tantos monstros da cidade.

E, como matar corsais era difícil (sombras são fáceis de dispersar, mas não de apagar), eles atraíram o máximo possível de malchais usando a *si próprios* como isca. Foi um sucesso, se é que uma missão suicida pode ser chamada de sucesso. Um bom número de monstros morreu, bem como vinte e nove humanos. Um trecho dos túneis subterrâneos da Cidade Norte desmoronou e apenas Soro saiu a salvo dos destroços, com a companhia de um rastro baixo e vacilante de música clássica, do tipo que Harker havia tocado nos metrôs por tanto tempo.

O elevador parou no décimo segundo andar e Soro saiu, virando para trás antes que as portas se fechassem.

— E *você*?

August piscou.

— Eu o quê?

—Teve um dia *bom*?

Ele pensou no homem implorando por sua vida, na menininha agarrada à perna da mãe.

—Você tem razão — ele disse, enquanto a porta se fechava. — É uma pergunta estranha.

Quando August chegou ao terraço do Complexo, seu corpo ansiava por ar fresco.

Não era algo físico, como fome ou enjoo, mas ele sentia mesmo assim, impulsionando-o para cima e para cima, até o topo do Complexo.

Dava para ver a cidade toda dali.

Não era o tipo de terraço *feito* para ir. Não se podia chegar a ele pelos elevadores ou pelas escadas principais, mas August tinha encontrado uma escotilha de acesso na sala do gerador do último andar no ano anterior.

August saiu soltando um suspiro lento e trêmulo enquanto o sol tocava o horizonte.

Lá em cima, ele conseguia respirar.

Lá em cima, ele estava sozinho.

E, lá em cima, finalmente, ele desmoronou.

Era aquela a sensação, um desenlace lento, primeiro de sua postura, depois de seu rosto, todos os centímetros de seu corpo tensos por ser mantidos no lugar sob o peso de tantos olhares perscrutadores.

Recomponha-se, murmurou Leo em sua cabeça.

August abafou a voz e avançou até a ponta de suas botas tocarem a beira do terraço. Era uma queda de vinte andares, com nada além de concreto esperando no fim. Doeria, mas só por um instante.

Ele sempre tinha adorado a Lei da Gravidade de Newton, a parte sobre coisas caindo na mesma velocidade independentemente do que fossem feitas. Uma chapa de aço. Um livro. Um humano. Um monstro.

A diferença, claro, era o que aconteceria quando chegassem ao chão.

O impacto partiria o concreto sob suas botas. Mas, quando a poeira levantasse, ele ainda estaria lá. De pé. Intacto.

Tudo cai, diz a voz de Leo em sua cabeça.

Ele deu um passo para trás, depois outro, sentando-se no terraço aquecido pelo sol, abraçando os joelhos. As marcas brilhavam em sua pele.

Ele tinha passado muito tempo tentando escondê-las, mas agora as deixava à mostra. Uma para cada dia desde que se entregara às trevas pela última vez.

Uma para cada dia desde que...

Me matou.

August fechou os olhos.

Você é um monstro de verdade agora.

— Para — August sussurrou, mas a voz de Leo continuava em sua mente. O pior era que ele não sabia, não fazia ideia, se era apenas uma lembrança, um eco, ou se era realmente Leo, uma última parte do irmão que estava presa a ele.

Ele o havia matado, colhido sua vida, sua alma, o que quer que os sunais tinham dentro de si, e agora ela estava *dentro* de August. O sunai imaginou suas duas vidas como água e óleo, recusando-se a se misturar.

Ele sempre havia se perguntado se os humanos que colhia continuavam com ele, se alguma parte de quem eram — de quem tinham sido — permanecia em seu sangue, fundia-se com sua alma. Mas os humanos não tinham voz. E Leo tinha.

Diga, August. Você ainda sente fome?

August cravou as unhas no chão áspero do terraço. Não sentia fome havia meses e odiava aquilo: odiava a saciedade, odiava a força, odiava o fato de que, quanto mais se alimentava, mais vazio se sentia.

Odiava que uma pequena parte dele *quisesse* sucumbir de novo, sentir aquele ardor febril, como um frio iminente, lembrar a sensação de estar vivo, sentir fome. Sempre que entrava na sala de concertos, tinha esperanças de que todas as almas brilhariam brancas. Quase nunca acontecia.

O céu começou a escurecer como um hematoma. August pousou a testa sobre os joelhos e inspirou no pequeno espaço entre seu peito e suas pernas enquanto o crepúsculo se intensificava. O sol estava quase totalmente posto quando sentiu o ar se movimentar atrás dele e uma mão tocou seu cabelo em seguida.

— Ilsa — ele disse baixo.

August ergueu a cabeça enquanto sua irmã se sentava ao seu

lado. Ela estava descalça, os cachos avermelhados soltos balançados pela brisa, tudo nela tão aberto, desprotegido. Era fácil esquecer que era a primeira sunai, que tinha criado o Árido, apagando um trecho da cidade e as pessoas nele.

Ilsa tem dois lados. Eles não se encontram.

Mas August nunca tinha visto o lado sombrio de Ilsa, havia apenas conhecido aquele, alegre, doce e às vezes perdido.

Naquele momento, a única coisa perdida era sua voz.

Ele sentia falta dela, daquela cadência rítmica que deixava todos os sons leves, mas Ilsa não falava mais. Não conseguia. Sua gola estava aberta, revelando o risco feroz, como um laço, em volta da garganta. Obra de *Sloan*. Ele havia cortado as cordas vocais dela e roubado sua capacidade de falar, de *cantar*.

No entanto, assim como a voz de Leo tinha espaço na cabeça de August, a dela também. Quando Ilsa encontrou seus olhos, ele viu a dúvida nela. A preocupação constante. A doce insistência.

Fala comigo.

Quando ela enroscou seu longo braço no dele e pousou a cabeça em seu ombro, August *soube* que podia contar para ela.

Sobre a menina e a mãe, sobre a voz de Leo arranhando o fundo de seu crânio, sobre como sentia falta da fome e o medo: medo de seu propósito, de não ser capaz de cumpri-lo, daquilo em que precisava se transformar e daquilo em que estava se transformando, do que ele já era. E a verdade por trás daquilo tudo — mais silenciosa do que nunca, mas ali, sempre ali — era o desejo vão, inútil e impossível de ser humano. Um desejo que continuava tentando suprimir. Que o fazia suspender a respiração até não conseguir mais se concentrar, então voltava à tona, tentando tomar ar.

August poderia contar para ela — confessar, como tantas almas condenadas faziam com ele —, mas de que adiantaria? As palavras eram peças de dominó alinhadas em sua cabeça. Se ele começasse a falar, se derrubasse a primeira peça, todas cairiam. Para quê? O impulso egoísta de sentir...

Os dedos dela apertaram seu braço.

Fala comigo.

Mas o comando de um sunai não tinha o mesmo peso sem palavras. Era injusto, August sabia, que, como ela não conseguia falar, ele não tinha de responder.

— Tudo correu como deveria — disse apenas. Não era mentira, mesmo não parecendo a verdade.

Ilsa ergueu a cabeça e a tristeza inundou seu rosto. August desviou o olhar, e ela soltou seu braço e deitou de costas no terraço, com os braços bem abertos, como se tentasse abraçar o céu.

O dia sem nuvens dava lugar a uma noite limpa e sem lua. Dali do alto, com a maior parte das luzes ao norte apagadas, August conseguia ver um punhado de estrelas. Nada como as pinturas de luz que vira no céu além da cidade, apenas meia dúzia de pontos piscando no alto, brilhando e desaparecendo e brilhando de novo, como a memória daquela noite no Ermo, quando ele estivera com Kate e o enjoo apenas começara. Quando o carro roubado quebrara e eles tinham parado à beira da estrada, Kate tremendo e August queimando, e, no alto, o céu era um pano de luz. Quando o contemplara, hipnotizado pelo número de estrelas, e ela dissera que as pessoas eram feitas de poeira das estrelas, então talvez ele também fosse.

August queria que ela estivesse certa.

— *Alfa?* — a voz de Phillip chegou pelo rádio.

August se empertigou.

— Aqui.

— *Temos um S.O.S. A equipe Delta precisa de reforços.*

— Norte ou sul? — August perguntou, se levantando.

A breve pausa já era resposta o bastante.

— *Norte.*

August olhou em direção à Fenda, com o sol poente rebrilhando nela. Do outro lado, o norte da cidade se erguia como dentes quebrados. Ele sentiu o olhar da irmã, mas não virou para ela enquanto encostava a bota na beira do terraço.

— Estou a caminho — ele disse.

E pulou da beirada.

⊞⊞

Os prédios lembravam Sloan dentes quebrados, uma boca partida mordendo o céu ferido. O crepúsculo era a hora em que o dia mergulhava em algo sombrio, em que até as mentes humanas davam lugar a seres primitivos.

Ele parou diante da janela, olhando para fora como Callum Harker havia feito tantas vezes. Apreciava a elegância, a poesia no fato de *criatura* substituir *criador*, a sombra sobreviver à fonte.

O escritório ocupava um pedaço do prédio antes chamado de Harker Hall, e duas paredes eram de vidro sólido. As janelas que davam para o pano de fundo escurecendo iam do piso até o teto, refletindo algumas partes dele e tragando outras. Seu terno preto se misturava ao crepúsculo, enquanto seu rosto aquilino brilhava branco como osso e seus olhos ardiam como buracos vermelhos no horizonte.

À medida que a noite tomava conta, seu reflexo no vidro ficava mais sólido.

Mas, com o pôr do sol, a luz artificial veio trespassando do sul, cortando o retrato, enevoando a imagem como uma bruma, uma *poluição*, a coluna de luz da Fenda, e o Complexo Flynn além dela, erguendo-se contra a escuridão.

Pensativo, Sloan começou a bater uma unha pontuda no vidro, criando um ritmo contínuo, no compasso do tique-taque de um relógio.

Fazia seis meses que tinha ascendido a seu lugar de direito. Seis meses desde que assumira o controle de metade da cidade. Seis meses, e o Complexo ainda estava de pé, a FTF *resistia*, como se não pudesse ver que era um esforço em vão, que os predadores eram *feitos* para conquistar as presas. Ele mostraria a eles que não iam vencer, claro, *não podiam* vencer, que o fim era inevitável. A única dúvida era se eles iam se entregar ou não, se morreriam rápida ou lentamente.

A atenção de Sloan vagou para sua metade da cidade, imersa nas trevas. A pouca luz ali *tinha* um propósito — manter o alimento vivo. Os corsais nunca haviam sido criaturas moderadas. Alimentavam-se de tudo ao seu alcance — se caísse nas sombras, era deles. Mas tinham que se limitar àquelas sombras, por isso os malchais aprisionavam suas refeições em prédios bem iluminados e lançavam raios de alta voltagem na escuridão.

Mas havia *outras* luzes pontuando a cidade.

As luzes dos *escondidos*.

Faixas finas que escapavam sob portas e janelas fechadas por tábuas, luzes de segurança transformadas em faróis, tão constantes e sedutoras quanto a batida de um coração.

Estou aqui, elas diziam. *Estou aqui, estou aqui, venham me pegar.*

E ele iria.

Vozes soaram pela porta aberta do escritório, os murmúrios dispersos de uma luta, um corpo sendo arrastado aos pontapés, gritos contra uma mordaça.

Sloan sorriu e virou de costas para o vidro. Rodeou a mesa larga de carvalho, seus olhos como sempre atraídos à mancha no piso de madeira, o lugar onde o sangue havia deixado uma sombra permanente. Os últimos resquícios de Callum Harker.

A menos, claro, que *ele* contasse.

Sloan escancarou a porta e, um segundo depois, um par de malchais entrou com tudo, arrastando a garota entre eles. Ela tinha tudo o que Sloan queria: cabelo loiro, olhos azuis e um espírito combativo.

Katherine, ele pensou.

Ela, obviamente, não era Katherine Harker, mas houve um momento — *sempre* havia um momento — antes de seus sentidos se aguçarem e ele registrar as diferenças entre a filha de Callum e a impostora.

Mas, no fim, as diferenças não importavam. A característica mais importante não estava no rosto, na forma ou no cheiro. Estava na maneira como resistiam.

E ela *resistia*. Mesmo com a boca tampada e as mãos atadas. Lágrimas tinham deixado rastros em seu rosto, mas seus olhos ardiam de raiva. A garota tentou chutar um dos malchais enquanto ele a forçava a ajoelhar, mas errou.

Os olhos de Sloan se estreitaram ao ver a mão firme do malchai no braço exposto da garota, e os lugares de onde a unha afiada dele havia tirado sangue.

— Falei para não a machucarem — ele disse, inexpressivo.

— Eu tentei — disse o primeiro malchai. Sloan não decorava o nome deles. Não via motivo. — Mas ela não facilitou.

— Fizemos o possível — disse o segundo, afrouxando um pouco a mão.

— Você tem sorte que não a comemos — acrescentou o primeiro.

Sloan inclinou a cabeça ao ouvir aquilo.

Então cortou a garganta da criatura.

Havia uma ideia errada sobre os malchais. A maioria dos humanos parecia achar que a única maneira de matá-los era destruindo seu coração. Definitivamente era o jeito *mais rápido*, porém cortar os músculos do pescoço também funcionava, se suas unhas fossem afiadas o bastante.

Em vão, o monstro levou as garras à garganta arruinada enquanto sangue negro escorria pelo seu corpo. Ele abria e fechava a boca. Não morreria pelo corte, mas ficaria fraco demais para caçar, e os malchais não eram um grupo generoso quando o assunto era sangue.

Sloan o observou se debatendo.

Ele ficou à espera de um adversário, alguém que se levantasse e tentasse um golpe, mas ninguém se arriscou. Eles sabiam, assim como Sloan, que os monstros não eram criados todos iguais. Sabiam, no fundo do coração preto em seu peito, que eram menores. Da mesma maneira como todo predador reconhece seus superiores.

Sloan sempre tinha sido... especial.

Todos os malchais surgiram de assassinatos, era verdade, mas Sloan tinha surgido de um *massacre*. Na primeira noite das guerras territoriais, Callum Harker declarara seu poder sobre a Cidade Norte eliminando a concorrência. Uma imagem cintilou na mente de Sloan, mais um sonho do que uma lembrança: uma longa mesa, uma dezena de corpos sentados em cadeiras, o sangue se acumulando no chão embaixo deles.

Como era que Callum dizia?

O caminho para o topo é pavimentado de corpos.

Sloan sempre se maravilhava que pudesse ter sido um sunai — que a mão que tomou as sombras dele tinha lhe dado aquilo no lugar. Talvez porque não havia inocentes na sala naquela noite.

Ou talvez o destino simplesmente tivesse senso de humor.

O malchai ferido estava perdendo o fôlego. Um som gutural escapou de sua garganta, seguido por um gorgolejo úmido enquanto caía de joelhos. O sangue pingava em coágulos espessos, manchando o piso. Sloan chutou o malchai para longe da marca de Callum.

A garota ainda estava de joelhos, imobilizada pelo segundo

monstro, que fitava o sangue negro escorrendo da garganta do outro malchai com o rosto esquelético tomado de surpresa.

Sloan tirou um lenço escuro do bolso da camisa.

— Vá — ele disse, limpando o sangue dos dedos. — E leve o outro com você.

O malchai obedeceu, soltando a garota para arrastar o monstro caído em direção à porta.

No momento em que ele soltara a mão, ela já estava em pé, pronta para fugir.

Sloan sorriu e afundou o calcanhar no tapete, puxando-o na sua direção. A garota cambaleou. No breve momento antes que ela caísse ou se equilibrasse, Sloan avançou.

E então estava em cima dela, forçando suas costas contra o piso. A garota resistiu, como Kate havia resistido na grama e no cascalho. Arranhou-o com as mãos atadas, passando as unhas curtas demais na pele grossa dele. Por um momento, Sloan deixou que ela lutasse, como se já não tivesse perdido. E então seus dedos entraram no cabelo loiro dela, forçando sua cabeça para trás, expondo a linha da garganta, e ele pressionou a boca na curva de seu pescoço, deliciando-se com o grito crescente que a garota soltou.

— Katherine — Sloan sussurrou contra a pele dela logo antes de morder, cravando os dentes pontudos com facilidade na carne e no músculo. O sangue se espalhou por sua língua, correndo com força, com vida, e o grito morreu na garganta da garota. Alguma parte dela ainda tentava lutar, mas cada golpe era mais fraco, os membros amolecendo, seu corpo se entregando de forma lenta e hesitante.

A garota estremeceu embaixo dele, e Sloan saboreou os segundos perfeitos em que os membros dela paravam enquanto seu coração continuava a bater, e a imobilidade abençoada que se seguiu quando finalmente parou também.

Seu maxilar se abriu, afastando os dentes com um ruído úmido. Ele tirou os dedos do cabelo dela, mas cachos dourados ficaram presos neles como teias de aranha até que os desenroscasse. Então caíram sobre o rosto dela, tão finos e delicados quanto cicatrizes antigas.

— O que você vai fazer quando acabarem as loiras? — perguntou uma voz seca do batente.

Os dentes de Sloan estalaram. O vulto da intrusa pairou em sua visão periférica, como um fantasma da garota embaixo dele, uma sombra, familiar mas distorcida.

Alice.

Ele a encarou.

Alice estava usando calça jeans escura e camisa desfiada, roupas que Katherine havia deixado para trás. Seu cabelo estava mais para branco do que loiro, cortado em um ângulo agressivo na altura do queixo. Sangue — esguichos arteriais escuros — cobria seus braços dos cotovelos até as unhas pontudas. De seus dedos pendia um punhado de insígnias, cada uma com três letras impressas: FTF.

— Todos temos nossas preferências — disse Sloan, levantando.

Alice inclinou a cabeça, num movimento lento e deliberado. Seus olhos eram vermelho-âmbar, como os de Sloan, como os de *todos* os malchais, mas, sempre a encarava, ele esperava vê-los azuis, como os do... Ele quase pensou *pai*, mas não estava certo. Callum Harker era pai de *Katherine*, não de Alice. Se Alice nasceu de alguém, era da própria Katherine, dos crimes dela, assim como Sloan havia nascido dos crimes de Callum.

— Teve sucesso? — ele perguntou. — Ou só fez sujeira?

Alice tirou algo do bolso e jogou na direção dele. Sloan pegou o objeto no ar.

— Quatro provisões a menos — ela disse. — Faltam três.

Sloan examinou o objeto em sua mão. Parecia um cubo pequeno com o esbranquiçado de um cadáver recente, mas Sloan sabia o que era. Uma pequena quantidade de explosivo plástico. Pequena *demais*.

— Onde está o resto?

Alice abriu um sorriso travesso para ele.

— Num lugar seguro.

Sloan suspirou e ajeitou a postura, com o sangue se assentando em seu estômago. O prazer da matança infelizmente era breve. Na morte, a garota a seus pés não tinha nenhuma semelhança com Katherine, o que provocava uma terrível insatisfação. Ele mandaria alguém jogar o corpo para os corsais. Não faziam questão de um coração pulsante.

Alice seguiu seu olhar para o cadáver, cuja aparência era um eco vago dela própria. Seus olhos brilharam, não de raiva ou repulsa, mas de fascínio.

— Por que você a odeia?

Pensativo, Sloan passou a língua nos dentes. Ele não *odiava* Katherine, só adorava a ideia de matá-la. Sentia raiva por ter tirado a vida que deveria ter sido dele: a de Callum. Ele nunca havia descoberto o sabor do sangue do pai de Katherine. Mas, enquanto a garota estivesse viva, em algum lugar, poderia imaginar o dela.

Ele limpou uma gota de sangue no canto da boca.

— Um predador odeia sua presa? — perguntou, finalmente. — Ou só sente fome?

A atenção de Alice continuou fixa na garota.

— Ela está viva, em algum lugar. — Seus olhos vermelhos cintilaram. — Consigo sentir, como teias de aranha na minha pele.

Sloan entendia. Todos os dias de sua existência compartilhada, ele havia sentido os fios da vida de Callum, finos, invisíveis, impossíveis de arrancar. E havia sentido a morte de seu criador como uma tesoura afiada o libertando.

Alice dobrou os dedos e as últimas gotas de sangue pingaram no chão.

— Um dia, vou encontrar a garota e...

— Vá se lavar — ele interrompeu, jogando o lenço de bolso para ela. — Está sujando tudo. — O que ele não disse era que Katherine era a presa *dele*. Quando voltasse para casa (e voltaria para casa, era atraída por ela) sua morte estaria nas mãos dele.

Alice não fez nenhum movimento para pegar o pano, que caiu no chão, pousando sobre o rosto da garota morta. Ela o encarou, abrindo um sorriso devagar.

— É claro, *pai*.

Sloan bateu os dentes em repulsa.

Na primeira vez que ela o tinha chamado de pai, o malchai havia batido nela com tanta força que seu corpo rachara a parede. Alice apenas se empertigara e dera uma risadinha sarcástica antes de sair andando da cobertura e do prédio, noite adentro.

Quando ela voltara pouco depois do amanhecer, seus membros estavam cobertos de sangue, mas não havia emblemas da FTF em suas mãos. Alice tinha sorrido para Sloan, cumprimentado e ido para o quarto. Foi só quando ele saíra da cobertura que descobrira o que ela havia feito: matara todas as loiras de olho azul que conseguira encontrar, deixando os corpos em fila na escadaria do Harker Hall.

Ele havia pensado em matá-la naquele dia e uma centena de vezes depois, mas alguns desejos se tornam mais doces com a espera. Talvez, quando ficasse sem Katherines...

Sloan apenas retribuiu o sorriso.

Ele ia guardá-la para depois.

||||| ||||| |

Em seu terceiro internato, Kate tinha lido um livro sobre assassinos em série.

De acordo com o primeiro capítulo, a maioria dos atos isolados eram crimes passionais, mas aqueles que matavam repetidas vezes o faziam porque eram viciados na sensação. Ela sempre tinha se perguntado se havia mais alguma coisa — se aquelas pessoas também estavam tentando fugir do desânimo, do vazio de sua vida insatisfatória.

O que a fazia se perguntar que tipo de trabalho aquelas pessoas tinham para precisar de hobbies tão violentos.

Agora ela sabia.

— Bem-vindo ao Grão de Café — ela disse com toda a animação que conseguia fingir. — Em que posso ajudar?

A mulher do outro lado do balcão não sorriu.

—Vocês têm café?

Kate olhou para a parede de moedores e cafeteiras, para os clientes segurando xícaras, para a placa acima da porta.

— Sim.

— E? — ela disse, impaciente. — Quais as opções?

— Tem um quadro ali na parede...

— Não é seu trabalho saber?

Kate respirou fundo para se acalmar e olhou para as próprias unhas, examinando as pequenas manchas negras do sangue do monstro que havia matado na noite anterior, enquanto tentava se lembrar de que aquele era apenas um trabalho.

O quinto em seis meses.

— Por que não peço para você nossa torra de café mais vendida? — ela perguntou com um sorriso.

Mas não era uma pergunta. No fundo, a maioria das pessoas não queria tomar decisões. Gostavam da ilusão do controle, sem as consequências. Ela tinha aprendido aquilo com seu pai.

A mulher respondeu com um aceno de cabeça brusco e foi se juntar à massa que se acotovelava enquanto esperava seus pedidos. Pareciam devotos em um altar, e Kate se perguntou quem era mais viciado: aquelas pessoas ou assassinos em série.

— Próximo! — ela gritou.

Teo apareceu, com seu cabelo azul espetado parecendo uma chama na cabeça.

—Você precisa ver isso — ele disse, empurrando o tablet sobre o balcão.

Ela olhou para trás de Teo e viu o cabelo castanho cacheado de Bea e o gorro roxo de Liam em uma mesa no canto. Ele nunca estava sozinho.

— Quer fazer um pedido, *senhor*? — ela perguntou, seca. — Já que estou *trabalhando* — Kate acrescentou, como se o avental, o balcão e a fila de clientes não deixassem aquilo óbvio.

Teo abriu um sorriso malicioso.

— Um macchiato triplo com caramelo e leite desnatado...

— Agora você só está tentando me irritar...

— E chantili sem açúcar. Põe na minha conta.

—Você *não tem* uma conta.

— *Ah*. —Teo soltou um suspiro exagerado enquanto tirava uma nota amassada do bolso. — Pedi para você abrir uma para mim.

— E eu não queria ser demitida *de novo*, por isso não abri. — Enquanto pegava o dinheiro, seu olhar desceu para o tablet. Ela viu o começo de uma manchete e a cena de um crime, e seu coração bateu mais rápido. *Aquela* era a sensação que assassinos e viciados em café procuravam. — Vai lá sentar.

Teo obedeceu. Assim que ela atendeu todo mundo, fez a bebida dele e saiu por baixo do balcão.

— Vou fazer meu intervalo — Kate avisou, tirando o avental e rumando para a mesa no canto onde o grupo heterogêneo dos Guardiões havia fixado residência.

Ela colocou o macchiato com força na mesa e sentou numa cadeira vazia.

— O que estão fazendo aqui?

— Cadê a educação? — ironizou Bea, que havia arranjado o emprego para ela.

— Macchiato! — Teo exclamou alegremente.

Liam estava ocupado demais contando grãos de expresso cobertos de chocolate e jogando-os na boca um a um.

— Relaxa — ele disse —, ninguém vai descobrir que você tem um alter ego.

— Cala a boca, por favor.

— De dia ela sofre com os clientes — disse Teo em um sussurro teatral —, de noite os monstros sofrem com ela.

Aquele era o motivo pelo qual Kate trabalhava sozinha. A única coisa pior do que guardar um segredo era deixar outras pessoas saberem dele. Mas os Guardiões eram como areia movediça: quanto mais ela resistia, mais se afundava. Eles não se incomodavam com sua reserva, pareciam até achar fofo. O que a irritava ainda mais.

Uma vez, só para confundir as coisas, Kate tinha sido muito doce, chamando-os por apelidos e abraçando Liam para retribuir todo o afeto.

Eles a encararam horrorizados, como se fosse outra pessoa idêntica a ela.

— Só tenho dez minutos — ela disse. — Mostrem logo.

Teo virou o tablet.

— Saca só.

Uma foto de um executivo sorridente estava sob a manchete.

PROPRIETÁRIO É ESPANCADO ATRÁS DE RESTAURANTE

Kate leu o texto por cima.

— *A polícia ainda está tentando determinar a causa... especulando se... intencional ou má-fé... sem testemunhas... ataque animal...*

— Ataque animal... quem compra essa? — perguntou Bea. — Estamos no centro de Prosperidade.

Kate lançou um olhar para Teo.

— E o arquivo do necrotério?

— Riley disse que ainda não saiu a autópsia, mas ele tem um buraco bem grande no peito e o coração não está no inventário de órgãos. *Essa* parte não é de conhecimento público, óbvio.

— Não querem assustar ninguém — Kate disse, seca, enquanto procurava mais detalhes na notícia.

Ela passou por uma breve menção da explosão na Broad e então sua mão pairou sobre o artigo seguinte, de onde o rosto familiar a encarava, com o cabelo loiro caindo sobre os olhos azul-escuros.

O VILÃO DE VERACIDADE

Ela prendeu a respiração, tomada pelo susto de deparar com o olhar implacável de seu pai. A voz dele surgiu em sua cabeça.

Katherine Olivia Harker.

— Kate? — Bea chamou.

Ela se forçou a voltar para o café, para a mesa, os olhares em expectativa dos Guardiões, e subiu a página para fazer o artigo desaparecer.

— Andamos conversando — disse Teo —, e eu e a Bea queremos ajudar.

— Já estão ajudando.

— Você entendeu o que ele quis dizer — disse Bea. — Podemos ir *com você*. Como reforços.

— Isso aí! — Liam exclamou.

— Você não — disseram Teo e Bea ao mesmo tempo.

— *Nenhum* de vocês — disse Kate.

— Escuta — disse Bea, inclinando-se para a frente —, quando tudo isso começou, era uma teoria, certo? Mas, graças a você, sabemos que é de verdade e não vai desaparecer, então talvez...

Kate abaixou a voz.

— Vocês não sabem nada sobre caçar monstros.

— É só você ensinar a gente — disse Teo.

Mas a última coisa de que Kate precisava era mais gente com que se preocupar, mais sangue em suas mãos.

— Me mandem o local do crime — ela disse, levantando. — Vou dar uma olhada hoje à noite.

||||| ||||| ||

Os MEMBROS DO CONSELHO DA FTF se reuniram no centro de comando, atropelando a fala um dos outros.

— Cada pessoa que trazemos para dentro é mais uma boca para alimentar, mais um corpo para vestir, mais uma vida para abrigar. — Marcon bateu a mão na mesa. — Meu compromisso é com os que já estão com a gente. Aqueles que *escolheram* lutar.

— Não vamos *obrigar* nossas tropas a atravessar aquela Fenda — disse Bennet, um membro mais jovem —, mas o que estamos fazendo agora não é suficiente.

— É *demais* — argumentou Shia. — Nossos recursos estão acabando...

— Isso não é uma guerra, é um cerco...

— Se vocês não concordarem em atacar em vez de se defender, talvez...

August continuou em silêncio, encostado à parede, a cabeça apoiada no mapa da cidade. Ele parecia mais um quadro: não estava lá para falar ou mesmo para ouvir. Até onde sabia, só tinha que ser visto, como um alerta ou lembrete.

Há poder no conhecimento, comentou Leo em sua cabeça.

Não Leo, August se corrigiu. Ele não era real. Não passava de uma voz. Uma lembrança.

Não Leo fez "*tsc, tsc*".

Na cabeceira da mesa, Henry Flynn não dizia nada. Parecia... cansado. Olheiras permanentes marcavam seu rosto. Ele sempre tinha sido magro, mas estava quase esquelético.

— Tentamos tomar uma geladeira ontem à noite — disse Marcon, referindo-se aos prédios onde os malchais e os garras mantinham seus prisioneiros. Geladeira, um lugar para armazenar *carne*.

— E perdemos cinco soldados. *Cinco*. Para quê? Por nortistas que não davam a mínima para nós até não restar nenhuma opção. E pessoas como Bennett e Paris, que acham...

— Posso ser cega, mas meus ouvidos funcionam perfeitamente bem — cortou a velha senhora do outro lado da mesa. A primeira vez que August a vira, ela estava derramando cinzas de cigarro em seus ovos numa casa dois quarteirões ao norte da Fenda, mas agora parecia bem à vontade em seu lugar no conselho. — Todos sabem do meu apoio às pessoas do outro lado da Fenda. É fácil dizer o que você teria feito se estivesse lá, mas não pode culpar alguém por querer sobreviver.

A briga recomeçou em um volume mais alto. August fechou os olhos. O barulho era... confuso. A situação era confusa. A humanidade era confusa. Durante a maior parte de sua breve vida, tinha visto as pessoas como boas ou más, puras ou maculadas — a separação clara, as linhas traçadas em preto e branco —, mas os últimos seis meses tinham lhe mostrado uma imensidão de tons de cinza.

Ele tinha vislumbrado aquilo pela primeira vez em Kate Harker, mas sempre pensara nela como a exceção. Agora, para onde quer que olhasse, via as divisões causadas pelo medo e pela perda, pela esperança e pelo remorso; pessoas orgulhosas pediam ajuda, e aqueles que já tinham se sacrificado estavam determinados a recusá-la.

A FTF estava dividida — não apenas o conselho, mas as próprias tropas. Dezenas de milhares de soldados, mas apenas uma fração da qual estava disposta a ir para o norte.

— Precisamos proteger os nossos.
— Precisamos proteger todos.
— Estamos comprando tempo com vidas.
— Ganhamos algum terreno?
— O que você acha, August?

Ele pestanejou, voltando a si. O que ele achava? Que preferia estar lendo, lutando, fazendo *qualquer coisa* diferente de ficar ali, ouvindo as pessoas falarem sobre vidas humanas como se não fossem nada além de números e probabilidades, vendo-os reduzir carne e osso a marcas no papel, xis num mapa.

August resistiu ao impulso de dizer exatamente aquilo procurando outras verdades.

— Os monstros — ele disse devagar — querem todos a mesma coisa: alimento. Estão unidos por esse objetivo em comum, enquanto vocês estão divididos por questões morais e orgulho. O que eu acho? Acho que, se não conseguirem chegar a um acordo, não têm como vencer.

O silêncio caiu sobre a sala.

Falou como um líder, disse Leo.

Um sorriso cansado perpassou o rosto de Henry.

— Obrigado, August. — Havia um carinho em sua voz, algo que o filho adotivo tentara imitar durante anos. Seus traços tentaram copiar sua expressão automaticamente, mas August se conteve e manteve o rosto firme.

Pouco depois, Henry deu suas ordens e a sala se dispersou. Finalmente livre, August saiu.

Do outro lado do corredor ficava a sala de vigilância, onde Ilsa estava parada diante de uma série de monitores. O cabelo avermelhado era aureolado pelas telas enquanto luz e sombra se refletiam em seus traços, fazendo as estrelas em sua pele cintilarem.

August passou por ela e depois pelo centro de comunicação,

comandado por Phillip. Seu braço esquerdo estava apoiado na mesa de forma que poderia parecer natural se August não tivesse visto o estrago com seus próprios olhos, segurado o corpo de Phillip, que se debatia na maca, enquanto Henry tentava costurar a pele e o músculo dilacerados onde as garras de um corsai haviam cortado até o osso.

Phillip tinha aprendido a atirar com a outra mão, e era um dos pouquíssimos dispostos a lutar do outro lado da Fenda, mas Harris não ia deixar seu antigo parceiro participar de seu esquadrão até que o vencesse numa luta. Um hematoma coloria a bochecha de Phillip, mas ele estava quase pronto.

August quase tinha chegado ao elevador quando ouviu o passo largo de Henry se aproximando.

— August — ele disse, caminhando ao lado dele. — Venha dar uma volta comigo.

As portas do elevador se abriram e os dois entraram. Quando Henry apertou o botão para o segundo andar, August ficou tenso. Era fácil esquecer que o Complexo já havia sido um arranha-céu comum. O segundo andar abrigava as academias e os salões de festas, todos convertidos em espaços de treinamento para os novos recrutas.

As portas se abriram, dando para um salão amplo.

Recém-proclamados membros da FTF corriam em fileiras de dois. August se obrigou a se empertigar sob o olhar deles.

Atrás de uma porta à sua direita, várias crianças estavam sentadas no chão enquanto um capitão da FTF falava com a voz calma e constante. No meio do grupo, ele viu a menininha da sala de concertos com o rosto limpo. Seus olhos arregalados pareciam tristes e perdidos.

— Por aqui — disse Henry, segurando a porta aberta de um salão de festa.

O espaço enorme depois dela tinha sido aquartelado em áreas de treinamento, todas repletas de recrutas. Alguns estavam aprendendo defesa pessoal, enquanto outros ficavam agachados diante de armas desmontadas. A esposa de Henry, Emily, guiava um grupo de recrutas mais velhos em uma sequência de combate corpo a corpo. Ela tinha a mesma altura do marido, mas, enquanto ele era branco e magro, ela era uma guerreira negra. Sua voz ecoava clara e cristalina enquanto ordenava formações.

August seguiu Henry até a pista que rodeava a área de treinamento. Seguiram pelo canto, mas ele ainda sentia que estava sendo exposto.

Por todo o salão, as cabeças se voltavam. August queria acreditar que estavam olhando para Henry Flynn, o lendário líder da FTF. Mas, mesmo se os olhares eram atraídos primeiro por ele, era em August que ficavam.

— Por que você está fazendo isso? — ele perguntou.

Henry sorriu. Era um daqueles sorrisos que August não conseguia analisar, nem feliz nem triste. Nem contido nem inteiramente aberto. Não significava *uma* coisa, mas normalmente um pouco de *tudo*. Por mais que August praticasse, nunca conseguiria exprimir tanto apenas curvando os lábios.

— Imagino que com "isso" você queira dizer "dando uma volta", e não "lutando pela Cidade Norte". — Henry caminhava com as mãos nos bolsos e o olhar fixo nos sapatos. — Eu corria antigamente — ele disse, quase que para si mesmo. August conseguia ver aquilo: Henry era longilíneo e esguio, o que fazia o movimento parecer natural. — Saía ao nascer do sol para queimar toda aquela energia nervosa. Sempre me sentia melhor de pé...

Ele arfou e perdeu a voz, cobrindo a boca com a mão para tossir.

O som foi como um disparo no crânio de August. Durante quatro anos, ele tinha vivido com a estática do disparo longínquo em sua cabeça, um eco de seu catalisador, um ruído staccato preenchendo todos os silêncios. Mas aquele único som era pior. Ele diminuiu o passo e prendeu a respiração, esperando para ver se viria de novo, contando como se fossem os segundos entre o raio e o trovão.

Henry desacelerou e tossiu uma segunda vez, baixo porém mais intensamente, como se algo dentro dele tivesse se soltado. Quando chegaram a um banco, afundou-se nele, com as mãos apertadas entre os joelhos. Os dois ficaram sentados em silêncio, fingindo que aquilo era natural, e não uma desculpa para Henry recuperar o fôlego.

— Maldita tosse — ele murmurou, como se não fosse nada, apenas um incômodo, resquício de um resfriado longo. Mas os dois sabiam a verdade, mesmo que Henry não conseguisse dizê-la e August não conseguisse perguntar.

Negação — aquele era o nome.

A ideia de que se uma coisa não era dita não existia, porque as palavras tinham poder, davam peso, forma e força às coisas, de modo que guardá-las poderia impedir que algo se tornasse real, poderia...

Ele observou Henry olhando para a sala de treinamento.

— FTF — ele disse depois que o acesso de tosse passou. — Sempre odiei esse nome.

— Jura?

— Os nomes têm poder — Henry explicou —, mas um movimento não deveria ser criado a partir, em volta de ou para uma pessoa só. O que acontece se ela for embora? O movimento ainda existe? Um legado não deve ser uma limitação.

August conseguia sentir a mente de Henry se curvar para ele como uma flor se curva em direção ao sol, como um corpo se curva em direção a um planeta. Ele não se sentia um sol nem um planeta, mas o fato era que exercia mais força sobre as coisas ao seu redor do que elas exerciam sobre ele. Em sua presença, elas *se curvavam*.

— Por que me trouxe aqui?

Henry suspirou e apontou para os novos recrutas.

— A visão é importante, August. Sem ela, nossas mentes começam a inventar coisas que são quase sempre piores do que a verdade. É importante que essas pessoas nos vejam. Que elas vejam *você*. E que saibam que está do lado delas.

August franziu a testa.

— A primeira coisa que elas me veem fazer é *matar*.

Henry concordou.

— É por isso que a *segunda* coisa que elas veem você fazer importa tanto. E a terceira, e a quarta. Você não é humano, August; nunca vai ser. Mas tampouco é um monstro. Por que acha que escolhi *você* para liderar a FTF?

— Porque matei Leo? — ele arriscou, sombriamente.

— Porque isso *atormenta* você. — Ele bateu no peito de August, bem na posição do coração. — Porque você se importa.

August não teve resposta para aquilo. Ficou aliviado quando Henry finalmente o dispensou da pista, dos olhares curiosos e apreensivos. Voltou para o corredor e seguiu até o elevador.

— Ei, Freddie!

August se virou e viu Colin Stevenson com a farda da FTF. Por uma fração de segundo, foi tomado por uma memória: um uniforme mal ajustado, uma mesa de refeitório, um braço em volta de seus ombros. A breve ilusão de uma vida normal.

— Esse não é meu nome de verdade — August disse.

Colin pareceu boquiaberto.

— Jura? — Ele levou a mão ao peito. — Me sinto tão enganado.

August demorou um instante para entender que aquilo era sarcasmo.

— Como vai o treinamento?

Colin apontou para si mesmo.

— Como pode ver, está fazendo maravilhas pela minha forma física.

August sorriu. Tinha esticado em uma nova forma nos últimos seis meses, mas Colin não havia crescido um centímetro sequer.

A família do garoto havia sido encontrada numa missão de resgate na zona amarela durante as primeiras semanas. Eles tinham sido encurralados por um par de malchais dispostos a matá-los pelo cansaço ou pela fome. August estava na equipe de resgate, o que foi um belo choque para Colin, que o conhecia como Frederick Gallagher, um aluno quieto transferido para o segundo ano da Colton, mas, nas palavras de Colin: "Acho que o lance todo de me salvar passou uma esponja no passado".

O estranho era que Colin não o tratava de maneira diferente agora que sabia. Não se encolhia nem se assustava quando August entrava na sala, não olhava para ele como se fosse alguém — ou algo — diferente de quem — ou do que — havia sido.

Mas Colin não o tinha visto lutar contra um malchai nem colher a alma de um pecador; ele não fizera nada de monstruoso na sua frente.

De qualquer maneira, o garoto provavelmente diria que aquilo era "da hora" ou "sinistro". Os humanos eram estranhos e imprevisíveis.

— Sr. Stevenson — chamou um dos líderes de esquadrão. — Volte ao seu círculo.

Colin soltou um resmungo exagerado.

— Eles obrigam a gente a fazer abdominais, Freddie. Odeio abdominais. Odiava em Colton e odeio aqui. — Ele começou a andar para trás. — Ei, parte da galera vai se encontrar no saguão para jogar baralho. Topa?

Topa? Uma única palavra que liberou algo dentro de August, que quase o fez esquecer...

Mas então o rádio chiou e August se lembrou de quem ele era. Do que ele era.

Alfa.

— Não posso — disse. — Estou no Esquadrão Noturno.

— Beleza.

— Sr. Stevenson — chamou o capitão. — Vou acrescentar abdominais para cada segundo que você demorar.

Colin começou a correr.

— Assim que me liberarem, vou me alistar. Quem sabe a gente não cai na mesma equipe?

O humor de August desapareceu. Ele tentou imaginar Colin — gentil, baixo, alegre — caçando monstros ao seu lado na escuridão, mas, em vez disso, viu o garoto caído na calçada, com os olhos calorosos abertos e a garganta cortada.

August nunca tinha pertencido ao mundo de Colin, e Colin não pertencia ao seu. Faria o que fosse preciso para mantê-lo fora dele.

```
卌
卌
|||
```

Corsai.
A caneta de Kate riscou o papel.
Malchai.
Letra por letra, quadrado por quadrado.
Sunai.
Ela ignorou as dicas do jogo — seis letras, "pimenta muito picante", quatro, "a maior supercidade", porque só estava fazendo hora. De vez em quando, tirava a atenção das palavras cruzadas para as janelas da livraria, em direção à cena do crime do outro lado da rua, no beco cercado por fita amarela.

Havia um policial lá mais cedo e depois alguns fotógrafos apareceram para fazer um registro; porém, agora que o crepúsculo tinha dado lugar à noite, o lugar tinha se esvaziado. Não havia muito para ver depois que o corpo tinha sido levado e o caso, fechado.

Kate abandonou as palavras cruzadas e saiu na noite, colocando o fone sem fio na orelha. Ela apertou um botão e o silêncio deu lugar a vozes falando por cima uma das outras.

— *Não é isso que estou dizendo...*
— *... parece estranho para você?*
— *Mercúrio retrógrado ou coisa assim...*
Kate limpou a garganta.
— Oi, gente — ela disse. — Me apresentando para o serviço.

Kate foi recebida por uma onda de "Oi", "E aí?" e "Parece legal quando ela fala isso".

— Alguma atualização? — perguntou, descendo o quarteirão.

— *Nenhuma pista* — Teo disse mais alto que o som contínuo dos seus dedos no teclado.

Kate atravessou a rua, seguindo em direção à fita de cena de crime.

— Estaca zero, então — ela disse, passando por baixo da fita amarela. Rodeou os marcadores, tentando recriar a cena em sua cabeça. De onde o monstro tinha vindo? Para onde iria depois?

— *Acha que ele vai voltar?* — Liam perguntou.

Kate se agachou, com os dedos pairando sobre a sombra de uma mancha de sangue.

— Esses monstros não são muito inteligentes. Ele encontrou comida aqui. Não tem por que não voltar atrás de mais.

Ela tirou uma lanterna UV do bolso de trás da calça. Quando a acendeu, a mancha de sangue abaixo ficou azul-vívido, revelando um rastro de amontoados de gotas secas pingadas das garras do monstro.

—Vem brincar — ela sussurrou. —Tem um coraçãozinho humano suculento aqui.

— *Não tem graça, Kate* — disse Riley.

Mas os pontos azuis já tinham desaparecido e o rastro havia se dispersado. Kate suspirou e guardou a lanterna no bolso. Levara duas semanas para encontrar o último par de monstros, depois de três corpos. Mas a noite era uma criança, e ela precisava começar de algum lugar.

— Está na hora de ampliar a rede — Kate disse.

— *Já estou cuidando disso* — Bea respondeu enquanto um som de digitação furiosa enchia o fone de Kate e os Guardiões faziam o que faziam de melhor: hackeavam câmeras de rua por toda a cidade.

— *Vamos começar com um raio de meio quilômetro.*
— *Estou com uma visão da Primeira até a Terceira sobre Clement.*
— *Da Quarta à Nona até o Bradley.*
— Ei, mocinha.

A voz veio de trás, um pouco alterada. Kate revirou os olhos e virou para encontrar um homem que parecia embriagado a encarando, seus olhos vítreos analisando seu corpo. Monstros não eram tudo com que tinha de se preocupar.

— Como é que é?
— *Acaba com a raça dele* — Bea sugeriu.
— *Kate* — Riley advertiu.
—Você não deveria ficar aqui sozinha. — O homem balançou um pouco. — Não é seguro.

Kate arqueou a sobrancelha, com os dedos se voltando para a arma de choque no cinto.

— Ah, não?

Ele deu mais um passo na direção dela.

— Pense em todas as coisas ruins que poderiam acontecer.
—Você pretende me proteger?

O homem soltou um riso baixo e lambeu os lábios.

— Não.

Ele avançou para o braço dela e, quando Kate deu um passo para trás, o homem tropeçou, perdendo o equilíbrio. Ela o pegou pelo pescoço e bateu seu corpo contra a parede. O homem escorregou pelos tijolos com um gemido, mas não houve tempo para comemorar.

Bem nessa hora, alguém *gritou*.

Kate sentiu o som no estômago e girou, já se movendo em direção à sua origem enquanto uma segunda voz e depois uma terceira gritavam.

Ela desceu o quarteirão correndo e virou a esquina, esperando encontrar um devorador de coração em meio a um aglomerado de gente. Mas a rua estava vazia; os gritos vinham de dentro de um restaurante com a porta aberta. Alguém se arrastava de quatro e outros estavam caídos nas mesas. No fundo do salão, ela viu um homem segurando o que parecia um par de facas de cozinha. Elas estavam sujas de sangue. Seus olhos tinham um brilho estranho, e ele estava *sorrindo* — não era uma gargalhada transtornada, mas um riso calmo, quase *pacífico*, que deixava a cena muito pior.

Kate tocou na orelha.

— Chamem a polícia.

— O quê? — perguntou Teo. — *O que está acontecendo?*

A voz dela estava trêmula.

— Marcas sul, cento e dezesseis.

Um corpo tombou contra o vidro, deixando uma mancha vermelha no seu rastro. O homem com as facas desapareceu dentro da cozinha.

— *Kate, você está...*

— Agora.

O ar cheirava a sangue e pânico enquanto ela se obrigava a se aproximar do restaurante, do massacre, do caos.

E lá, no meio de tudo, tão imóvel que Kate quase não conseguiu ver, estava um monstro.

Não um devorador de coração, mas um completamente diferente, com uma forma mais ou menos humana, pelo menos em seus contornos, mas feito de sombra. Estava em pé, observando a cena se desenrolar com uma serenidade igual à do assassino e, enquanto a observava, parecia se tornar mais sólido, mais *real*, com detalhes sendo gravados na tela vazia de seu rosto.

— Ei! — ela gritou.

O monstro se contorceu com o som de sua voz e virou na direção dela, revelando o canto de um olho prateado assim que sirenes barulhentas começavam a descer a rua. Um instante depois, as luzes vermelhas e azuis das viaturas de polícia dobraram a esquina, indo em direção ao restaurante, onde os gritos tinham dado lugar a um silêncio terrível e absoluto.

Então o monstro desapareceu.

Kate girou, vasculhando a rua. Tinha desviado o olhar por um instante; ele não podia ter ido muito longe, mas não estava em nenhum lugar...

Ali.

A sombra surgiu na entrada do beco.

— *O que está acontecendo?* — Liam perguntou enquanto Kate saía em disparada.

A sombra desapareceu de novo e ressurgiu mais adiante no beco. Kate correu atrás dela, para longe do restaurante e rua afora, entrando no vão entre os prédios.

Sirenes soavam.

Em sua mente, ela ainda via os fios de sangue e as facas do homem, mas também sua calma igual à da criatura; um espelho, um eco.

Sua mente estava a mil. O que o monstro havia feito? Do que se alimentava?

Por que estava parado apenas *observando*?

— *Kate, você está aí?*

Ela sacou uma estaca de ferro enquanto corria. O beco ao seu redor estava vazio, vazio... e de repente não estava.

Kate escorregou no concreto úmido quando freou sem ar, espantada pela aparição súbita da sombra em seu caminho. Daquela vez, o monstro não fugiu. Nem ela. Não porque não quisesse — naquele momento, Kate quis —, mas porque não conseguia tirar os olhos dele.

Ela havia pensado no monstro como uma sombra, mas era mais

— e menos. Era... errado. Tinha uma *aparência* errada, dava uma *sensação* errada, como um buraco feito no mundo, como o vácuo. Vazio e frio. Oco e faminto.

Sugava todo o calor do ar, toda a luz, todo o som, mergulhando-os no silêncio. De repente, Kate se sentiu carregada, lenta, com os membros pesados, à medida que a escuridão, o monstro, o nada, cortava o espaço entre eles.

— *Kate?* — suplicou uma voz em seu ouvido. Ela tentou falar, tentou se libertar, tentou fazer seus membros se moverem, tentou resistir, *correr*, mas o olhar do monstro era como a gravidade, puxando-a para baixo. E então, as mãos geladas dele estavam em sua pele.

A voz de Riley soou em seu ouvido:

— *Kate?*

Em algum lugar, ao longe, ela sentiu a estaca escapar de seus dedos, o som distante do metal caindo no asfalto enquanto o monstro erguia seu queixo.

De perto, ele não tinha boca.

Apenas um par de olhos prateados feito discos no rosto vazio.

Como espelhos, pensou Kate, enquanto vislumbrava o próprio reflexo.

E então ela estava caindo.

||||‎ ||||‎ ||||

No começo
ele pensa
que ela é
mais um brinquedo
para dar corda
e soltar
outro fósforo
para riscar
mas ela já
    está acesa
tão cheia
de tristeza e raiva
de culpa e medo
Quem merece pagar?
pergunta o coração dela
e o coração dela
responde
todos
    todos
e ele sabe que
ela é
igual a *ele*

um ser
    de potencial
        ilimitado
ela vai queimar
como um sol
entre estrelas
vai torná-lo sólido
vai torná-lo real
vai
(*Kate?*)
(*Kate!*)
e então
de alguma forma
ela
se afasta
ele a deixa ir,
    mas não
ela se liberta,
mas n...

— KATE?

Ela ouviu a voz de Riley gritando em seu ouvido e se libertou com a sensação de um rasgo, roupas fisgadas num prego, pele no arame farpado, pedaços deixados para trás, algo dentro de si se partindo.

Estava de joelhos — quando havia caído? —, as mãos arranhadas pelo pavimento e a cabeça um alvoroço de dor, tudo turvo, como se tivesse levado um golpe. Mas ela não lembrava, não conseguia lembrar...

Vozes gritavam em seu crânio. Ela arrancou o fone do ouvido e o jogou no escuro, enquanto o beco entrava e saía de foco, com uma segunda imagem assombrando sua visão numa camada nauseante.

Kate fechou os olhos e contou até cinco.

Então piscou e viu as linhas vermelhas e azuis dançando na parede do beco. Lembrou do restaurante, dos gritos, do homem — depois do monstro, daquele vazio com seus olhos de espelho e de uma voz que não era uma voz dentro da cabeça dela.

Quem merece pagar?

Ela se lembrou, ao longe, de uma onda de fúria, de uma vontade de ferir alguma coisa ou alguém. Mas era como um sonho, esvanecendo rapidamente. O monstro não estava mais lá, e Kate se levantou com um impulso; o mundo ao seu redor balançou violentamente. Ela se apoiou na parede para se equilibrar. Um passo de cada vez, voltou até as luzes piscantes, parando de novo na entrada do beco quando uma ambulância passou em alta velocidade.

Uma multidão havia se reunido, movida pela curiosidade mórbida, mas o ataque tinha acabado. O que quer que fosse, tinha deixado de ser uma cena ativa para ser uma passiva. Uma fileira de sacos de cadáver cobria o meio-fio, e a polícia chegava e ia embora, com as sirenes desligadas. A cena já estava caindo no silêncio, como um cadáver.

Um medo gelado a perpassou. Kate não entendeu o que havia acontecido, o que tinha *visto*, mas, quanto mais observava, menos conseguia lembrar; quanto mais pensava, pior ficava a dor em sua cabeça. Algo pingou de seu queixo. Ela sentiu gosto de ferro no fundo da garganta e percebeu que seu nariz estava sangrando.

Kate se desencostou da parede e quase caiu de novo, mas se obrigou a continuar se movendo e só parou ao chegar em casa.

Quando finalmente entrou cambaleante no apartamento, quase não viu a pessoa no sofá.

Riley já estava em pé, avançando como que para segurá-la.

— Meu Deus, Kate, *o que aconteceu*?

Pelo menos foi o que ela pensou que ele tinha dito. As palavras em si eram abafadas por um zumbido em seus ouvidos, um ruído branco, como se estivesse submersa, conforme a dor continuava a trespassar sua cabeça a cada batimento, como um estroboscópio atrás de seus olhos.

— Kate?

Sua visão ficou turva, então focou e desfocou de novo. Ela conseguia sentir a bile subindo pela garganta. Andou em linha reta até o banheiro e mais sentiu do que ouviu os passos de Riley atrás dela, mas não olhou para trás.

Por que ele estava ali?

Por que sempre estava no caminho?

A raiva cresceu dentro dela, súbita e irracional. Raiva da expressão no rosto dele, da preocupação em seus olhos, do fato de que estava se esforçando tanto para ser alguém que ela não queria, que não precisava.

— *Fala comigo.*

Ele segurou o braço dela e Kate o girou, empurrando-o com força contra uma mesinha no corredor.

Riley soltou um grito agudo enquanto ele e a mesa caíam com um estrépito no chão. Por um instante, observando o garoto no chão, tão desprotegido, tão patético, Kate *quis* machucá-lo, com uma clareza tão simples que sabia que não podia ser *real*.

O que estava acontecendo com ela?

Kate se virou e entrou cambaleante no banheiro, então trancou a porta e vomitou até seu estômago ficar vazio e a garganta dolorida. Encostou a testa no ladrilho frio e esperou até as batidas na porta serem abafadas pelas batidas latejantes em sua cabeça.

Alguma coisa estava errada; ela precisava levantar, precisava abrir a porta, precisava deixar Riley entrar. Mas só fechou os olhos, e a escuridão era tão boa.

Em algum lugar distante, seu corpo caiu no chão, mas ela continuou caindo, caindo, caindo rumo às trevas.

𝍬
𝍬
𝍬

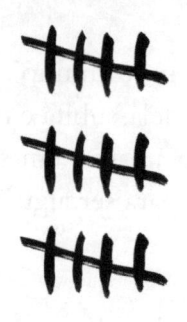

Ele se move
no nada
frio
uma sombra
de si mesmo
envolta
no que é
e no que poderia ser
a mente da garota
um caco
de calor
dentro
da dele
na mente dela
uma cidade
entalhada em duas
uma centena
de rostos sem rosto
definidos apenas
pelo vermelho
de seus olhos
pelo clarão

de seus dentes
um lugar
de sangue
e morte
vício
violência
e
um magnífico
potencial
ele viu
e soube
e *sabe*
que esse é
o caminho
juntos
a garota
e a cidade
a cidade
e a garota
e o calor
vão bastar
para queimar
o bastante para
se tornar
real.

|||| |||| |||| |

Eles estavam do lado errado da Fenda quando o chamado foi feito.

De acordo com Henry, *não havia* lado certo e errado, norte ou sul. Não mais. Só o fato que *um* lado da cidade era controlado por monstros. *Um* lado era um campo de minas terrestres, um lugar de sombras e dentes.

No lado sul da Fenda, encontrar problemas era um risco.

Ali, no norte, era uma certeza, principalmente depois do cair da noite.

O esquadrão de August tinha atravessado a Fenda para dar reforços a outra equipe, que protegia um depósito. Nenhum problema tinha ocorrido, e eles estavam quase terminando de carregar os caminhões com suprimentos quando o rádio na gola de August ganhou vida com um chiado.

— *Esquadrão Noturno 1, temos um problema. O contato com o Esquadrão 6 foi interrompido no meio da missão.*

Um mau pressentimento percorreu sua espinha. Não era um bom sinal quando esquadrões inteiros desapareciam.

— Quantos soldados?

— *Quatro.*

— Localização?

— *Edifício Falstead, na Mathis com a Nona.*

O olhar de August cruzou com o de Rez, em cima do capô do caminhão.

— Código X?

Era uma referência aos mapas da FTF na sala de controle do Complexo, cobertos por pequenas cruzes coloridas. Os locais marcados em preto eram ativamente controlados pelo inimigo. Os marcados em azul, pela FTF. Os em cinza indicavam lugares esvaziados ou abandonados.

— *Cinza* — disse o expedidor —, *mas faz mais de um mês que não é confirmado. A patrulha na Fenda avistou um sinal de luz do terceiro andar. O Esquadrão 6 foi investigar.*

August tinha que ir.

Teria seguido sozinho, mas não havia missões solo — aquela regra da FTF se aplicava até para os sunais, então Rez o acompanhou.

Ele não precisou dizer nada. Aquela era a ordem das bases — Harris, Jackson e Ani ficariam com o outro esquadrão e o ajudariam a voltar para o Complexo com os suprimentos.

Rez era a segunda no comando desde a formação do esquadrão.

Eles avançaram rápido, August com seu violino fora do estojo, o arco preparado, e Rez segurando a arma. O edifício Falstead ficava dois quarteirões ao norte e três a leste, e eles se mantinham perto dos postes, quando não estavam quebrados, trocando a exposição por uma segurança módica contra a noite.

Quando viraram na última esquina, os passos de August diminuíram até parar. Não havia sinal do Falstead ou de qualquer outra coisa; a cidade simplesmente *acabava*, substituída por uma muralha negra.

Rez soltou um palavrão e segurou a arma com mais força.

Eles estavam à beira de uma zona de blecaute. Alguém — ou algo — tinha desligado um trecho da rede de energia, mergulhando vários quarteirões em breu sólido. Entre os membros da FTF, havia outro nome para aquilo: *cemitérios*.

— Espera aqui — disse August.

Era uma ordem vazia, que Rez desobedecia sempre, mas que precisava ser dada.

Ela bufou, com a arma na mão.

— E deixar toda a diversão para você?

Os dois sacaram bastões de luz do bolso. Diferente da luz UVAD, que lançava um único feixe de luz, os bastões iluminavam tudo ao redor. O resultado era um brilho difuso, melhor que a sombra, mas não tão seguro quanto luz direcionada. Os técnicos ainda não tinham dado um jeito de fazer com que brilhassem mais forte.

Juntos, eles atravessaram a linha que demarcava a escuridão. Ela os envolvia como uma névoa, com exceção do pequeno espaço iluminado pelo bastão. Logo à frente, os olhos brancos e úmidos de corsais piscaram, suas vozes chiando como vapor.

espanca quebra arruína carne osso

August podia ouvir o coração de Rez batendo forte no peito, mas os passos dela eram firmes e a respiração estava regular. Quando trabalharam em dupla pela primeira vez, ele havia perguntado se ela tinha medo.

"Não mais", Rez tinha respondido, mostrando uma cicatriz que descia por todo o rosto.

"Monstros?", ele havia perguntado, e ela balançara a cabeça e dissera que seu próprio coração havia tentado matá-la muito antes dos monstros, por isso havia decidido não temer mais nada.

"Não adianta nada ter medo de um tipo de morte e não de outra", ela dissera.

Eles iluminaram o vidro quebrado nos degraus da entrada de Falstead. As portas pendiam tortas, e o lugar tinha um ar sinistro de abandono recente.

Alguém já havia colocado um bastão no centro do piso do saguão. O círculo de luz não chegava aos cantos do salão, mas mostrava um caminho. Outro esperava na base da escada.

Migalhas, pensou August distraidamente. Uma relíquia de outra das histórias de Ilsa.

Enquanto começavam a subir a escada, um pressentimento ruim começou a se espalhar como frio pelo peito de August.

Pressentimentos de novo.

Ele desprezou a voz de Leo enquanto subia.

Ao seu redor, o Falstead começou a mudar.

O saguão lá embaixo tinha mantido seu ar luxuoso, mas o segundo andar começava a exibir sinais de decadência. No terceiro andar, o papel de parede estava descascando e os tacos rangiam sob seus pés. As paredes cravejadas de buracos de bala e placas de reboco descamavam, com seções inteiras derrubadas, como se alguém tivesse batido nelas com uma marreta. Através das portas abertas, ele viu móveis revirados, vidro estilhaçado, manchas escuras cobrindo cada superfície, fumaça parada e sangue humano ressecado.

— Que lugar horrível é este? — murmurou Rez.

August não tinha uma resposta.

Eles encontraram o primeiro corpo na escada. Um bastão de luz repousava em seu colo, emitindo um brilho circular fantasmagórico em torno do cadáver, reluzindo sobre o sangue nos degraus. Sua roupa de combate não estava em nenhum lugar, sua cabeça pendia em um ângulo impossível e o emblema da FTF tinha sido arrancado da manga.

— Merda — Rez murmurou, com a voz marcada não por pânico, mas raiva. — Merda, merda...

Afora o ritmo constante dos palavrões dela, August ouviu o som distante de algo pingando, o rangido leve de tábuas em algum lugar no alto.

Ele levou um dedo aos lábios e ela ficou em silêncio, agachada ao lado do corpo. Nada aconteceu. Depois de alguns segundos, os dois voltaram a se mover.

No alto, algo se enroscou e se contorceu no meio do salão.

August avistou um brilho de garras prateadas e mandíbulas afiadas. Rez deu um passo à frente, lançando uma pequena granada de luz no chão. August fechou bem os olhos enquanto ela detonava, lançando uma rajada silenciosa de iluminação UV. Os corsais se espalharam com um chiado, fugindo para as sombras. A maioria das criaturas escapou, mas uma se reduziu a fumaça, os dentes e garras caindo no chão como lascas de gelo.

Outros dois cadáveres jaziam no salão, com os corpos retorcidos.

Pelo visto, o que os matara não haviam sido os corsais. Os corpos estavam praticamente intactos, as insígnias tiradas como troféus.

O que a voz no rádio dissera?

A patrulha na Fenda avistou um sinal de luz... foi investigar.

Onde estava o quarto soldado?

A luz dançava no batente na outra ponta do corredor, não o brilho firme de um bastão caído, mas o tremor inconstante de uma vela. August guardou a lanterna no bolso e segurou o violino com uma mão e o arco de aço com a outra. Deixou Rez com os corpos e avançou para o recinto, atraído pela luz e pelo som baixo do peso sobre os tacos do chão e o gotejar de algo na madeira.

Uma única vela queimava no meio da sala, que era mais uma gaiola, com ripas faltando no piso e no forro. Sentado contra a parede mais distante, sob uma janela estilhaçada, estava o último membro do Esquadrão 6, amordaçado, amarrado e com a cabeça recostada. Ele estava sem o colete, com a frente da camisa encharcada de sangue.

Peso morto, alertou Leo, que, real ou não, estava certo. August conseguia ouvir o coração do homem lutando e perdendo, mas aquilo não o impediu de chamar Rez e escolher seu caminho com cuidado através da sala.

Só diminuiu o passo quando estava perto o bastante para ver a palavra nos tacos, rabiscada com o sangue do soldado.

BU!

August ergueu os olhos para a sala ao redor, depois para as janelas e a escuridão além dela, cravejada por um par de olhos vermelhos vigilantes e a ponta de um sorriso afiado.

Alice.

Rez estava ao seu lado agora, checando o pulso do soldado. August pegou o punho dela.

— Volta — August disse, empurrando-a em direção à porta, mas era tarde demais.

O teto rangeu acima deles. August ergueu os olhos a tempo de ver o brilho de metal e a lufada de pernas e braços antes que o primeiro monstro descesse com tudo.

||||| ||||| ||||| ||

Eles vieram de todos os lugares.

Não eram monstros, August percebeu, mas humanos, garras com sangue no rosto, coleiras de aço em volta do pescoço e sorrisos maníacos. Alguns tinham facas, outros tinham armas; um apareceu logo atrás de Rez, e ela girou, acertando a cara dele enquanto August erguia o violino. O arco encontrou as cordas, mas, antes que ele conseguisse tocar uma nota, um tiro irrompeu no ar, acertando o aço e derrubando o instrumento, que deslizou pelo chão.

Rez tentou chutar o violino para August enquanto dava um mata-leão num homem com o dobro do seu tamanho, mas o instrumento ficou preso entre duas tábuas quebradas. Antes que August pudesse alcançar Rez ou o violino, um homem gigantesco o empurrou para trás contra o soldado, a parede, a janela. O soldado caiu, sem vida, e o vidro cedeu. August quase caiu pela janela, mas se segurou. O vidro se cravou em sua mão, mas não tirou sangue. Ele se alçou de volta para dentro da sala na mesma hora que um machado acertou seu peito.

A lâmina trespassou a malha e o tecido antes de bater contra suas costelas. Não cortou sua pele, mas tirou o ar de seus pulmões, e ele se curvou, ofegante. Os garras o cercaram e ele cortou o ar com a coluna afiada de seu arco. Então uma corrente de ferro foi enrolada em volta de sua garganta.

O metal puro revirou seu estômago. Suas pernas bambearam. A corrente o obrigou a ficar de joelhos. Por um segundo terrível, ele estava de volta ao depósito no Ermo, sentindo o calor gritante contra sua pele, ardendo de dentro para fora, enquanto Sloan ria diante dele, à beira da luz...

A lateral cega do machado acertou sua nuca. August caiu no chão com tudo, as tábuas rangendo embaixo dele. Sua visão duplicou, a corrente em sua garganta apertou e os garras partiram para cima dele, chutando e espancando, com golpes superficiais que resultavam numa dor breve, mas desorientadora.

— ... sunai...

— ... exatamente como ela disse...

— ... vamos levar ...

August cerrou os punhos e se deu conta de que ainda estava segurando o arco, preso sob a bota de alguém.

Através do emaranho de braços e pernas, ele viu Rez se libertar. Ela conseguiu dar um único passo em sua direção. August tentou falar para que corresse, fugisse, mas ela não daria ouvidos. Nunca dava.

Rez se lançou no emaranhado de corpos, arrancando um garra do grupo. No instante de distração, os outros vacilaram, divididos entre os dois alvos. A bota saiu de cima do arco e August cortou a perna do homem com violência. Ele caiu gritando, segurando a panturrilha, enquanto sangue e luz brotavam em sua pele.

Música não era a única forma de trazer uma alma à superfície — Leo havia ensinado aquilo a August. Ele pegou o tornozelo do homem e o osso estalou sob seus dedos, enquanto a alma cantava através de seu corpo, aguda como eletricidade e igualmente violenta. Água gelada, raiva e um único grito ressonante.

Aceite, insistiu Leo, enquanto o mundo ficava mais devagar, todos os detalhes na sala destruída subitamente vívidos, desde as tábuas até a luz da vela.

O garra caiu com os olhos enegrecidos, e August levantou, arrancando a corrente do pescoço enquanto os outros recuavam aos tropeções, claramente divididos entre cumprir as ordens — presentes, promessas — e o simples pavor físico.

Todos se encolheram, com exceção de um.

O garra estava no batente, segurando Rez como um escudo, uma mão no cabelo e outra em uma lâmina serrada contra a garganta da combatente.

— Abaixe o arco — disse entre os dentes ensanguentados.

— Não ouse — grunhiu Rez.

Peso morto, repetiu Leo.

August ouviu o som de correntes, sentiu os outros garras cercando-o novamente, sabendo que o violino ainda estava entre as tábuas rachadas a meio metro de distância.

— Ei, chefe...

August encontrou o olhar de Rez e viu o brilho entre seus dedos, mas, antes que pudesse impedi-la, ela cravou a adaga na perna do homem. Ele uivou e a soltou, mas não antes de cortar sua garganta.

Um som escapou de August, baixo e animalesco. Ele se obrigou a avançar, não para cima do assassino, mas do violino. Mãos tentaram agarrá-lo, mas August as ignorou, pegando o instrumento e passando o arco nas cordas.

A primeira nota saiu dura e aguda, e os garras se encolheram, pressionando as mãos nas orelhas como se aquilo fosse salvá-los, mas já era tarde demais; era tarde demais para eles.

Na segunda nota, a resistência acabou.

Na terceira, eles caíram de joelhos.

August deixou a música ecoar e correu até Rez. Soltou o violino e se ajoelhou ao lado dela.

— Fica comigo — ele disse, pressionando as mãos contra o ferimento no pescoço dela. Havia tanto sangue esguichando por entre seus dedos, que sua pele ficou escorregadia e seus dedos deslizaram. *Tanto vermelho*, ele pensou, *e nada era luz*.

A boca dela se abriu e se fechou, mas não proferiu nenhum som.

O peito dela arfou e afundou.

— Fica comigo.

As palavras saíram como uma súplica.

August havia colhido milhares de almas, mas era completamente diferente sentir uma vida escorrer por entre seus dedos incapazes de estancar o fluxo. Raras vezes tinha visto aquele tipo de morte, nunca sentira a forma como escorria de suas mãos, a vida se derramando no chão até a cúspide terrível, o instante em que chegava ao fim. Laura Torrez parou de ser uma pessoa e se tornou um corpo. Nenhuma transição, nenhum conforto, morto e vivo, vivo e morto, morto, morto.

As mãos de August escorregaram do corte na garganta dela. Seus olhos estavam abertos e vazios, e a luz vermelha brilhou em seu rosto. Não dela, obviamente, mas *deles*. Uma sala de almas arruinadas esperando para ser colhidas.

August deixou o corpo de Rez no chão e se levantou. Passou por entre os garras tocando a pele com os dedos manchados de sangue.

Eles sussurravam seus pecados, mas ele não deu ouvidos, não se importou. Suas confissões não significavam nada.

August apagou suas luzes, colheu suas almas. Seu corpo zumbia pelo influxo súbito de poder, seus sentidos se aguçavam a ponto de doer, até restar apenas um garra.

O homem que havia matado Rez.

Os lábios dele se moviam, sua alma era como uma camada de suor sobre a pele, mas August não estendeu a mão para colhê-la. As palavras de Leo giravam dentro de sua cabeça, não como um devaneio, mas como uma lembrança — uma lembrança da noite em que ele havia lhe ensinado sobre dor e por que ele a utilizava com tanta frequência.

"Nosso propósito não é trazer paz", seu irmão havia dito. "É aplicar a penitência."

August observou a alma do homem voltar para baixo da superfície da pele, viu seus sentidos retornarem.

"Por que não deveriam sofrer pelos seus pecados?"

O garra piscou e se empertigou, sua boca se fechando numa careta. Antes que pudesse falar, antes que pudesse dizer ou fazer *qualquer coisa*, August chutou a perna ferida do homem, que cedeu, apertando a coxa antes de ser derrubado no chão, e o sunai fechou os dedos em volta da coleira de aço em sua garganta.

— Olha para mim — August disse, apertando até o metal se curvar e ceder. — Qual é a sensação?

O homem não conseguiu responder, não conseguiu respirar. Tateou, arranhou e arfou enquanto a luz vermelha de sua alma voltava à superfície, mergulhando nas mãos de August.

Entrou nele como gelo, tão frio que doía, e foi a dor que o fez voltar a si, ao que estava fazendo, ao que tinha feito.

August recuou, mas era tarde demais. A luz havia sumido e tudo o que restava era o corpo contorcido do homem, os olhos queimados, a boca aberta num grito silencioso e marcas vermelhas e roxas em volta da coleira esmagada.

Ele ficou enjoado.

Seu corpo ardia com a pressão — a presença — das almas. Em vão, August desejou poder vomitar todas elas, expelir o peso de tantas vidas indesejadas. Eram parte dele agora, fundindo-se a seus ossos e correndo por suas veias.

August sentiu algo no peito e levou a mão à frente do corpo onde o machado tinha cortado seu colete reforçado e o uniforme, mas não deixara uma ferida.

— *Par alfa, relatório.*

Ele olhou para as próprias mãos pegajosas e frias, cobertas pelo sangue de Rez, que secava sobre sua pele.

— *Par alfa.*

Sempre tinha odiado sangue. Tinha a cor de uma alma, mas era vazio, inútil, depois de deixar as veias de uma pessoa.

— *August.*

Ele obrigou sua mente a voltar.

— Estou aqui — disse, surpreso com a tranquilidade em sua voz, firme, ainda que algo mais profundo quisesse gritar. — Caímos em uma emboscada. — Ele se virou para a janela quebrada onde os olhos vermelhos tinham observado da escuridão. — Rez está morta.

— *Merda.* — Então era Phillip. Ele era o único que falava palavrão no rádio. — *E o outro esquadrão?*

— Morto — respondeu August.

Como a palavra era simples, nada caótica.

— *Vamos mandar uma equipe ao amanhecer para buscar os corpos.*

Então a voz de Phillip desapareceu e outras ricochetearam através do rádio, nenhuma voltada a August. Ele pegou o arco e o violino (aquelas pequenas partes sólidas de si), depois organizou os bastões de luz para manter os cadáveres a salvo.

Cadáver — mais uma palavra simples, sem conseguir descrever algo que havia sido uma *pessoa* e agora não passava de um casco imóvel.

Depois de um tempo, uma voz conhecida quebrou a estática em seu ouvido.

— *August* — disse Emily —, *é melhor voltar para o Complexo.*

A voz dela estava tão firme quanto a dele. Ele conteve o "não, não, não".

— Estou esperando... Preciso esperar — disse apenas.

Emily não o fez se explicar, de modo que devia ter entendido. Violência gera violência, e atos monstruosos geram monstros.

Os malchais no corredor vieram primeiro, subindo como espíritos dos corpos dos soldados. E ele os cortou. Então veio o malchai perto da vela apagada, subindo ao lado das palavras escritas em sangue, e August o despachou também. Então, restou sua companheira.

O assassinato de Rez tinha sido rápido, mas pareceu levar uma eternidade até as sombras finalmente começarem a se contorcer.

Os dedos dele apertaram o arco enquanto a noite respirava trêmula. Então, em meio aos cadáveres, se ergueu o monstro.

Ele olhou para si mesmo num gesto tão humano, tão natural e, ao mesmo tempo, tão errado. Depois ergueu a cabeça, os olhos vermelhos se arregalando antes de August cravar o arco de aço em seu coração.

𝍶
𝍶
𝍶
|||

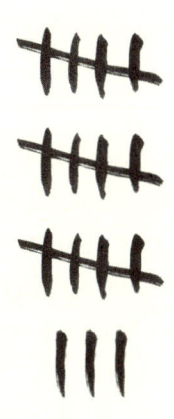

August estava sendo seguido.

Conseguia ouvir o arrastar de passos, não na rua atrás dele, mas em algum lugar no alto. Só que não parou, pelo menos não até algo flutuar até seus pés.

Era uma insígnia com três letras — FTF — visíveis através do sangue.

Enquanto se empertigava, outra caiu.

— Ninguém falou que não era seguro andar por aí depois do anoitecer? — perguntou uma voz no ar.

Ele ergueu os olhos e a viu em cima de um telhado próximo, sob o luar que delineava seu cabelo pálido.

— Alice.

Ela sorriu, mostrando os dentes afiados, e se agachou na beira do terraço. August mandou suas mãos se moverem, erguerem o violino, mas o instrumento apenas pendeu ali, um peso morto ao lado de seu corpo. Ela *não era* Kate, mas toda vez que a via sentia um frio na barriga. Por apenas um segundo.

A malchai não se *parecia* com ela, não de verdade — todas as partes eram erradas —, mas o todo era mais do que a soma de suas partes. Alice parecia a Kate que ele nunca havia conhecido, aquela que ele esperava encontrar em Colton antes de conhecê-la de verdade. A maneira como a garota havia sido descrita para ele — a filha de um monstro. Todas as coisas que Kate não era, todas as coisas que fingia ser, Alice *era*.

Ele sabia — não quisera pensar a respeito, mas sempre soubera — que *algo* sairia daquela casa fora do Ermo. Ainda assim, tinha sido um choque conhecê-la, duas semanas — talvez três — depois de Kate. Depois de Callum. Depois de Sloan. Ele fora responder a um chamado de socorro, mas, quando chegara, tudo o que encontrara foram cadáveres. E *ela*.

No meio de tudo, coberta de sangue e *sorrindo*. O mesmo sorriso que abria agora, completamente monstruoso.

— Sua armadilha não funcionou — ele disse.

Alice apenas deu de ombros.

— A próxima vai funcionar. Ou a seguinte. Tenho tempo de sobra e você tem muita gente a perder. Uma pena o que aconteceu com seus amigos. — Ela jogou as insígnias como pétalas da beira do terraço, muito mais do que o número de soldados que ele havia perdido naquela noite. — Eles são tão frágeis, não são? O que vê neles?

— Humanidade.

Alice riu baixo, como o som do vapor saindo de uma chaleira.

— Sabe, pensei que, se usasse humanos, talvez você os poupasse. — Os olhos vermelhos dela se voltaram para o corpo dele, manchado de sangue. — Acho que me enganei.

— Não poupo pecadores.

Alice ergueu os olhos.

— Você poupou *Kate*. — O nome pareceu uma farpa na boca da criatura. — Está *me* poupando agora, com o sangue da sua amiga ainda em suas mãos. Talvez não gostasse tanto dela.

Ele sabia que era uma provocação, mas a raiva veio como uma onda de calor mesmo assim.

Então outros pares de olhos vermelhos começaram a piscar ao redor dele no escuro.

Alice não tinha vindo sozinha, mas havia um motivo por que mantinha distância, provocando do alto do terraço. A música dos sunais era tão tóxica para um malchai quanto a alma dos malchais era para um sunai. Se August começasse a tocar, os outros monstros morreriam, mas Alice ia escapar.

Ela sorriu e lá estava de novo, no torcer de seus lábios, no tom de sua voz, a sombra de outra pessoa.

— Não sou *ela* — disparou a malchai, e August se encolheu diante do veneno súbito. —Você está com aquela cara de monstrinho perdido. Tem saudades de Kate? — Os olhos dela se estreitaram. — Sabe onde ela está?

— Não — ele respondeu. — Mas espero que bem longe daqui. Bem longe de *você*. E, se tiver algum juízo, nunca mais vai voltar.

Alice riu com sarcasmo e, com isso, a ilusão se estilhaçou — a pouca semelhança que ela tinha com Kate desapareceu, e tudo o que restou era monstruoso. A visão de sua verdadeira face libertou August de qualquer hesitação. Ele ergueu o violino num arco fluido, a tensão se dissipando enquanto Alice se lançava nas sombras atrás dela e os outros malchais avançavam sob a luz. Seu arco cortou as cordas como uma faca.

Enquanto caminhava para casa, começou a chover. Uma cortina constante de água o encharcou por completo e deixou um rastro escuro, com o sangue de amigos e inimigos, membros da FTF, garras e monstros, atrás dele.

Em algum momento entre massacrar os malchais de Alice e chegar à Fenda, August percebeu que não precisava doer tanto.

Durante meses, havia representado um papel em vez de se *tornar* algo, fingindo ser forte enquanto alimentava certa esperança, guardando um eu secreto que ainda acreditava num mundo em que poderia se sentir humano.

"Porque você se importa", Henry tinha dito, mas ele estava errado. Henry era humano; não entendia que, ao tentar ser os dois, August não conseguia ser nenhum. Leo havia entendido, tinha sacrificado a humanidade para ser o monstro de que os humanos *precisavam*.

August só precisava se libertar.

— Pare! — ordenou um par de soldados da FTF quando ele chegou à Fenda.

O violino deveria ter sido o suficiente para identificá-lo, mas o arco estava coberto de sangue e o instrumento riscado de vermelho. Sob o brilho forte da cortina de luz, sob a noite de chuva, ele quase se passava por um humano.

Quando os soldados viram seu rosto, recuaram cambaleantes, com pedidos de desculpa presos na garganta enquanto abriam o portão. Ele seguiu em frente, atravessou a Cidade Sul, passou pela faixa de luz e entrou no calor brilhante do saguão do Complexo.

O prédio pareceu se silenciar.

O ruído das conversas morreu, a batida dos movimentos congelou e, no silêncio, cem pares de olhos se voltaram para ele.

August tinha evitado seu reflexo em todas as vidraças, todas as poças escuras, todas as chapas de aço, mas agora o via, não em um espelho, mas nos rostos de todos que o encaravam e depois desviavam os olhos.

Podiam ver a luz das almas que havia colhido, os monstros que havia massacrado? Podiam sentir a escuridão das vidas que ele havia tirado, o ódio e a violência emanando de sua pele?

Ele cruzou o saguão, deixando para trás marcas de sangue e cinzas do calcanhar de suas botas. Ninguém se aproximou. Ninguém foi atrás dele.

Nem mesmo Henry Flynn, que, cercado por capitães, só o observou e ficou imóvel.

Você queria que eles me vissem, pensou August.

Deixe que vejam.

O líder da FTF fez menção de ir em sua direção, mas August ergueu uma mão — um comando, um gesto de dispensa.

E então seus olhos encontraram Colin e ele sentiu a satisfação funesta de vê-lo inspirar fundo, impressionado com a visão. Uma pequena parte de August suspirou aliviada. Tinha sido apenas uma questão de tempo até Colin ver a verdade, o monstro atrás da máscara. Até se dar conta de que August não era — nunca seria — igual a ele.

Ele chegou aos elevadores, o silêncio pesando sobre seus ombros. Sentiu o ar mudar ali dentro, a reverência e o medo. Aquelas pessoas o encaravam e viam algo não menor que um humano, mas maior. Algo forte o bastante para lutar por eles. Forte o bastante para vencer.

Anda direito, Leo disse.

E, pela primeira vez, August obedeceu.

|||| |||| |||| ||||

Sloan estava diante do balcão da cozinha, folheando um livro sobre guerra.

Alice os deixava espalhados por toda a cobertura, um rastro marcando seu movimento incessante e sua atenção volátil. Ele o fechou quando ela entrou.

— Onde você estava?

Sloan não gostava quando ela saía sem avisar. Alice era o tipo de animal de estimação que era preciso manter na coleira.

Ela pulou em cima do balcão.

— Caçando.

Ele estreitou os olhos. Alice adorava fazer sujeira quando se alimentava, mas não havia sangue nas mãos ou no rosto dela.

— Pelo jeito, sem sucesso.

Uma pilha de insígnias da FTF estava ao lado dela. Alice se virou e, distraidamente, começou a construir uma torre com elas, como se fossem cartas de baralho.

— Prefiro pensar no sucesso como um processo. Ele não é uma presa fácil.

Ah. *August.*

Era realmente difícil capturar um sunai, e mais difícil ainda matar um. Sloan sabia daquilo por experiência própria. Ilsa tinha sido um golpe de sorte, mas Soro, ainda que jovem, estava desenvolvendo uma reputação. E seu velho amigo Leo tinha enfiado uma viga de aço no peito dele, enquanto August escapara antes que tivesse a chance de destruí-lo.

Sloan não esperava que Alice tivesse sucesso onde ele não havia tido. Só lhe dera a tarefa como distração, algo para fazer além de saciar seu apetite abismal.

"Se eu o pegar, posso ficar com ele?", ela havia perguntado.

Agora, a língua de Alice repousava entre os dentes afiados enquanto empilhava uma segunda fileira de insígnias.

— Mas perdi alguns garras.

— Quantos?

— Sete, acho. Talvez oito.

Ele estava começando a se arrepender.

— E como você os perdeu?

— Não sei se conta mesmo como uma perda. — Ela continuou a montar a torre. — Eliminaram cinco soldados. Não é para isso que servem?

— Alice...

— Nem vem. — De repente, a máscara de bom humor foi substituída por desprezo. — Eles não passam de peões para disputar com os soldadinhos do Flynn.

— Isso não é um jogo.

— Mas *é*. — Ela se virou para encará-lo. — E jogos são feitos para serem *vencidos*. Não está cansado desse cabo de guerra? De manter suas peças em metade do tabuleiro? Faça uma jogada. Vire o jogo. Você não se diz o rei dos monstros? — Ela saltou do balcão, abrindo um sorriso largo cheio de dentes. — Então *aja* como um.

Sloan tinha se mantido firme durante todo o discursinho dela, mas agora avançou. Num único passo, ele a prendeu contra o balcão. Os ombros de Alice bateram na torre improvisada, que caiu com um som baixo.

Ela ficou imóvel enquanto Sloan passava os dedos no seu cabelo platinado.

— Cuidado, Alice — ele murmurou. — Minha paciência tem um equilíbrio tão precário quanto esse castelo. — Sloan apertou o punho, forçando a cabeça dela para trás para expor sua garganta. — Quem sabe quando ela vai ruir?

Alice engoliu em seco.

— Cuidado, Sloan — ela disse, com um brilho flamejante nos olhos. — Uma coisa é matar um capanga sem nome. Mas, se começar a matar os próximos a você, os outros podem se perguntar...

Ela deixou a frase morrer, mas a ameaça era clara.

— Que bom que estamos do mesmo lado — ele disse, soltando-a.

Um dia, ele pensou, *vou saborear sua morte.*

— Quanto às suas preocupações — Sloan voltou o olhar para a pilha de insígnias que por um breve momento haviam formado uma torre —, posso prometer que sua paciência será recompensada.

Ele pegou o distintivo mais próxima da pilha e passou a unha nas letras na frente.

FTF.

Tinham passado a significar uma *força*, uma *muralha*, uma *guerra*. Mas, na verdade, não passavam de um *complexo*, pedras e argamassa montadas por homens.

E o que sobe, pensou Sloan, *sempre pode ser derrubado.*

VERSO 2
O MONSTRO EM MIM

Ela não
é
ela não
é
ela não
é
ela mesma
não tem corpo
e está caindo
    sem
        desmoronar
trevas
passam por ela
através dela
porque ela *não* é ela
e seu primeiro pensamento
é como é bom
não ser ela
ser ninguém
ser absolutamente nada.

O MUNDO FOI VOLTANDO AOS POUCOS.

A pulsação nos ouvidos de Kate, o sofá sob suas costas, as vozes em algum lugar acima.

— Você deveria ter ligado para alguém.

— Liguei para *você*.

— Não sou médico, Riley. Nem me formei ainda.

Kate ergueu os olhos com dificuldade e viu a luz do sol no teto. Sua cabeça doía e sua boca estava seca, com um gosto salgado de sangue no fundo da garganta. Tudo o que ela queria era que calassem a boca e a deixassem dormir.

— Ela precisa ir para o hospital.

— O que eu diria? Minha amiga se machucou combatendo monstros? Tenho quase certeza de que ela nem deveria estar em Prosperidade.

Riley surgiu em sua visão. Atrás dele, seu namorado, Malcolm, andava de um lado para o outro.

— Ela está desmaiada há quanto tempo?

— Seis horas. Quase sete. Eu deveria ter ligado antes, mas...

— Silêncio — ela resmungou, erguendo-se com dificuldade e se arrependendo logo em seguida.

A sala girou e a pulsação latejou dentro da cabeça.

— Puta que pariu.

Riley se ajoelhou ao lado dela, com uma mão firme em seu ombro.

— Kate? Você me assustou. Está tudo bem?

Malcolm se aproximou, acendendo uma lanterna no seu olho, o que não ajudou em nada a dor de cabeça.

— O que aconteceu? — ela perguntou.

Riley estava pálido.

— Você apareceu aqui com uma cara horrível, se trancou no banheiro e desmaiou. Precisei arrombar a porta.

Kate se lembrou do piso frio contra a pele.

— Desculpa.

Malcolm verificou a pulsação dela.

— Qual é a última coisa de que você se lembra?

Ela hesitou, a cabeça cheia de fragmentos — o grito, um homem no batente, um corpo contra o vidro, sirenes, uma sombra, a sensação de cair... Mas no *quê*?

Em vez de tentar voltar a partir dessa parte, começou do começo.

— O restaurante.

Riley assentiu.

— Está em todos os jornais — disse, estendendo o tablet. E lá estava, esparramado na tela:

FIM DE ROMANCE: NAMORADO REJEITADO MATA DOZE

A foto de capa era uma imagem da fachada do restaurante envolta em fita amarela. Lençóis cobriam os corpos.

— Que bom que você não entrou — Riley disse. E então: — Você *não* entrou, né?

Não, ela tinha ficado na rua, impressionada pelo horror súbito e inesperado da cena.

— Ligamos para a polícia assim que você avisou, mas, quando os policiais chegaram... já tinha acabado. Chegou a ver alguma coisa?

Ver alguma coisa. Fragmentos foram se juntando em sua mente.

— Parece que o cara simplesmente apareceu, entrou na cozinha e pegou as facas.

Aquele homem, tão calmo, como se nem estivesse lá.

— Eles não revelaram os nomes ainda — disse Riley —, mas alguém vazou para a imprensa que a ex-mulher dele estava lá dentro.

— Então ele tinha um motivo — comentou Malcolm.

Motivo, pensou Kate. Podia ter sido um crime comum — hediondo, sim, mas humano. Só que não era.

— Você estava certo, sobre a explosão, a série de assassinatos seguidos por suicídios. Não tem nada de normal nisso.

— Certeza?

Ela se lembrou do que parecia errado no olhar do assassino. Um par de discos prateados no escuro. Tinha *visto* a sombra na rua, seguindo-a...

Mas ali sua memória vacilava, dissolvendo-se na escuridão e na pressão gelada.

— Algum sobrevivente? — ela perguntou.

— Uma — respondeu Malcolm. — Foi levada às pressas para o hospital, em estado crítico.

Kate ficou imóvel.

— Por que tenho a impressão de que tem um "mas" vindo aí?

— Eles a estabilizaram, mas quando acordou... Bom, ficou doida. Matou um médico. Atacou dois enfermeiros. Se não estivesse tão mal, teria sido pior. Acabaram colocando a ala toda em quarentena. Deixaram os enfermeiros em observação, para o caso de ser contagioso.

Kate pressionou os olhos, tentando conter a dor de cabeça, tentando aliviar a sensação que subia em sua garganta com a palavra "contagioso". Ela estivera lá. Tinha visto...

— Kate? — Riley chamou com um tom calmo demais. — Como *você* está se sentindo?

Um lixo, ela pensou. *Um lixo, mas eu mesma.*

— Ela deveria ir ao médico — disse Malcolm.

— *Ela* está ótima — cortou Kate. Seu celular tocou. — E *ela* precisa ir trabalhar.

Kate levantou, precisando de um momento para se equilibrar, então virou em direção ao corredor.

— Acha que é uma boa ideia? — Riley perguntou.

Ela perdeu a calma.

— Eu disse que estou *bem*.

— E devo acreditar em você?

Kate virou para ele.

— Não ligo se acredita em mim. Você não é meu pai, e não sou seu animal de estimação.

— Isso foi desnecessário!

— Ei, ei — interveio Malcolm. — Calma, gente.

Kate pressionou os olhos.

— Escuta — ela disse devagar —, você tem razão, não estou me sentindo bem. Mas preciso ir trabalhar. Saio mais cedo se precisar. Prometo.

Riley abriu a boca, mas não disse nada.

Se havia um som que Kate odiava, era o sino na porta do café.

Para que servia, se o balcão ficava de frente para a porta e ela conseguia *ver* as pessoas entrando? Àquela hora do dia, a fila se estendia até a porta, cujo abrir e fechar constante resultava em um repique quase contínuo.

— Próximo! — ela chamou, impaciente.

Para desviar a atenção do sino, tentava se concentrar nos clientes em si e jogar algo que chamava de "adivinhe o segredo". A mulher de vestido roxo superapertado? Dormindo com o faz-tudo. O homem no celular? Desviando dinheiro público. O cara à sua frente? Viciado em remédio para dormir. Era a única coisa que explicava o tempo que levara para fazer o pedido.

Uma veia na têmpora de Kate pulou.

— Próximo.

Um homem se aproximou sem tirar os olhos do celular.

— Senhor?

Ele falava baixo, e ela percebeu que estava numa ligação.

— Senhor?

Ele ergueu um dedo e continuou falando.

— *Senhor?*

A irritação cresceu dentro dela, transformando-se de repente em fúria. Antes que Kate se desse conta do que estava fazendo, sua mão entrou em ação.

Pegou o celular e o jogou na parede de tijolos expostos feita para dar um charme especial ao Grão de Café. O aparelho quebrou e, quando o homem finalmente ergueu a cabeça, com as veias inchadas enquanto encarava não ela, mas os pedaços do celular no chão, a primeira coisa em que Kate pensou foi em quebrar o pescoço dele. Em como seria boa a sensação.

O impulso correu dentro dela, tão simples e rápido, que quase não notou.

Ela podia *ver* claramente, podia sentir a carne dele sob suas mãos, ouvir o estalo límpido dos ossos. E a simples ideia era como uma compressa fria em uma cabeça febril, um bálsamo numa queimadura, tão reconfortante que seus dedos chegaram a se dobrar — aquela vozinha dentro de sua cabeça, aquela que dizia *não*, de repente substituída por uma que dizia *sim* — antes que pensasse "não, pare" e voltasse a si assustada.

Era como ser tirada de um sono agradável e colocada num pesadelo, a calma maravilhosa e segura substituída por uma onda de enjoo e dor lancinante.

O que tinha acabado de fazer?

O que *quase* tinha feito?

Kate se obrigou a recuar — ir para longe do balcão, para longe da fila surpresa e do homem que gritava. Tirou o avental e fugiu.

11

Ela deixou a mochila ao lado da porta.

Riley e Malcolm não estavam mais lá, graças a Deus.

Sua pulsação ainda era uma batida furiosa dentro do crânio, mas o que quer que tivesse se apoderado dela no café sumira, deixando para trás apenas a dor de cabeça e a pressão atrás dos olhos.

Enxaqueca? Kate nunca havia tido uma e estava quase certa de que os efeitos colaterais não incluíam um desejo súbito por violência.

Violência — a mente dela se concentrou nessa palavra e a noite anterior voltou: o homem no restaurante e a sombra na rua, ambos tão calmos, tão serenos. O vazio no rosto do homem que o monstro parecia preencher. E então o beco. Kate cara a cara com o monstro, o *nada* dele, toda fome vazia e fria, e aqueles discos prateados, feito espelhos...

Sua visão duplicou, e ela precisou fechar os olhos por um segundo para não perder o equilíbrio. Foi ao banheiro e abriu a torneira, jogando punhados de água fria no rosto e no pescoço. Voltou os olhos para o espelho, analisando sua pele pálida, a cicatriz que marcava seu queixo, o azul de seus olhos...

Então congelou.

Havia algo em seu olho esquerdo. Quando ergueu o queixo, refletiu a luz, como o brilho trêmulo de uma lente, o tipo de coisa que deveria estar numa fotografia, não num rosto humano. Era um truque de luz, só podia ser, mas, por mais que virasse a cabeça, continuava lá. Ela se inclinou para a frente, perto o bastante para embaçar o espelho com sua respiração, perto o bastante para ver a ruptura no círculo azul-escuro de sua íris.

Parecia uma abertura prateada. Uma lasca de luz.

Um caco de espelho.

Era tão pequeno e, no entanto, por mais que fitasse, parecia se estender em seu olhar, apagando o banheiro e tragando sua visão. Kate fechou bem os olhos, tentando libertar a mente, manter-se no aqui e agora, mas já estava caindo em...

Uma lembrança...
a janela aberta
os campos lá fora
trazendo a brisa
ela senta no chão
com uma pilha de colares
tentando soltar
as correntes emaranhadas
enquanto sua mãe
cantarola na janela
seus dedos pequenos dançam
sobre os elos de metal
mas quanto mais
ela tenta
mais
    emaranhado
        tudo fica
a irritação
sobe como uma onda
e vira raiva
a
cada

tentativa
fracassada
cada
nó
piorado
a raiva se estende
das correntes emaranhadas
para sua mãe
na janela...
sua mãe
que não parece se importar
com a confusão que ela causou
sua mãe
que nem está lá
para arrumar aquilo
sua mãe
que a *deixou* sozinha
com os monstros...

— Sai da minha cabeça — gritou Kate, jogando o porta-sabonete contra o espelho.

O estrondo do vidro quebrando fez com que recuperasse o controle e voltasse a si.

Ela soltou o porta-sabonete e recuou alguns passos, batendo na banheira. Suas mãos tremiam. Havia uma rachadura em forma de teia de aranha fraturando sua imagem no espelho. Ela havia se libertado do controle do monstro.

Mas ele ainda estava lá, em sua cabeça.

E agora ela se lembrava do rosto dele no beco, de ver a si mesma em seus olhos e cair naquele lugar escuro e violento. Lembrava a voz de Riley chamando seu nome, libertando-a. Mas ela havia deixado alguma coisa para trás, ou *ele* havia, aquela lasca de si mesmo, aquela fenda em sua cabeça.

Como tiraria aquilo?

Como caçaria algo sem forma, uma sombra que transformava as pessoas em marionetes?

Como destruiria um vácuo?

A cabeça de Kate girava, mas, enquanto seu coração se estabilizava e o pânico e a confusão passavam, ela reencontrou o foco do começo de uma caçada.

Era um monstro. Não importava a forma que tomasse. E monstros sempre podiam ser pegos. E mortos. Só era necessário encontrá-los.

Kate ergueu a cabeça. Eles estavam conectados, de alguma forma, ela e aquela *coisa*. E conexões normalmente eram uma via de mão dupla. Lançou um olhar para o espelho. Daquele ângulo, não conseguia ver o próprio reflexo, não conseguia ver nada além das rachaduras no vidro.

Se o monstro conseguia entrar na cabeça dela, ela também conseguia entrar na cabeça dele?

Kate se levantou e se aproximou do espelho. Segurou-se na beira da pia e tentou controlar a respiração. Nunca tinha sido de meditar — preferia bater em algo para tentar encontrar a calma —, mas era aquilo que estava procurando ao erguer os olhos.

No instante em que viu seu olho refletido, ela sentiu a tração, mas resistiu, mantendo o olhar na pia, as duas forças como ímãs, opostas mas iguais. Devagar, traçou o caminho de seu queixo, ao longo da cicatriz que subia pelo maxilar, antes de passar para os lábios, subir pelo nariz…

Me mostre, ela pensou, quando seu olhar finalmente chegou ao fragmento.

O prateado brotou. Então ela estava caindo para a frente, mas não tão rápido quanto antes — era mais um deslizar lento e constante, o chão se inclinando sob seus pés. Kate se firmou na pia enquanto o prateado se espalhava pelos seus sentidos, emaranhava-se em sua cabeça, e algo que não era uma voz sussurrava uma nuvem entoada de *querer* e *ferir* e *mudar* e *lutar* e *fazer* e *matar*, e o chão começou a ceder mais e mais rápido até que…

Ela fica
presa
em mais uma memória
a noite é negra
e ela está
no carro da mãe
ruído branco
grita
em sua cabeça
a bochecha da mãe
contra o volante
Onde você está?
ela se pergunta
enquanto olhos vermelhos
se multiplicam
fora
da janela quebrada
e ali
de novo
vem a raiva
a dor
a necessidade
ardente de...

PARA, ELA PENSOU, trazendo a mente, não de volta, não para fora, mas com firmeza.
A pressão na cabeça, as mãos contra os olhos enquanto...

de volta ao carro
os olhos de sua mãe
arregalados
e feridos
por uma única
rachadura
prateada
Onde você está?
ela pergunta
e o carro
a noite
a visão
estremecem
e dão lugar
   ao frio
   ao nada
e...

Ele sai
entra e sai
de formas
de sombras
de um lugar
cantando
com a promessa
de uma cidade
dividida em duas
tantos
pensamentos sombrios
tantas
mentes monstruosas
tanta
lenha
só esperando
para pegar...

Kate cambaleou para trás, saindo da visão.

Seu nariz estava sangrando, sua mente latejava e suas mãos ardiam de se segurar à pia com tanta força, mas nada daquilo importava.

Porque Kate sabia aonde o mostro estava indo.

Sabia onde, de alguma forma, ele já estava.

Veracidade.

Seis meses, condensados numa única mochila.

A mesma que havia levado para Prosperidade, com as mesmas coisas dentro: dinheiro, roupas, uma identidade falsa, estacas de ferro, um isqueiro prateado com um canivete escondido, uma arma.

Aquilo deveria tornar a partida fácil, mas não tornava. Ela disse a si mesma que era apenas uma missão, que voltaria, por mais que os ecos de uma cidade que chamara de lar ardessem em suas retinas e sua sombra fria se contorcesse em sua cabeça. Kate não sabia como combater aquilo, não sabia como matá-lo, mas sabia que precisava tentar.

Ela pegou o tablet da mesa de centro e se afundou no sofá. O aparelho ligou, revelando a matéria sobre a carnificina do restaurante, que Riley havia deixado aberta.

Doze mortos. Um pensamento violento transformado em ato violento.

E agora o monstro estava em Veracidade, um lugar que vivia à base de violência, que a alimentava e a nutria. Kate não conseguia esquecer a ideia de que o tinha guiado para lá. Que tinha deixado que entrasse em sua mente e mostrado um lugar cheio de potencial.

Apresentado a lâmpada à mariposa.

Mas de onde a criatura tinha vindo? Não houve nenhum ataque em massa, nada da escala que imaginava necessário para criar algo como *aquilo*. Seria o produto do veneno lento de Prosperidade? A decadência de uma cidade?

E o que um monstro como aquele faria numa cidade como a *dela*? Já tinha visto do que ele era capaz — caos, tinha *sentido* os efeitos em si mesma. As trevas se agitavam nela ainda, um *querer* sussurrando em sua pulsação, falando para pegar a arma na mochila.

Kate respirou fundo e abriu uma nova aba no tablet. Escreveu uma mensagem para os Guardiões e anexou todas as fotos que tinha dos devoradores de coração:

Apenas metal puro. Mirem no coração.

Seu dedo pairou sobre "enviar".

Não era o suficiente, sabia daquilo. Os Guardiões não eram caçadores — mas encontrariam um. Alguém idiota o bastante para fazer o que ela vinha fazendo. Talvez até alguém melhor.

Disse a si mesma que precisava ir.

Precisava alertar a FTF. Alertar August.

Ela apertou "enviar" e levantou, guardando o tablet na mochila. Quando chegou à porta, o celular estava tocando.

Riley.

Não atendeu, não se permitiu desviar da tarefa à frente. Era uma caçada como qualquer outra, disse a si mesma, deixando os braços e pernas assumirem o comando, movimentando-se com um propósito que não tinha certeza se sentia. Kate não sabia *o que* sentia, mas sabia que precisava agir. Rabiscou um bilhete numa caderneta antes de sair.

Trancou a porta atrás de si e passou a chave por baixo, ouvindo-a deslizar pelo piso de madeira, para fora da vista e do alcance.

Depois, não se permitiu olhar para trás.

Fugir era um hábito como qualquer outro.

Ficava mais fácil com a prática.

O prédio de Riley tinha um estacionamento nos fundos. Enquanto analisava os carros enfileirados, Kate se arrependeu de ter abandonado o sedã do pai quando chegara à cidade.

Poderia ter ficado com ele, mas tudo naquele carro revelava Veracidade, revelava dinheiro, revelava *Callum*, até a gárgula no capô, então o tinha largado à beira da estrada a quarenta quilômetros da capital de Prosperidade, caso alguém fosse atrás dela.

No fim, ninguém foi.

E agora restava encontrar um carro para sair da cidade. Ela agradeceu pelo tempo bom ao ver um carro compacto de passeio com as janelas entreabertas. Assim não precisaria quebrar o vidro.

Jogou a mochila no banco do passageiro e entrou, tomada por um déjà-vu súbito. Outra vida, outro mundo, August sem fôlego e Kate ferida, os dedos trêmulos pela luta com os malchais enquanto engatava a marcha.

Seu celular tocou no bolso.

Ela não atendeu. Manteve as mãos ocupadas arrombando a tampa da ignição e juntando os fios. O motor chispou, morreu, chispou, ligou.

Kate pisou no acelerador.

III

— Por favor, por favor...
— Pai nosso, que estais no...
— O que você quer...
— Me larga...
—Vai pro inferno...
— Não fiz nada de errado...
— Me deixem ir...
— Por favor...

Humanos, pensou Sloan. Sempre *falando*.

Havia oito deles, ajoelhados no chão do depósito, homens e mulheres com o rosto machucado e as mãos amarradas atrás das costas. Estavam imundos e com fome, vestindo uma variedade de ternos, vestidos e trajes casuais, como se tivessem sido tirados diretamente da rua ou de casa, o que de fato havia acontecido.

A luz do fim da tarde entrava pelas fendas nas janelas e portas, mas havia trabalho a fazer. Além do mais, pensou Sloan, passando a mão por um raio de luz, era importante lembrar os humanos que, embora o sol pudesse enfraquecê-lo, um malchai fraco ainda era mais perigoso do que um humano forte.

O sol deixou sua pele translúcida e seus ossos escuros. Por um instante, os prisioneiros ficaram imóveis, o olhar fixo, na esperança de que ele pegasse fogo. Eles logo se decepcionaram.

Quando Sloan não queimou e nem mesmo se contraiu, o choramingo recomeçou.

— Por favor...

— Não me machuca...

— Não fizemos nada...

A mão de Sloan voltou às sombras.

— Silêncio.

Atrás das figuras ajoelhadas, estavam outros quatro humanos, sem amarras, com a exceção das coleiras de metal. Os garras procuravam o olhar de Sloan, sedentos por aprovação, enquanto os ajoelhados tremiam de medo.

Pensativo, ele bateu a unha nos dentes.

— Aqui estão todos?

— Sim, senhor — disse um dos garras, rápido como um cachorro. — Os engenheiros das geladeiras, como pediu.

Sloan assentiu, voltando a atenção para as figuras trêmulas no chão de concreto.

— As mentes brilhantes... — ele refletiu. Um homem começou a chorar. Sloan levou a ponta da bota ao joelho dele. — Você. Com que trabalhava?

Quando o homem não respondeu, um garra deu um chute na barriga dele. Outro prisioneiro soltou um som curto e apavorado, que só deixou Sloan com mais fome.

— Softwares — balbuciou o homem. — Rede aberta, acesso interno...

Sloan estalou a língua e avançou.

— E você? Pode falar, não seja tímido.

— E-elétrica — respondeu o segundo.

— Hidráulica — disse o terceiro.

Um a um, eles revelaram sua especialidade. Tecnologia. Biologia. Mecânica. Informática.

Sloan andou de um lado para o outro, com a agitação crescente. E então a última cativa respondeu:

— Civil.

Ele diminuiu o passo, parando diante dela.

— O que isso quer dizer?

A mulher hesitou.

— Eu... trabalhava com prédios, construções, demolições...

A boca de Sloan se abriu num sorriso. Ele levou uma unha afiada ao queixo dela.

—Você — ele disse — e você — acrescentou ao que entendia de mecânica — e você — disse ao engenheiro elétrico. — Parabéns. Têm um novo emprego.

Os garras levantaram os três e Sloan voltou a atenção para o resto dos cativos, que claramente não sabiam se ficavam aflitos ou aliviados.

— O resto de vocês — ele disse, com um gesto amplo — está livre para ir.

Todos o encararam com os olhos arregalados. Sloan apontou para a porta do depósito, a quinze metros de distância.

—Vão. Antes que eu mude de ideia.

Foi o suficiente para botá-los para correr. Os cinco se levantaram com dificuldade, as mãos ainda presas. Sloan virou a cabeça e os observou tropeçar, sair em disparada para a porta.

Três conseguiram chegar.

Então Sloan estava em movimento, deslizando entre as sombras e deixando que seu instinto animal tomasse conta. Ele pegou uma mulher pelo pescoço e o torceu antes de girar para pegar o último homem no exato momento em que seus dedos encostaram na porta do depósito

Tão perto, pensou Sloan, cravando suas presas na garganta dele. Em algum lugar alguém gritou, mas, por um belo momento, o mundo de Sloan não era nada além de um coração morrendo e uma onda de vermelhidão.

Ele deixou o corpo cair no concreto com um baque.

— Mudei de ideia — disse, tirando um lenço do bolso e limpando a boca.

Os engenheiros sobreviventes choravam, as mãos na cabeça. Até os garras tiveram o bom senso de empalidecer.

— Limpem tudo — ele ordenou a eles, virando as costas. — E levem meus novos bichinhos de estimação para a torre. Se alguma coisa acontecer com eles em seus cuidados, vou arrancar seus dentes e fazer com que os engulam.

Então ele abriu a porta e saiu.

||||

O Cruzamentos era um lugar enorme, parte shopping, parte parada de caminhões, parte lanchonete, um palácio de linóleo branco lustroso. Era o primeiro lugar que se via ao entrar em Prosperidade, e o último ao sair. Kate não ia até lá desde que fora embora de Veracidade.

Tinha encontrado óculos escuros no carro e os colocou enquanto entrava, escondendo a rachadura prateada. Deu a volta pelos corredores de restaurantes até uma fila de máquinas automáticas de venda, então viu seu reflexo na superfície de uma delas, seu rosto distorcido pelo metal arqueado. Desviou o olhar e digitou o código para um café.

Quando a máquina emperrou, Kate respirou lentamente algumas vezes.

Não tinha perdido a paciência com nenhum dos motoristas, não tinha nem xingado quando a cortaram, apesar do sussurro em sua cabeça, do desejo cobrindo-a feito um lençol de acelerar e acelerar até bater.

Ela digitou o código de novo e, quando o café finalmente saiu, bebeu-o num gole só, ignorando o ardor na garganta. Dois corredores depois, encontrou uma grande parede de armários para alugar. O lugar estava vazio, e ela se ajoelhou diante de um armário na fileira de baixo e colocou a mão no espaço estreito entre o final do armário e o piso de linóleo.

Seis meses antes, Kate havia parado no Cruzamentos, sem saber quando ou se voltaria. Mas seu pai, além de ditador, era um estrategista, e um de seus poucos ditados que não envolvia sangue era: *só os tolos são encurralados.*

Na década de ascensão ao poder de Callum Harker, ele *sempre* tivera uma saída. Carros espalhados pela cidade, abrigos e armas escondidas, a casa além do Ermo e a caixa sob o chão repleta de documentos falsos.

O único tipo de rastro que se podia deixar era aquele que você poderia seguir para voltar para casa. Depois de segundos enlouquecedores, os dedos de Kate encontraram o canto do pacote, e ela puxou um único envelope.

Dentro, estavam os resquícios de outra vida. Algumas notas dobradas e um monte de documentos — carteirinha escolar, carta de motorista, dois cartões de crédito —, tudo sob o nome de *Katherine Olivia Harker.* Toda uma vida reduzida ao conteúdo de um envelope.

Kate o esvaziou dentro da mochila e começou a tirar dela a identidade que usara nos últimos seis meses, enfiando papéis e documentos no envelope até tudo o que restava de seu tempo em Prosperidade ser o celular. Ela o pesou na palma da mão. Ainda estava desligado e sabia que poderia deixá-lo assim, guardá-lo no envelope com o resto das coisas e virar as costas, mas algo traiçoeiro dentro de Kate — não o monstro, algo totalmente humano — apertou o botão de ligar.

Alguns segundos depois, a tela se encheu de ligações perdidas e mensagens. Ela nunca deveria ter hesitado, nunca deveria ter ligado o celular, mas o tinha feito, e agora não havia como esquecer a última mensagem, de Riley.

Não dessa forma.

Kate xingou baixo e ligou para ele.

Riley atendeu no segundo toque.

— Onde você está? — Ele estava sem ar. Kate tinha passado metade do caminho planejando o que dizer, mas agora não saía nada. — Que porra é essa, Kate? Primeiro a Bea fica sabendo que você perdeu o controle no trabalho, e agora você simplesmente desaparece? Sem dizer nada?

Kate passou a mão no cabelo e engoliu em seco.

— Deixei um bilhete.

— Ah, você está falando do "Desculpa, o dever chama"? Essa é sua definição de bilhete? Que *porra* está acontecendo? — Kate se encolheu. Riley nunca falava palavrão. — Foi por causa do que você viu? No restaurante? O que estamos enfrentando aqui?

— Não *estamos* enfrentando nada — ela disse. — Vou resolver isso sozinha.

— Por quê? — Ele bateu a canela audivelmente contra a mesa de centro e murmurou outro palavrão. — O que está acontecendo?

Kate se recostou contra o metal frio dos armários e tentou manter a voz calma.

— É complicado. Tenho uma pista, mas não é em Prosperidade, e não sei quanto tempo vai levar. Por isso mandei os arquivos, caso... — Ela não conseguiu terminar a frase, então mudou de rumo. — Vou voltar. Assim que terminar. Avise os Guardiões.

— Vou estar mentindo?

— Espero que não.

— Aonde você vai?

— Para casa. — A resposta escapou. E então, como Riley tinha lhe dado tanto e Kate tinha dado tão pouco, ela acrescentou: — Veracidade.

Ele soltou um longo suspiro trêmulo, mas não havia surpresa, como se sempre soubesse. Quando voltou a falar, seu tom de voz era urgente.

— Escuta, o que quer que esteja acontecendo, do que quer que esteja fugindo, para onde quer que esteja correndo, só quero que você saiba...

Kate secou uma lágrima e desligou.

Antes que ele pudesse ligar de volta, ela desligou o aparelho e o jogou dentro do envelope, enfiando-o embaixo dos armários em seguida.

Os banheiros eram tão limpos quanto o resto do Cruzamentos, imaculados de uma forma quase industrial. Um espelho ocupava uma parede inteira sobre a série de pias. Kate apoiou os óculos escuros sobre a cabeça e lavou o rosto, desejando poder limpar a ligação com Riley, a dúvida que ele tinha levantado como poeira dentro da cabeça dela.

Ela estava fazendo a coisa certa... não estava?

Conhecia a cidade, sabia que estava seguindo na direção certa.

A menos que estivesse errada. A sombra estava em sua cabeça, perpassando suas memórias, seus pensamentos e seus medos mais sombrios. E se estivesse vendo apenas o que o monstro queria? E se tivesse abandonado Prosperidade em vão? E se e se e se...?

Chega.

Ela sabia a diferença entre verdade e mentira, entre visão e sonho, entre sua mente e a do monstro. Não sabia?

Ergueu os olhos e se encarou no espelho.

Seu estômago se revirou. A rachadura no olho esquerdo estava maior, cortando o azul. Espalhava-se por conta própria ou a interferência dela era como uma mão na ferida? Kate hesitou, avaliando o mal latente e procurando alguma certeza, mesmo sabendo que perderia terreno para o estranho fragmento.

A necessidade venceu. Kate se encarou nos olhos.

— Onde você está? — ela sussurrou. Era a mesma pergunta que tinha feito para si mesma milhares de vezes ao longo dos anos, sempre que queria se imaginar em outro lugar, *ser* outra pessoa, mas as trevas responderam puxando-a para a frente, para dentro...

No corredor
da casa
além do Ermo
flores mortas
no batente
um retrato quebrado
no chão
uma camada de pó
tão espessa quanto tinta
sobre tudo
e ela
    nunca se sentiu
tão sozinha
e mergulhada
nessa tristeza
que a traga
    inteira
o único som
    uma voz
        a voz *dela*
ecoando
por

uma casa vazia
Onde você está?
ela sai à procura
de um par
de olhos prateados
mas os quartos
estão todos vazios
e então
ela vê
o corpo no corredor
o buraco de bala
um círculo chamuscado
na garganta
ela se agacha
enquanto os olhos dele
se abrem
arregalados como luas
sustentando
seu olhar
enquanto a casa
estremece
se estilhaça
em...

... sangue
por toda parte
esparramado feito tinta
sobre o chão
as paredes
os corpos
espalhados
como sombras
sua chama
apagada por completo
nada agora
além de cascas ocas
    em cinza e verde
e as letras estampadas
em mangas ensanguentadas
F
T
F

Kate se libertou.

Estava de volta à pia, recuperando o fôlego. A forte luz branca turvava sua visão, e sangue pingava do seu nariz. Ela quase conseguia *ouvir* o estilhaço abrindo rachaduras novas, como o som de gelo se partindo dentro de seu crânio.

Levou um instante para perceber que não estava sozinha.

Uma mulher mais velha estava ao seu lado, com uma mão firme em sua manga e um chumaço de toalhas de papel molhadas na outra. Os lábios dela se moviam, mas o ouvido bom de Kate zumbia, e as palavras chegavam quebradas e cheias de estática.

— Estou bem — Kate disse, com a consciência dolorosa dos óculos escuros caídos na pia e da lasca prateada em seu olho.

O ruído branco sumiu quando a mulher encostou a mão na bochecha de Kate.

— Me deixe ver, querida. Eu era enfermeira...

— Não — Kate ofegou, puxando a cabeça para trás.

Contagioso. Malcolm tinha usado aquela palavra. Kate já estava doente — a última coisa de que precisava era infectar outra pessoa. No entanto, a mulher pegou seu rosto com as duas mãos e ergueu seu queixo, estalando a língua como se ela fosse uma criança desobediente.

E então a mulher ficou paralisada, com os olhos arregalados. Kate arfou, porque ela obviamente tinha visto o prateado.

Mas tudo o que a mulher disse foi:

— Que belos olhos você tem.

Ela pressionou o papel úmido no nariz de Kate, como se não houvesse nada além disso.

— Obrigada — Kate murmurou, tentando esconder o tremor na voz, a surpresa, o alívio. Mas, no momento em que a mulher foi embora, ela se apoiou na pia, com as mãos trêmulas.

Pelo menos ela não era contagiosa, Kate pensou, sombria.

SAÍDA DE PROSPERIDADE, anunciava a placa.

Não havia nenhuma torre de guarda, nenhum posto de controle armado, nenhuma penalidade por tentar sair — apenas um portão aberto. E então ela estava na zona-tampão, a extensão quilométrica de terreno neutro entre os territórios.

Chegou à interseção, a mesma pela qual tinha passado antes, e foi tomada por outro déjà-vu. Sentiu uma comichão no fundo do crânio enquanto seguia em frente, pegando a estrada rumo a Veracidade.

O sinal do rádio se perdeu.

A estrada à frente estava vazia.

Dê a volta, disse uma voz em sua cabeça. *Dê a volta enquanto ainda pode.* Mas foi abafada pela visão de estacas de ferro, sua arma, suas mãos afundando em...

Droga, ela pensou, apertando o volante. Manter aquela voz longe era como tentar manter os olhos abertos na estrada à noite, a fadiga a esgotando um pouco mais a cada bocejo, a encosta escorregadia entre uma piscada e a morte.

Kate diminuiu a velocidade quando a fronteira de Veracidade entrou em seu campo de visão.

A barricada estava fechada. Um soldado saiu do prédio de patrulha enquanto ela ajustava os óculos escuros e diminuía a velocidade até parar. Kate deixou o carro em ponto morto, mas não desligou o motor, deixando os dedos pousados no câmbio.

O guarda era jovem, talvez com pouco mais de vinte anos, e um tanto atarracado. Uma insígnia em seu uniforme o marcava como cidadão de Prosperidade — os territórios circundantes de Temperança, Fortuna e Prosperidade se alternavam nos postos da fronteira de Veracidade. Tinha um fuzil de assalto pendurado no ombro, mas, ao ver Kate, jogou-o para trás. Ah, as vantagens de ser subestimada.

Ela abriu a janela.

— Olá.

— Desculpe, mas a senhorita precisa dar meia-volta.

Kate optou por uma inocência ingênua, arqueando as sobrancelhas atrás dos óculos.

— Por quê?

O guarda observou Kate como se faltasse uma parte vital nela.

— A fronteira de Veracidade está fechada há meses.

— Pensei que tivessem aberto de novo.

Ele balançou a cabeça como quem sente muito.

— Hum — ela disse, fingindo estreitar os olhos contra o sol enquanto examinava o cruzamento em busca de outros sinais de vida. — Bom, que droga. Há quanto tempo você está neste posto — ela examinou o uniforme dele em busca de uma identificação —, Benson?

— Dois anos.

— E quem você irritou para vir parar aqui?

Ele riu, apoiando o cotovelo no capô.

— De tempos em tempos, alguém tenta atravessar. Não sei o que os leva a fazer isso, se foram desafiados pelos amigos, se têm um desejo pela morte ou se acham que as histórias não são verdadeiras... Não sei e não me importo. Só sigo o protocolo. É para seu próprio bem, senhorita...

— Harker — completou Kate.

Ele se contorceu.

— Esse sobrenome significa alguma coisa para você? — ela perguntou, a simpatia se esvaindo de sua voz enquanto sua mão esquerda se fechava em volta da arma escondida na porta. As trevas dentro dela avançaram com o toque, uma corrente a banhando, tentando levá-la embora. — Pois deveria. Meu pai era Callum Harker. O homem que mantinha monstros como animais de estimação dentro desse buraco dos infernos, sabe? Observe ao redor, Benson. Todas as câmeras, todas as armas, *tudo* está apontado para o outro lado. Sabe por quê? Porque seu trabalho é impedir que qualquer pessoa ou qualquer coisa *saia*. Não importa quem *entra*. Não acredita em mim? É só observar.

Ele realmente chegou a tirar os olhos dela, só por um segundo. Nesse instante, ela ergueu a arma. Benson se sobressaltou ao virar, erguendo as mãos numa súplica automática.

Atira, sussurrou a coisa na cabeça de Kate, na mão dela, no sangue dela. *Vai ser tão mais fácil. Vai ser tão bom.*

Seu dedo foi para o gatilho.

— Vou cruzar essa fronteira hoje.

A dúvida perpassou o rosto do soldado.

— Até parece que você...

Ela atirou.

O desejo havia se fechado em volta da mão dela com mais força, apertando o gatilho por ela, mas Kate o havia sentido antes e teve tempo de desviar o cano alguns centímetros.

Benson a encarou horrorizado.

— Sua vadia maluca.

— Abre o portão — ela disse entredentes. — Duvido que eu vá errar uma segunda vez.

O soldado recuou e digitou um código na caixa perto da porta de patrulha. A barricada começou a se erguer.

— Só estamos tentando manter você em segurança!

Kate inclinou a cabeça.

— Não ficou sabendo? — ela disse, engatando a marcha. — Não existe segurança. — Ela pisou no acelerador e o carro disparou rumo ao Ermo. — Não mais.

~~||||~~

O ROSTO NO ESPELHO ESTAVA COBERTO DE SANGUE.

Pontilhava a bochecha de August, manchava a parte da frente de sua farda. Vermelho e negro, vermelho e negro.

Ele ligou o chuveiro, abriu o registro até a água estar bem quente e tirou a roupa, tremendo quando o ar tocou as marcas em sua pele.

Não tinha dormido, não tinha conseguido sossegar por tempo suficiente, então voltara a sair, de novo e de novo, tentando tirar Rez e Alice da cabeça, assumindo toda e qualquer missão. Quando sua própria equipe se recolhera, ele se juntara a outra e mais outra, fizera de si um escudo e uma arma, deixara o tumulto ir até ele. A noite era um borrão de violência em sua cabeça, mas a inquietação tinha ficado para trás, deixando apenas uma ausência em seu lugar.

Ele entrou sob a corrente escaldante e reprimiu um gemido. A água queimava, cada gota era uma pontada de fogo em sua pele. A dor era superficial, mas se apegou a ela como antes se apegava à fome.

Uma maneira de assumir o controle, de lembrar a si mesmo que podia sentir, que não era...

Um monstro?, ironizou Leo com condescendência.

Aos seus pés, sangue e sujeira escorreriam pelo ralo. August apoiou a cabeça na parede de ladrilhos, a visão ficando turva enquanto o cansaço tomava conta. Ele não estava *dolorido* — era a palavra errada. Dor era uma condição física, produto de músculos cansados, corpos tensionados. Mas havia uma ferida no fundo de seu âmago. Ele estava *vazio*, como os corpos que deixara para trás, ocos, sem aquela faísca de vida, humanos e monstros reduzidos a cascas vazias, poeira de estrelas a poeira de estrelas, e...

August desligou o chuveiro e saiu, afastando o cabelo molhado da frente do rosto. O vapor tomava conta do banheiro — quando secou a névoa do espelho e viu seus olhos cinza refletidos, não conseguiu deixar de perceber que estavam mais escuros. Os olhos de Leo eram pretos — como teclas de piano e céu sem estrelas —, obscurecidos por todas as vezes que havia trocado sua forma humana por aquela que aguardava sob a superfície.

August desviou o olhar do espelho.

Vestiu um uniforme limpo e saiu para o corredor. Allegro estava ali, caçando uma bolinha. O gato se assustou ao vê-lo e, quando August estendeu a mão para acariciá-lo, encolheu-se, abaixando as orelhas pretas. Então soltou um chiado breve e saiu correndo.

August franziu a testa, seguindo Allegro até a cozinha. Ele ficou entre as pernas de Ilsa, que se agachou para pegar o gato nos braços e plantar um beijo no nariz dele antes de lançar um olhar inquisitivo para o irmão.

August deu mais um passo na direção dela, na direção de Allegro, mas ele chiou em advertência.

O que Ilsa dissera sobre os animais?

Eles conseguiam sentir a diferença entre bom e mau, humano e monstro.

Por um segundo, apenas um segundo, aquela outra parte dele — a que havia deixado de lado — tentou ressurgir, atordoada e magoada pela rejeição do gato, pelo que aquilo significava. Mas August a enterrou.

Vai melhorar, prometeu Leo. *Vai passar.*
Ilsa estreitou os olhos. *O que você fez?*
August se empertigou.
— O que era preciso.
A boca dela se curvou para baixo enquanto envolvia o gato com os braços de maneira protetora e balançava a cabeça. Não havia palavras naquilo, nenhuma que August conseguia ler.
— O que foi? — ele perguntou, irritado.
Mas ela só ficou balançando a cabeça, como se não conseguisse parar, e August se irritou. Não entendia o que Ilsa estava tentando dizer, não entendia o que ela *queria* dele.
Ele empurrou uma pilha de papéis no balcão.
— Caramba, Ilsa. É só *escrever*.
Sua irmã se afastou dos papéis, afastou-se dele, como se estivesse magoada. Então deu meia-volta e saiu.
Soro entrou na mesma hora. Quase se trombaram, mas Ilsa tinha um jeito de abrir caminho, e Soro saiu da frente com toda a graciosidade. Um segundo depois, a porta do quarto de Ilsa se fechou, com um único som — o som mais alto que ela fazia em meses. August soltou um suspiro baixo e duro.
Soro o analisou. Seu cabelo prateado estava penteado para a frente, caindo sobre os olhos cinza-claros, mas August podia ver que arqueava as sobrancelhas.
— Nem pergunta — ele disse.
Soro deu de ombros.
— Não ia perguntar.
August se recostou, pousando os ombros nas prateleiras.
— Você está tenso — Soro disse.
August fechou os olhos e murmurou:
— Estou cansado.
Silêncio.

— Fiquei sabendo... sobre a emboscada.

Mas Soro nunca tinha sido de fazer rodeios, muito menos de conversa fiada. August abriu os olhos com dificuldade.

— O que você quer?

Soro se empertigou, com um alívio visível pelo fim de uma tarefa tão desagradável.

— Querer não tem nada a ver com isto — Soro disse, se virando em direção à porta. — Tem algo que você precisa ver.

August rodeou os corpos, tentando entender o que estava vendo. Era como uma charada, um enigma, um "O que tem de errado na figura?", com a diferença de que a resposta era: *tudo*. Em cinco anos, tinha visto muitas mortes, mas nunca alguma do tipo.

Não era o "o que" que o incomodava.

Não era nem mesmo o "como".

Era o "por quê".

Um esquadrão completo da FTF era composto por oito soldados. Um líder. Um médico. Um técnico. Um atirador. E a equipe. Agora era raro ter um esquadrão completo. Muitos soldados eram capturados, e os mortos só costumavam ser substituídos depois que o grupo chegava a menos de quatro, com a fusão entre unidades.

Naquela manhã, o Esquadrão 9 era composto por sete soldados.

Às quinze horas, todos estavam mortos.

— O que aconteceu aqui? — August perguntou, meio para si mesmo, meio para Soro.

— De acordo com o controle, eles estavam voltando de uma missão de reconhecimento. Os rádios estavam desligados e não há vigilância neste quarteirão.

Os corpos estavam espalhados na rua, numa imagem terrível.

Eles não tinham morrido à noite, não tinham sido comidos

por corsais. August observou ao redor, depois estreitou os olhos para o sol.

A julgar pelo ângulo da luz, aquela parte da rua estaria na sombra durante a manhã toda.

Mas aquilo não explicava os sete cadáveres.

A violência súbita e simultânea.

Estojos de bala cobriam o chão e uma faca jazia a alguns metros, manchada até o cabo. Mas, pelo que August via, o Esquadrão 9 não tinha sofrido uma emboscada, não tinha sido atacado por nenhuma força externa, humana ou monstruosa.

A *própria equipe* tinha se atacado.

Não um dos seis — não era uma história de um soldado enlouquecendo. Todos estavam com uma arma em punho e uma ferida fatal. Não fazia sentido.

Ele percorreu os olhos pelos rostos, os que conhecia e os que não conhecia, rostos que tinham sido pessoas, e não meras cascas. *Assim como o de Rez*, pensou, contendo a sensação de perda antes que ela pudesse emergir.

— Que desperdício. — Soro estava ao lado dele, girando sua flauta distraidamente, como se estivesse num jardim e não numa cena de crime. Os corpos no chão usavam insígnias da FTF, mas ele sabia que, aos olhos de Soro, não eram mais soldados.

Eram *pecadores*.

E pecadores mereciam o fim horrível que encontravam.

Mesmo assim... O que poderia levar um esquadrão todo a fazer aquilo?

Seria um sintoma da rixa no Complexo?

Não. Havia tensão, mas ataques verbais eram uma coisa, já aquilo... era algo completamente diferente. Era um salto longo demais entre irritação e aquele nível de agressão.

Algum tipo de armadilha, então?

Um malchai?

Por um momento, ele se perguntou se os soldados mortos eram uma mensagem de Alice, algum tipo de presente mórbido servido como um banquete. Mas as insígnias estavam ali, e nenhuma das feridas fora feita por dentes.

Não, por mais terríveis que fossem as mortes, eram resultado da obra de homens, não de monstros.

— Henry sabe? — ele perguntou.

— Claro. — Soro respondeu com um olhar inexpressivo, como se a ideia de *não* relatar aquilo nunca tivesse ocorrido a eles. August imaginou que não tinha mesmo: Henry podia ser humano, mas também era o líder da FTF, o general do exército improvisado deles.

— E o conselho? — ele perguntou.

Soro balançou a cabeça.

— Henry queria que *você* visse primeiro.

August franziu a testa.

— Por quê?

Soro passou o peso do corpo de um pé para o outro.

— Ele disse que você sempre teve uma... sensibilidade. Um jeito humano de pensar. Que você os estudava. — As palavras pareciam deixar Soro sem jeito. — Que queria ser um...

— Sou um sunai — disse August, irritado. — Não faço ideia do que aconteceu aqui. Se Henry quer uma visão humana, deveria ter mandado outra pessoa.

Soro pareceu relaxar.

August virou as costas para os cadáveres e voltou para o Complexo.

𝍦

SLOAN LIMPOU O SANGUE DAS MÃOS enquanto subia os degraus da torre.

Havia algo desagradável naquilo: nas veias de um humano, o sangue era quente, vital; fora, não era nada além de *sujo*.

No saguão escuro, malchais relaxavam em todas as superfícies, apoiados nas escadas e sentados nos parapeitos. Uma dezena de garras ajoelhados junto a seus mestres pontilhava o chão de pedra escura com as coleiras de aço brilhando.

Sangue escorria das marcas de mordida na pele deles, mas a fome de Sloan mal cresceu diante daquela visão. Não gostava de presas submissas.

Ao ouvir seus passos, os malchais se agitaram, olhos vermelhos se voltando para o chão conforme passava.

Dentro do elevador, Sloan fechou os olhos. Ele sonhava com muitas coisas: sangue, poder e uma cidade partida, Henry Flynn caído e a Força-Tarefa de joelhos, o coração ardente de August em sua mão e seus dentes no pescoço de Katherine.

Mas, enquanto o elevador subia, só queria dormir. Algumas horas de calma antes do frenesi da noite.

Ele saiu do elevador para a cobertura, então parou.

Alice tinha botado fogo no lugar.

Foi seu primeiro pensamento. Calor irradiava da mesa de centro onde ela havia derrubado o que parecia um balde de carvão quente. Uma variedade de ferramentas e utensílios de cozinha se sobressaía na bagunça escaldante, e quatro malchais estavam abaixados no chão diante dela, alimentando-se de um rapaz.

— Antes que você pergunte — disse Alice —, não foi como em Falstead. Não tive nada a ver com isso desta vez. Parti para outra.

— Do que você está falando? — perguntou Sloan.

Alice estalou os dedos, impaciente.

— Ah, meia dúzia de garras... Devem ter pirado, ninguém sabe por quê. Mataram uns aos outros, parece. Os corsais não deixaram muita coisa para trás. Uma briguinha patética, imagino. Os humanos são tão — ela soprou o carvão — *temperamentais*.

— E quanto a *eles*? — perguntou Sloan, apontando para os malchais.

— Eles se voluntariaram.

— Para *quê*?

Alice não respondeu. Em vez disso, segurou um dos malchais pelo queixo, erguendo seus olhos vermelhos na altura dos dela. Quando falou, sua voz soou diferente, mais grave e suave, quase hipnótica.

— Quer me deixar orgulhosa?

— Sim — sussurrou o malchai.

Ela tirou do fogo uma barra fina de metal, com a ponta vermelho-ardente.

— Alice — Sloan insistiu.

— Tenho uma charada — ela disse, com a voz tomada por uma alegria maníaca. — Você pode afastar um corsai com luz e tirar as presas da boca de um malchai, mas como deter a canção de um sunai?

Sloan pensou em Ilsa, no último som que ela soltou antes que cortasse sua garganta.

— Não precisa — Alice disse com um sorriso. — É só parar de ouvir.

Com isso, ela enfiou a estaca ardente na orelha do malchai.

𝍢 ||

Só pareceu real quando ela chegou ao Ermo.

Quando viu o terreno descampado, o amplo nada, e se lembrou de ter arrastado o corpo febril de August pelos campos até a casa, do quarto da mãe, do homem à porta e da arma em sua mão. Um único disparo, a divisão entre o antes e o depois. Inocência e culpa. Humana e monstro.

Kate não gostava de pensar nisso.

Não gostava de lembrar que, em algum lugar, naquela cidade, estava o monstro que *ela* havia criado.

Com alguma sorte, ele havia morrido de fome no Ermo.

Com alguma sorte...

O carro estremeceu, engasgou e começou a soltar fumaça. Ela xingou e guiou o veículo morto para o acostamento vazio.

Faltavam treze quilômetros até a periferia da Cidade V.

Treze quilômetros e menos de duas horas até o pôr do sol.

Kate praguejou e saiu, jogando a mochila sobre o ombro e dando a volta no carro. A arma estava no chão do lado do passageiro, onde ela a tinha jogado assim que a barricada saíra do seu campo de visão. Ela a pegou, apreciando o peso em sua mão, lembrando o coice encantador e...

Kate tirou o pente da arma e guardou as duas peças na mochila, então a pendurou no ombro e começou a correr. Sua sombra se estendia à frente, projetada pelo sol poente às suas costas, e seus sapatos tocavam o asfalto numa batida constante.

Corrida era uma atividade obrigatória na época de Leighton, e Kate logo havia aprendido duas coisas.

Ela amava correr.

E odiava correr em círculos.

Tentou trazer aquele amor de volta, sem ter nada além de uma estrada aberta, uma linha reta à frente, mas, depois de três quilômetros, tinha certeza de que havia inventado aquilo tudo.

Depois de seis, desejou ter um cigarro.

Depois de oito, desejou nunca ter fumado.

Depois de onze quilômetros, diminuiu o passo para uma caminhada, mancando, então parou e vomitou à beira da estrada. Sua cabeça tinha voltado a doer e ela queria deitar e fechar os olhos, mas o sol pairava sobre o horizonte, e a última coisa de que precisava era ser pega no Ermo depois do anoitecer.

Kate tinha que continuar andando, e foi o que fez.

Era engraçado como as coisas se tornavam simples quando não se tinha escolha.

Suas pernas e seus pulmões estavam em chamas quando finalmente chegou à zona verde.

Muito tempo antes, tinha sido a região mais chique da capital, um lugar reservado àqueles que podiam bancar não apenas a proteção de Harker, mas continuar a viver como se não houvesse nada de errado. *Muito* tempo antes... Agora, estava *vazia*.

Seria fácil supor que todos na zona verde tinham partido, num tipo de êxodo em massa.

Seria...

Se não fosse pela quantidade de carros estacionados.

E pelo sangue.

Eram manchas marrons secas, desgastadas pelo tempo e pelo

sol. Estavam por toda parte. Espalhadas como ferrugem sobre as portas dos carros e os meios-fios, as garagens e os degraus. Um eco da violência.

— O que aconteceu aqui? — ela murmurou para as ruas vazias, mesmo sabendo a resposta.

Corsais, corsais, dentes e garras,
sombras e ossos abrirão as bocarras.

O sol se pôs, e Kate tirou os óculos escuros. A luz diminuía rapidamente, e logo ia desaparecer. Ela precisava entrar.

Abriu o zíper da mochila e obrigou os dedos a ignorar a arma. Em vez dela, pegou o canivete e uma estaca de ferro antes de descer a rua. Ela foi de casa em casa, mas todas as portas estavam trancadas. Na terceira, parou na ponta dos pés, espiou por uma janela e ficou paralisada.

Parecia uma foto de cena de crime sem os corpos. Manchas escuras marcavam as paredes, o chão e os móveis. Ela imaginou as pessoas na zona verde se trancando dentro de casa, esperando, até a energia acabar e as sombras entrarem por debaixo das portas.

Um assobio baixo soou. Kate ficou apreensiva, apertando os dedos em suas armas antes de se tocar que o som era *humano*.

— *Psiu* — disse uma voz. — Aqui.

Kate se virou e vislumbrou um clarão no metal. Não, não era metal. Era um *espelho*. Uma das portas do outro lado da rua estava entreaberta e um homem movimentava um espelhinho tentando chamar sua atenção.

— Oi? — ela gritou, movendo-se em sua direção.

— *Xiu* — ele sussurrou, lançando um olhar aflito para a rua. O homem tinha uma lanterna numa mão, mesmo sem estar completamente escuro. Por cima do ombro dele, Kate pôde ver o brilho de mais luzes lá dentro.

— Entra, entra — ele disse, abrindo a porta apenas o bastante para deixá-la passar.

Kate atravessou o quintal, mas hesitou ao pé da escada. Sua sombra havia desaparecido, tragada pela penumbra, e podia sentir algo se contorcendo atrás dela, mas todas as outras casas estavam em silêncio, vazias. Aquilo deixava seus nervos à flor da pele.

— E então? — insistiu o homem. Ele não *parecia* muito perigoso: era magro como um varapau, calvo e com a torção constante de nervos desgastados. Mas Kate sabia por experiência própria que os homens também podiam ser monstros, especialmente em Veracidade. — Aquelas outras casas não têm nada, e faltam só uns dez minutos para escurecer completamente — ele sussurrou. — Ou você entra ou fica aí fora.

— Estou armada — ela disse. — E pretendo continuar assim.

Ele balançou a cabeça, como se tivesse entendido ou não se importasse. Kate expirou pela boca e entrou. No momento em que atravessou o batente, o homem fechou a porta e a trancou. Ela sentiu um frio na barriga com o som, agudo e definitivo como um disparo.

Ele passou por Kate, acendendo mais luzes e apontando-as para a porta. Assim que seus olhos se acostumaram, ela percebeu que, sob o casaco, ele estava coberto de metal, uma espécie de malha feita a partir de discos de ferro. *Medalhões.* Os mesmos que Callum Harker vendia para seus cidadãos como proteção dos monstros que caçavam segundo a vontade dele.

Mas o pai de Kate nunca tinha dado mais de um medalhão a ninguém. Ela pensou no sangue na rua, nos corpos desaparecidos. Não precisava perguntar de onde tinham vindo os outros.

— O que estava fazendo lá fora?

— Nada — ela disse. — Parecia um dia bonito para passear.
— Ele a encarou, inexpressivo. Sem sarcasmo, então. De perto, os olhos do homem estavam vermelhos, como se não dormisse havia dias. — Esta casa é sua?

O homem observou ao redor, impaciente.

— Agora é — respondeu, ainda frenético, como se não conseguisse parar. — A sala é por aqui. — Ele apontou para o outro lado do corredor, depois entrou na cozinha. Kate ouviu o tilintar de uma panela e um fósforo sendo riscado enquanto entrava na sala de estar pela porta aberta.

Uma fresta estreita entre as cortinas mostrava o crepúsculo dando lugar à escuridão rapidamente. As cortinas eram de fios de cobre costurados; uma versão delicada da malha que o homem vestia. Na mesa de centro, havia baterias, lanternas e lâmpadas.

Um altar à luz artificial.

—Você tem nome?

Kate se sobressaltou. Ele tinha se aproximado pelo lado do ouvido ruim dela, que só percebera quando o homem já estava perto demais. Segurando duas xícaras.

— Jenny — ela mentiu. —Você?

— Rick. Quer dizer, Richard. Mas sempre gostei de Rick. — Ele ofereceu uma xícara para ela. Kate ainda estava com a estaca de ferro em uma mão e o isqueiro prateado com o canivete escondido na outra. Ela deixou a estaca de lado para pegar a xícara e a levou à boca. Tinha um cheiro semelhante a café, e seu corpo sentiu um espasmo de fome e sede, mas sabia que era melhor não beber.

Rick foi de um lado para o outro, ajustando mais luzes. Kate sentou numa poltrona, os membros rígidos e o corpo fatigado. Ela apontou para a cortina, para o mundo além da casa.

— O que aconteceu lá fora?

— O que *aconteceu?* — A voz dele ficou tensa. — Eles vieram. Corsais, malchais, tudo o que tinha dentes.

Aquilo ela podia ver. Primeiro os malchais tinham cortado as gargantas, depois os corsais haviam se alimentado dos restos. Não era nenhuma surpresa não ter sobrado nada.

— Eu nem devia estar aqui — Rick murmurou. — Estava a caminho do Ermo e pensei que a zona verde seria um lugar seguro para passar a noite. — Ele riu de nervoso.

— Como sobreviveu? — Kate perguntou.

— No começo, me escondi. Depois, hum, bom, tinha todas aquelas casas abandonadas. — A agitação ficou pior. Ele se movia como um viciado, motivado pelo medo. — Fiz o que pude. O que tinha que fazer.

Kate girou o isqueiro prateado entre os dedos.

— Por que não foi embora? Por que não fugiu para a Cidade Sul ou entrou no Ermo?

— Pensei nisso centenas de vezes. Saí à luz do dia para tentar partir, mas vai saber o que está acontecendo lá fora... Não tem sinal de celular e, caramba, depois do que aconteceu aqui, não ficaria surpreso se o mundo todo estivesse às escuras. Um homem passou por aqui alguns meses atrás, fugindo da Cidade Norte, e disse que os malchais tinham capturado os humanos e os guardavam como comida na geladeira. Não — Rick continuou —, não mesmo. Tenho tudo de que preciso aqui e vou esperar. Aqueles malditos não podem viver para sempre.

O silêncio caiu na sala, e o estômago de Kate roncou alto.

— Espera — disse Rick, levantando. — Vou arranjar comida para você.

— E a Cidade Sul? — ela gritou atrás dele.

— Não faço ideia — Rick respondeu.

Ela se debruçou, passando os dedos sobre a coleção de baterias, então ouviu algo no corredor. Se Kate não estivesse com a cabeça virada na direção certa, poderia ter ignorado. Se não fosse filha do seu pai, talvez não soubesse o que era: um cartucho de espingarda sendo encaixado na câmera.

E é por isso, pensou Kate, *que não sou otimista.*

Sua própria arma esperava descarregada na mochila aos seus pés, mas o isqueiro ainda estava em sua mão. Com um som baixo, o canivete saiu, o brilho súbito da ponta agitando as trevas em sua cabeça enquanto ela se levantava.

Rick estava no batente com a espingarda erguida. Ele apontou o cano para a lâmina.

— Abaixa o canivete.

Os dedos de Kate apertaram a faca. Ela sentiu seu coração se acalmar e estabilizar, em vez de disparar. Seria tão fácil. Já podia ver o canivete cravado na garganta dele, podia...

Não.

Não seria daquele jeito. Rick tinha uma espingarda e, mesmo com os nervos deteriorados, seria quase impossível para ele errar tão de perto, tendo mais de cem balas num cartucho. Ele podia morrer, mas ela morreria também. Por mais que as trevas em sua cabeça não parecessem se importar com aquilo, o resto de Kate se importava, e muito.

Ela colocou a lâmina com cuidado no sofá.

— E agora, Rick?

Ele continuava nervoso, mas se acalmou um pouco.

— Mãos na cabeça.

A mente de Kate girou e girou, mas, depois dos treze quilômetros de corrida pelo Ermo e da espingarda apontada para a cabeça, ela não conseguia pensar em nenhuma ideia. Todos os pensamentos se voltavam para a violência cega em vez da lógica, da estratégia, da razão.

—Vai — ele mandou, erguendo a espingarda para enfatizar. —

De costas para a porta. — Kate obedeceu devagar, tentando ganhar tempo. — Não é nada pessoal, Jenny — Rick murmurou. — Não mesmo. Só estou muito cansado. Eles não me deixam dormir.

— Quem?

Eles estavam na porta da frente.

— Destranca.

Ela obedeceu.

— Abre a porta.

Ela obedeceu.

A noite já havia caído por completo. A luz do batente se espalhava por menos de um metro para fora, criando um bloco estreito de segurança. Além disso, a rua estava mergulhada no breu.

— Sei que vocês estão aí!

A voz de Rick ecoou pelas ruas, ricocheteando nas casas vazias e nos carros abandonados.

Por um segundo, nada aconteceu.

Então, as sombras começaram a se agitar. Olhos brancos pontuaram a escuridão, dentes brilhando como facas. O estômago de Kate se revirou com a lembrança de música e fuga, de vagões vazios de metrô, cordas se quebrando e garras cortando carne.

Os corsais sussurraram seu coro pavoroso.

espanca quebra arruína carne osso espanca quebra

E então as palavras começaram a mudar...

espanca quebra arruína rasga pequena harker perdida

... espaçando-se numa ordem coerente.

pequena harker perdida

O medo cresceu dentro dela, súbito e visceral, e Kate soube que os monstros conseguiam farejá-lo.

— Olhem aqui! — gritou Rick. — Trouxe algo para vocês comerem!

comer pequena harker pequena perdida

— Só me deixem em paz por uma noite — ele suplicou. — Só por uma noite. Me deixem dormir.

dê a harker

A cabeça de Kate girou, um desejo irracional crescendo contra o medo, o impulso de se lançar nas trevas, de rasgar os seres com garras, de despedaçá-los enquanto a despedaçavam.

O cano de metal da espingarda de Rick cutucou as costas de Kate, que deu um passo vacilante à frente.

Faça alguma coisa, ela pensou.

Mate todos, sussurrou o monstro.

Não isso.

—Você já matou alguém? — ela perguntou.

— Desculpa — Rick disse, e a angústia na voz dele revelou tudo o que ela precisava saber. Ele não queria atirar nela. — Só estou cansado.

—Tudo bem, Rick. Eu vou. — Kate se arrastou à frente e sentiu Rick relaxar um pouco, aliviado, erguendo a arma do centro de suas costas para acima do ombro dela.

Ela balançou para trás, contra o peito de Rick, acertando o cotovelo na cara dele enquanto girava e pegava a espingarda. Logo Rick estava com um joelho no chão, a mão no nariz sangrando, e Kate estava no batente com a arma.

Atire, disse a voz em sua cabeça enquanto Rick se levantava, mas ele tropeçou no primeiro degrau e perdeu o equilíbrio, escorregando para fora da segurança da luz.

Atire, disse o monstro, mas ela não sabia se seria clemência a Rick ou um presente à loucura dentro de si, então jogou a arma na grama. Rick cambaleou na direção dela enquanto Kate recuava para dentro da casa, e a última coisa que ela viu foi o cintilar da espingarda enquanto ele a batia como um bastão contra as sombras antes que ela fechasse a porta e a trancasse.

★

A casa estava vazia.

Kate sabia porque tinha verificado tudo, de cima a baixo, de trás para a frente. Rick tinha feito um ótimo trabalho trancando as janelas e portas, mas, se ela prestasse atenção, podia ouvir unhas riscando a madeira, o tijolo, a grama, o rastro das garras de corsais lá fora, arranhando para entrar. Lembrando-a de que estava cercada.

— Onde você está, Kate? — ela se perguntou em voz alta. Quando seu pensamento foi parar em Riley, Prosperidade e a mesa do café com os Guardiões, não quis mais fazer aquele jogo idiota.

Ela tinha passado três vezes pelo espelho no corredor. Agora, parou na frente dele, com uma tesoura na mão. Evitando o próprio olhar — não queria ver o prateado se espalhando, não precisava ser lembrada dele, conseguia senti-lo como um peso, encostado em seus pensamentos —, Kate soltou o cabelo, ajeitou-o diante dos olhos e começou a aparar.

Fios loiros foram caindo no chão. Ela só parou quando seu cabelo cobria apenas o olho esquerdo. Só mais uma cicatriz.

Dividida entre o desejo de desmaiar e o medo de baixar a guarda o bastante para dormir, ela atacou os armários da cozinha (onde encontrou pó de café, um litro de água e uma barra de proteína processada o suficiente para sobreviver a um apocalipse), ligou todas as lanternas que conseguiu encontrar e, finalmente, voltou para a sala de estar.

Afundando-se no sofá, Kate tirou o tablet da mochila e abriu as mensagens.

Riley, ela começou a escrever, depois parou ao lembrar que não havia conexão, não havia sinal.

Seus dedos pairaram sobre a tela em branco. O cursor piscou, esperando. Kate sabia que era inútil, mas a casa estava silenciosa demais, os monstros eram barulhentos demais, então continuou a digitar mesmo assim.

Meu nome verdadeiro é Katherine Olivia Harker.

Seus dedos se moveram hesitantes na tela.

O nome da minha mãe era Alice. O do meu pai era Callum. Eu não queria mentir, mas às vezes é mais fácil do que dizer a verdade. Mais rápido. Só queria começar do zero.
Você já fez isso?
É libertador no começo, como tirar um casaco pesado. Até você ficar com frio e perceber que a vida não é nenhum casaco. É pele. É algo que não dá para tirar sem perder a si mesmo também.

Kate parou, pressionando os olhos com as mãos. Por que estava escrevendo sobre Veracidade como se sentisse falta daquela cidade, como se tivesse procurado uma desculpa para voltar para casa?

Deixou o tablet de lado, a mensagem inacabada, e se espreguiçou, puxando uma coberta sobre os ombros enquanto, do lado de fora, os corsais ficavam mais agitados, afiando suas garras e seus dentes e emitindo sussurros sibilantes que atravessavam as fendas como o vento.

saia pequena harker saia saia saia saia

Eles pareciam estar logo atrás das janelas.

Kate ficava tensa quando unhas arranhavam o vidro, seus nervos se retesavam a cada sussurro, risco ou provocação. A estaca de ferro repousava na mesa e seus dedos pairaram sobre ela, enquanto os olhos cansados e as palavras de desespero de Rick voltaram à sua mente.

Só por uma noite. Me deixem dormir.

Ela revirou a mochila e encontrou um player de música, então passou os olhos pela playlist até encontrar uma música com uma batida pesada. Aquilo encheu seu ouvido bom, bloqueando os chamados incansáveis dos corsais. Kate aumentou e aumentou o volume até também abafar o monstro dentro da sua cabeça.

𝍫 ɪɪɪ

O MONSTRO CAIU AOS PÉS DE AUGUST, com um buraco no peito.

— Essa passou perto — disse Harris, passando por cima de outro corpo.

— Perto demais — disse Ani, esbaforida, com um raspão na bochecha.

Fora um ataque descuidado; um par de malchais e um garra tinham pensando em pegá-los de surpresa, como se dois monstros e um humano tivessem chance contra um esquadrão da FTF, ainda mais um chefiado por um sunai.

— O que a gente faz com esse aqui? — perguntou Jackson. O garra foi jogado aos pés dele, com um olho fechado de tão inchado e sangue escorrendo pelos dentes podres.

Seria fácil recolher sua alma, mas August já tinha feito o mesmo com uma meia dúzia, e só a ideia de mais uma o arrepiava.

— Chamem um jipe — ele disse. — Quem sabe Soro pode tirar algo de útil dele?

Eles começaram a voltar, percorrendo a distância curta até a Fenda. À medida que se aproximavam da barricada, os passos de August foram ficando mais lentos.

A ideia de voltar ao Complexo, de ter todas aquelas almas dentro dele... Não era de surpreender que Leo nunca parasse quieto.

A noite estava cheia de monstros, e ele precisava caçar.

Então cace, disse seu irmão.

E por que não caçaria?

Eles chegaram ao portão da Fenda. Harris fez contato pelo rádio e as portas se abriram devagar, um jipe esperando por eles do outro lado. O esquadrão passou, mas August ficou parado.

Harris olhou para trás.

— O que foi?

— Encontro vocês no Complexo.

— De jeito nenhum — disse Ani.

— Se for voltar, vamos com você — acrescentou Jackson.

— Não é necessário — disse August. Ele já estava se virando para ir quando Harris segurou seu braço.

— Sem missões solo — Harris disse. Aquela era a primeira e mais importante regra do Esquadrão Noturno. Se era preciso trabalhar no escuro, tinha de ser em equipes.

Essa regra é para eles.

Leo estava certo. *August* não precisava de uma equipe.

— Me solta — ele alertou. Quando Harris não soltou, August empurrou o soldado contra Ani com força suficiente para fazer os dois cambalearem. Algo perpassou o rosto deles, mas August deu as costas sem tentar entender o que era. — Levem os soldados para as celas — ele disse. — É uma ordem.

E, daquela vez, ninguém tentou impedi-lo quando ele se virou para ir embora.

Andar sozinho era estranho.

Ele tinha se acostumado com o eco de outros passos, a necessidade de pensar em outros corpos, outras vidas. Sem os outros, ficava livre.

As luzes da Cidade Sul diminuíam a cada passo. August manteve o violino a postos, segurando o braço em uma mão e o arco na outra enquanto seguia o sussurro das sombras.

Mas alguma coisa estava errada. A noite estava parada demais, as ruas vazias demais, e ele conseguia sentir os monstros recuando para a escuridão.

O rádio crepitou.

— *August* — disse Henry, sério. — *O que você está fazendo?*

— Meu trabalho — ele respondeu simplesmente, desligando o aparelho pouco antes de todos os postes piscarem e apagarem, mergulhando-o na escuridão.

Um momento depois, um som cortou a noite — não um grito, mas uma risada, alta, sombria e cheia de veneno.

— Sunais, sunais, olhos de carvão, com uma melodia minha alma sugarão.

Alice. Ele girou num círculo lento, tentando encontrá-la, mas a voz ecoava dos prédios e olhos começaram a pontilhar a escuridão, vermelhos e brancos contra a cortina negra.

August ergueu o violino, pousando o arco nas cordas enquanto a voz dela continuava.

— O que está esperando? — Alice provocou.

As trevas se agitaram e quatro malchais saíram das sombras.

— Não quer tocar para nós?

Seguindo sua deixa, eles atacaram.

Os malchais eram rápidos, mas August era mais.

Tirou a primeira nota, um som claro e cristalino a ponto de cortar a noite. Deveria ter cortado os monstros também, feito com que paralisassem.

Mas não foi o que aconteceu.

Eles continuaram avançando, e August recuou um passo, dois, o arco passando pelas cordas, a música jorrando para o espaço entre eles, tomando forma, criando raios de luz, mas os monstros não reduziram a velocidade, não pararam, não pareciam sequer *ouvir*...

E, no último instante antes de alcançarem August, o sunai viu suas orelhas mutiladas e percebeu que *não podiam* ouvir.

August xingou, derrubando o violino e girando o arco na mão para revelar a ponta afiada enquanto os malchais partiam para cima dele. Cortou uma garganta e o sangue negro enevoou o ar, nocivo como a morte, enquanto unhas se cravavam em seus braços e uma mão agarrou seu cabelo.

Mas não eram páreos para ele, nem um pouco. Agora, August não tinha humanos com que se preocupar, não tinha nenhuma vida para proteger além da sua. A liberdade era tão espantosa que se perdeu na estranha música da violência, o corte, o rasgo, o riso, a quebra, o estrépito e a ruína.

Ele se tornou um instrumento *de aniquilação*, uma obra musical, cujas notas eram tiradas conforme a escuridão envolvia suas mãos e a fumaça tragava seus dedos e subia por seus punhos. Aquele outro eu se libertava, derramando-se sobre ele centímetro por centímetro. Os malchais gritavam e se debatiam, e o calor ardia em seu peito, com o coração acelerado, insistindo para ele *sucumbir, sucumbir, sucumbir*.

Mas já havia chegado ao fim. O violino estava caído a alguns metros, o arco em sua mão, empapado de sangue. August parou, ofegante pela luta, os corpos quebrados dos monstros espalhados aos seus pés.

Muito bem, irmãozinho, aprovou Leo.

Ele olhou para as próprias mãos, a pele ainda envolta por sombra e fumaça. A escuridão rodeava as marcas em seus antebraços, ameaçando apagar a escrita em sua pele, apagar *August*, mas não havia necessidade: a luta havia acabado e, sob seus olhos, as sombras recuaram.

August cerrou os punhos e inclinou a cabeça para trás em direção à noite.

— Você vai ter que se esforçar mais — ele gritou para Alice, e sua voz ecoou na escuridão.

Henry estava esperando na entrada do Complexo. Ao ver August, avançou para a faixa de luz.

— O que você estava pensando?

Ele não entende.

— Como pôde ser tão descuidado?

Não tem como entender.

— Podia ter sido capturado.

É apenas humano.

Mas August nunca tinha visto Henry tão angustiado. A luz o deixava pálido e esquelético, e ele respirava com tanta dificuldade que August podia ouvir o nó em seu peito. A preocupação cresceu, mas ele a conteve.

— O que deu em você? — perguntou Henry.

— Nada — respondeu August. — Estou cumprindo meu propósito. E a sensação é boa — ele acrescentou, embora o prazer já tivesse passado, o sangue estivesse pegajoso em sua pele e um cheiro nauseante chegasse ao fundo de sua garganta.

O rosto de Henry se encheu de tristeza. August ansiou pela calma que o havia cercado tão facilmente durante a luta, procurando os restos da liberdade que sentira na escuridão.

— Você abandonou sua equipe.

— Mandei todos para casa. Não precisava mais deles.

Henry esfregou a testa.

— Sei que está triste por causa de Rez...

— Isso não é por causa dela — August rebateu. — Não é por

causa de nenhum humano. Só estou cansado de perder. De que adianta minha força se você não me deixa usar?

Henry apoiou as mãos nos ombros dele.

— De que adianta sua força se perdermos você para Sloan? Olhe só para a Ilsa. Pense em Leo. Pode achar que é invencível, mas não é.

— Não preciso ser invencível — disse August, desvencilhando-se das mãos dele. — Só preciso ser mais forte que os outros.

𝍩 𝍪

Sloan passou a mão nas prateleiras do escritório, as unhas percorrendo as lombadas de tecido e couro da coleção de Harker até encontrar o que estava procurando.

— Aqui — ele disse, voltando à sala da cobertura.

Os três engenheiros estavam sentados à mesa, uma superfície larga de ardósia em cima de uma estrutura de metal. Uma corrente ia dos tornozelos deles aos pés da mesa, parafusados no chão. A superfície estava coberta de tablets, mas ele abriu espaço e deixou o livro cair com um baque sobre o tampo de pedra, deliciando-se com a forma como se sobressaltaram com o barulho.

— O que você quer? — perguntou um deles.

Sloan folheou as páginas até encontrar uma foto da cidade, tirada antes das guerras territoriais, antes dele próprio existir. Quando a fortaleza de Flynn era apenas uma torre num mar de aço.

— O que eu quero — ele disse, descendo a unha para a página e pousando-a no Complexo — é derrubar este prédio.

Os engenheiros ficaram imóveis.

Então a mulher disse:

— Não.

— Não? — ecoou Sloan baixo.

— Não vamos fazer isso — apoiou o outro homem.

— *Não temos como* — corrigiu a mulher. — É impossível. Um

prédio desse porte não tem como ser destruído à distância. E mesmo se você tivesse os materiais...

— Ah. — Sloan tirou o pequeno cubo do bolso e deixou o explosivo na mesa. Os engenheiros recuaram. — Meu predecessor acreditava no valor do planejamento. Ele apanhava seus arsenais em vários lugares da cidade e armazenava todo tipo de coisa, desde armas a metais preciosos, e uma quantidade generosa *disto*. Não se preocupem com materiais — ele disse, guardando o cubo no bolso. — Só encontrem um jeito de usar.

Ele começou a se afastar e ouviu o guizo de correntes, o farfalhar das folhas do livro. Virou a tempo de ver o segundo homem com o volume erguido, como se para bater em Sloan. *Que tristeza*, pensou, pegando o homem pela garganta. O volume caiu inutilmente das mãos dele.

Sloan suspirou e apertou mais forte, erguendo o homem do chão. Era o que ele ganhava por dar certa liberdade a seus novos bichinhos de estimação. Olhou por cima da figura que se debatia e sufocava para os outros dois engenheiros.

— Talvez eu não tenha sido claro... — ele disse, quebrando o pescoço do homem.

A mulher reprimiu um grito. O homem estremeceu. Nenhum deles se levantou. Já era um progresso, ele pensou, deixando o corpo cair ao lado do livro.

Naquele mesmo momento, Alice entrou com tudo, os punhos cerrados e os olhos em chamas, sem nenhum sinal de seus malchais mutilados ou de August Flynn.

— Mais uma tentativa fracassada? — ironizou Sloan, pegando o livro enquanto ela voava para o quarto.

— A prática leva à perfeição — ela rosnou, batendo a porta.

Ela está sozinha
num lugar
sem luz
sem espaço
sem som
e então
a escuridão
pergunta *quem*
   merece
      pagar
e uma voz
   a voz *dela*
responde
   todos
e a palavra
ecoa
de novo e de novo
   e de novo
   e de novo
e o nada
se enche de corpos
tão próximos uns dos outros

quanto o aglomerado
no porão
de Harker Hall
quando Callum
subia ao palco
e pronunciava seu veredicto
todo humano
é seu pai
todo monstro
é a sombra dele
e há uma faca
    na mão dela
tudo o que quer
é cortá-los
um a um
tudo o que quer
tudo o que quer...
mas se começar
ela não vai parar nunca
por isso a solta
e a arma
cai de seus dedos
e os monstros
    a rasgam
        em pedaços.

KATE ACORDOU COM UM SOBRESSALTO e o coração acelerado.
Durante um momento terrível e desorientador, não soube onde estava — então lembrou-se de tudo.
A casa na zona verde, o homem com a espingarda, os corsais na rua.
Ela tinha deitado no sofá ao lado do altar de baterias e lâmpadas. Agora a aurora trespassava as cortinas improvisadas de metal. O fantasma do pesadelo perdurou enquanto se levantava. Tinha dormido de bota, com medo de que algo apareceria, de que precisaria estar preparada para lutar, para fugir. A bateria do player de música tinha acabado durante a noite, mas os corsais não haviam parado em nenhum momento.
Não era de admirar que Rick tivesse enlouquecido.
Ela lavou o rosto com o restante da água e comeu, ainda zonza. Depois espalhou as armas sobre a mesa, ao mesmo tempo atraída e repelida por elas. Amarrou uma estaca de ferro na panturrilha e guardou o canivete de volta no bolso de trás. O clique do pente entrando na arma fez um calafrio quase agradável percorrer seu corpo. Kate apertou a trava de segurança e enfiou a arma na calça jeans. *Longe dos olhos, longe do coração*, disse a si mesma, com o metal roçando em sua espinha. Ela jogou a mochila no ombro, abriu a porta e saiu sob a luz matinal.

Sob o sol, o silêncio parecia ainda pior. O vazio da zona verde era mais angustiante do que qualquer multidão.

A espingarda jazia na calçada, o único sinal de Rick, com exceção de uma linha fina de sangue seco no pavimento. Se houvesse outros na vizinhança, não iam se revelar, e Kate tampouco ia buscá-los.

Ela precisava seguir em frente.

Não faltavam carros na rua, mas eles eram barulhentos e a última coisa que ela queria era avisar todo mundo na Cidade V de que estava chegando. Ainda mais por que não fazia ideia de quem — ou do que — estaria lá para recebê-la. Em vez disso, foi andando pelos gramados úmidos pelo orvalho até encontrar uma bicicleta caída, abandonada como tudo mais na zona verde.

Kate pegou a bicicleta, tentando não pensar em quem era seu dono e no que havia acontecido com ele enquanto montava e pedalava em direção à zona amarela, à vermelha e à cidade.

O violino estava em péssimo estado.

August sentou à beira da cama, movendo os dedos hábeis sobre o aço enquanto afrouxava as cravelhas e soltava as cordas. Depois veio o pescoço, o braço, o estandarte, o cavalete.

Peça a peça, desmontou o instrumento, como os soldados da FTF desmontavam armas, tirando o sangue de cada curva e fresta, limpando e secando as peças antes de voltar a montá-lo.

Trabalhou em silêncio, sem conseguir abandonar a sensação de estar *colocando* sangue em vez de tirar. Quando acabou, a arma estava inteira de novo, pronta para a próxima luta.

Assim como você, lembrou Leo.

Ele guardou o instrumento reluzente no estojo ao lado do arco e levantou, saindo para o corredor.

Ouviu um movimento na cozinha, o arrastar baixo de passos, o ruído de algo como areia. Quando virou, viu os armários abertos, um saco de açúcar caindo no balcão e no chão.

Nenhuma das luzes estava acesa, mas sua irmã estava diante do balcão central, com as mãos dançando sobre pilhas de açúcar, separando-o em montes e vales com os dedos enquanto Allegro rodeava as pernas dela, deixando pegadas na poeira branca.

August deu um passo cauteloso à frente, tomando o cuidado de não assustá-la. Então falou com a voz baixa:

— Ilsa?

Ela não ergueu os olhos nem notou a presença dele. Às vezes, Ilsa se perdia dentro de si, presa em sua cabeça. Antes, durante aqueles episódios, seus pensamentos se derramavam em laços emaranhados de fala. Agora, ela se perdia em silêncio, com os lábios contraídos numa linha fina enquanto passava os dedos pelo açúcar. Quando August se aproximou, percebeu o que ela estava fazendo. Era uma maquete rasa — o açúcar movediço não conseguia formar nada alto sem perder sua forma —, mas ele reconheceu a linha serpenteante da Fenda correndo pelo centro, a rede de ruas e prédios de cada lado.

Ilsa havia esculpido a Cidade V.

As mãos dela deslizaram para a beira do balcão. Ilsa se debruçou, aproximando o rosto do balcão como se para espiar entre as paredes de sua criação.

Então inspirou fundo e *soprou*.

A cidade toda se espalhou, com o silvo único do sopro e a chuva de açúcar se derramando no chão. Ela finalmente viu August, com os olhos arregalados, mas não vazios, não perdidos. Ilsa o encarou e apontou para o balcão, como se dissesse "Está vendo?".

Mas August só via uma coisa.

—Você está fazendo a maior bagunça.

Ilsa franziu a testa. Alisou o açúcar sob a palma da mão e fez curvas lentas com o dedo. August levou alguns segundos para entender que estava escrevendo.

Vindo.

August fitou a mensagem.

— *O que* está vindo?

Ilsa bufou exasperada e passou o braço no balcão, espalhando os restos da cidade e fazendo uma nuvem de açúcar voar. O pó cobriu o cabelo de August, pousou em sua pele. Para um humano, poderia ter um sabor doce, mas, para ele, só tinha gosto de uma coisa:

Cinzas.

𝍬
𝍬
|

ENQUANTO CRESCIA, KATE TINHA MUITOS PESADELOS, mas apenas um era recorrente.

No sonho, ela estava no meio da rua Bétula, uma das mais movimentadas da Cidade Norte, mas não havia carros. Ou pedestres nas calçadas. Ou movimento nas lojas. A cidade parecia ter sido virada de ponta-cabeça e chacoalhada até todos os sinais de vida terem se esvaído. Estava simplesmente... vazia. Não ter ninguém significava não ter som, e o silêncio parecia crescer e crescer e crescer em volta dela, um ruído branco pesando sobre Kate até ela se dar conta de que o problema não era o mundo, mas seus ouvidos: o resto de sua audição tinha sido roubado, mergulhando-a num silêncio eterno. Então Kate começava a gritar e gritar, até que finalmente acordava.

Enquanto pedalava pela zona vermelha, aquele mesmo silêncio terrível se arrastava em volta dela, com o antigo medo irracional. Kate forçou os ouvidos, tentando escutar alguma coisa — qualquer coisa — além de seu próprio batimento e do ruído das rodas sobre o pavimento.

Mas não havia nada, nada, e então...

Kate diminuiu o ritmo. Eram vozes? Foram se aproximando aos poucos, fragmentos agudos e graves nos prédios de pedra e aço, os sons ficando mais claros apenas para desaparecer antes que conseguisse encontrar sua origem ou entender se estavam se aproximando ou distanciando. Ela desceu da bicicleta com todo o cuidado possível e apoiou o veículo num muro, então alguém *assobiou* atrás dela.

Kate girou e viu um homem sentado numa escada de incêndio. Usava calça jeans escura e camiseta, mas a primeira coisa que ela notou foi o aro de aço em volta da garganta dele. Parecia uma *coleira*.

— Ora, ora — ele disse, levantando.

Uma porta se abriu. Quando outras duas figuras — um homem e uma mulher — saíram, Kate percebeu que o assobio não tinha sido para *ela*, mas para *eles*. Os outros dois eram mais brutos, com a pele desgastada e marcada por tatuagens antigas, mas usavam os mesmos círculos de metal em volta da garganta.

Como animais de estimação, ela pensou e, pela palidez da perda sanguínea e pelas marcas de picadas que corriam por seus braços como cicatrizes de agulha, era óbvio a quem pertenciam.

— Ah, essa é *perfeita* — murmurou a mulher.

O homem na saída de incêndio abriu um sorriso.

— Bem o tipo dele, não?

Tipo?

— Até os olhos azuis.

— É de arrepiar. Sloan vai ficar...

Se ele disse mais alguma coisa, Kate não ouviu. O nome fisgou como arame farpado em sua cabeça, trazendo a imagem de olhos vermelhos e um terno preto, uma sombra às costas de seu pai, uma voz em sua cabeça sussurrando *Katherine*.

Mas Sloan não estava em Veracidade, porque tinha *morrido*. Ela o tinha visto caído no chão de um depósito, com uma barra de aço cravada no peito e...

Sua atenção se voltou para o beco. Um dos brutamontes estava chegando perto — perto demais —, com as mãos erguidas como se ela fosse uma criança ou um cachorro, algo fácil de afugentar.

— Cuidado, Joe. Você sabe que ele gosta delas frescas.

Kate recuou até a parede e sentiu o peso familiar da arma em suas costas. Ela a sacou e no mesmo instante seu coração começou a bater mais devagar. Lá estava ela de novo, aquela calma ao mesmo tempo magnífica e aterrorizante, todo o mundo caótico se estreitando numa única via. *Atire*.

O dedo dela pousou no gatilho, a trava de segurança ainda ativada.

— Para trás — ela disse, usando na voz toda a precisão e frieza que havia aprendido com Callum Harker.

Um dos homens chegou a tremer, mas o outro soltou um riso satisfeito e a mulher manteve os olhos em Kate, como se a desafiasse a tentar.

— Acho que você não tem o que é preciso.

Ela segurou a arma com mais força.

— A última pessoa que achou isso não viveu por muito tempo.

Seria tão fácil, sussurrou a escuridão. *Seria tão bom*. Ela queria, queria mais do que tudo ferir, queria matar, e aquelas pessoas mereciam pagar, mereciam...

Tentou visualizar August entrando entre seu pai e o cano da arma.

Não dessa forma.

Enquanto seu polegar soltava a trava de segurança, ela se forçava a respirar, a pensar. A parede atrás não era nada além de tijolos, mas, à direita, havia uma lixeira e um muro baixo que levava a algum lugar.

— Viu? — provocou a mulher, tirando um par de algemas do bolso de trás. — Cão que ladra não...

Kate apertou o gatilho.

A bala acertou a escada de incêndio com um estalo ensurdecedor, e os três brutamontes se sobressaltaram, virando-se por reflexo na direção do som enquanto Kate saía em disparada. A surpresa lhe deu um segundo de vantagem, nada mais. Ela subiu na lixeira um instante antes que a mulher a alcançasse e agarrasse seu tornozelo. Kate se livrou dela com um chute, subiu no muro baixo e caiu do outro lado.

Logo em seguida começou a correr rumo ao sul, em direção à Fenda, torcendo para que não a seguissem.

As ruas silenciosas atrás dela se encheram de gritos e passos ecoantes. Kate ainda estava dolorida por causa da corrida pelo Ermo, mas o perigo iminente silenciava a dor. Finalmente, a Fenda surgiu em seu campo de visão, três andares de madeira e metal cortando uma linha entre a Cidade Norte e a Sul.

Ela ficou surpresa ao ver figuras no alto da Fenda, mas não teve tempo de tentar descobrir quem eram. Saiu em disparada para o portão mais próximo, apenas para perceber que estava fechado. Um grito ecoou atrás dela. Kate correu para o portão seguinte. Trancado. *Tinha* de haver uma passagem.

Vire e lute, disse a escuridão, mas ela continuou correndo. Então, finalmente, uma saída — ou entrada. Um prédio, uma das estruturas consumidas pela muralha. As portas estavam cobertas de placas de cobre e havia um cartaz fixado nelas, algo sobre um posto de controle, mas não tinha tempo para parar e ler, para pensar...

Ela entrou com tudo num saguão abandonado. Havia vozes por perto e o arrastar de pés, mas Kate continuou correndo — atravessando o espaço cavernoso rumo a um segundo conjunto de portas, iguais às primeiras.

Trancadas.

Claro. Kate jogou o ombro contra a madeira uma vez, duas, depois recuou e bateu o calcanhar reforçado contra a fechadura eletrônica. Ela estalou e cedeu no momento em que as portas do norte se abriram atrás dela. Uma voz ecoou no salão.

—Volte aqui, sua vad...

Mas Kate já tinha saído do lado sul da Fenda.

Gritos surgiram do alto, mas ela não parou. Continuou correndo em zigue-zague pelas ruelas e virando esquinas, até finalmente diminuir o ritmo da corrida para uma caminhada, mancando até parar. Ela apertou a barriga e se deu conta de que ainda estava segurando a arma, os dedos brancos de tanto apertar. Não fazia ideia de onde estava, mas, pelo menos, estava do lado certo da Fenda.

Já era um começo.

A mochila escorregou de seu ombro. Kate se agachou, apoiando-se num joelho, e começou a revirá-la para em seguida sentir a corrente de ar, a massa vindo em sua direção. Ela pulou para trás, evitando por pouco o corpo que caiu no chão.

Ou melhor, *pousou*.

A figura aterrissou em uma postura agachada elegante, então se levantou, revelando braços e pernas longos e esguios, e um cabelo liso e prateado. Kate ergueu a arma por instinto, mas a criatura já estava diminuindo a distância, os dedos se fechando em volta do punho de Kate antes que conseguisse pensar em mirar. A arma escapou de sua mão, embora o impulso de lutar tomasse conta dela, até se chocar com a muralha nos olhos da criatura, que não eram vermelhos ardentes, mas de um cinza uniforme. Kate não sabia dizer se o monstro era homem ou mulher, mas sabia de uma coisa: era um sunai.

Uma lâmina curta de aço surgiu na mão livre do sunai, cujos longos dedos envolviam a arma. Mas o que Kate tinha tomado inicialmente por um cabo ornamentado era na verdade um tipo de flauta.

E o sunai estava erguendo o instrumento, como se para tocar.

— Espera — disse Kate, pensando que era um pedido inútil, enquanto o instrumento encostava nos lábios do sunai. — Não sou... sua inimiga... — Ela tentou se soltar, mas o aperto era ferrenho.

— Só os culpados resistem. Você é culpada, então?

A resposta subiu na garganta de Kate. Quando engoliu em seco, tentando contê-la, a mão do sunai apertou a ponto de seu punho doer, e as primeiras gotas de luz sangrenta começaram a brilhar na superfície de sua pele.

Repulsa escureceu o rosto do sunai. A cabeça de Kate girou, já perdendo os sentidos, mas ela voltou o pé para trás, girando o corpo e conseguindo se livrar do aperto do sunai e da dor da proximidade da morte. Deu um passou para trás, então outro, topando com um muro enquanto segurava o próprio punho, as pontadas de luz desaparecendo sob a pele.

— Estou do seu lado! — Kate vociferou, embora seus dedos desejassem a arma, a faca, a estaca de ferro.

—Você é uma *pecadora* — rosnou o sunai com uma força súbita. — Nunca vai estar do nosso...

— Peguei você! — Um dos brutamontes da Cidade Norte virou a esquina correndo, brandindo um par de facas. — Achou que podia...

Ele viu o sunai e ficou paralisado, enquanto os olhos da criatura escureciam, pousando cinza e frios na coleira ao redor de sua garganta.

— Que presa tola você é.

O homem já estava fugindo, mas era tarde demais. O sunai chegou até ele em um instante, puxando-o num abraço que poderia parecer de ternura se não fosse pela lâmina cravada em sua barriga, pela luz vermelha transbordando pela superfície de sua pele, a maneira como a boca da vítima se abriu num grito sufocado.

Kate viu sua chance e saiu correndo.

Conseguiu dar cinco passos, então um braço marcado por xis

negros cercou seus ombros, puxando-a para perto antes mesmo que registrasse o som do corpo do homem caindo no pavimento.

— Fique quieta — disse o monstro no ouvido de Kate. — A luta acabou. Você já perdeu. — Dedos longos puxaram o cabelo de Kate, forçando a cabeça dela para trás. — Tente fugir e vai sofrer uma morte dolorosa. Ajoelhe e vou tornar sua morte rápida.

— Conheço August.

O sunai parou diante disso.

— Como?

O que eles eram? Amigos? Aliados?

— Ele salvou minha vida — ela disse por fim. — E eu salvei a dele.

— Entendi — o sunai entoou pensativamente, então voltou a apertá-la com força. — Então vocês estão quites.

O pânico a estremeceu.

— Espera — Kate suplicou, esforçando-se para manter a voz firme. — Tenho informações.

Uma bota empurrou seus joelhos e suas pernas cederam, forçando-a a cair.

—Vou ouvir sua confissão logo mais.

— Só me deixa ver August pelo menos.

— Chega.

Callum Harker dissera à filha certa vez que só os tolos gritavam quando queriam que os outros ouvissem. Homens inteligentes falavam baixo, sabendo que seriam ouvidos.

Kate ergueu a voz o máximo que pôde.

— AUGUST FLYNN! — ela gritou, logo antes da lâmina do sunai encostar em seu queixo. Sangue (brilhante, vermelho, humano) cobria sua extensão, o cheiro forte de ferro formigando em sua garganta enquanto sua voz ecoava pelas ruas da cidade.

— Eu avisei — grunhiu o sunai.

O coração de Kate bateu forte em seus ouvidos.
Não dessa forma.
Sua mochila repousava a vários metros. A arma cintilava ao pé do muro. A estaca de ferro traçava uma linha fria contra sua pele. Ela não tinha chegado até ali para levarem sua alma. Se era para morrer, que não fosse de joelhos.

— Existe um monstro novo na cidade — ela disse.

O fio da lâmina roçou em sua garganta.

— Está voltando os humanos uns contra os outros.

Com aquilo, o sunai hesitou, a lâmina recuou um centímetro e Kate viu sua única chance.

— O que você...

Mas Kate já estava em pé, girando até ficar de frente para o sunai. Acertou a flauta com a estaca e o instrumento saiu rolando pela rua antes da criatura golpear seu rosto.

Ela caiu dura, com a vista escurecendo e depois embranquecendo, a cabeça ainda zumbindo enquanto tentava levantar, sem sucesso. O sunai a puxou e a jogou como um saco de lixo contra a parede. O ar escapou de seus pulmões e a sombra em sua mente clamou por sangue enquanto o sunai envolvia a garganta de Kate com as mãos...

— Soro, *pare*.

O comando ecoou, metal contra pedra.

A mão do sunai desceu da garganta de Kate, que caiu de joelhos no pavimento. O mundo balançou e girou, mas ela conseguiu erguer a cabeça e o viu na entrada do beco.

August.

Ele estava usando uma farda da FTF e segurava um violino de aço. Os últimos seis meses tinham mudado Kate em alguns aspectos, mas as mudanças em August Flynn eram maiores. Ele ainda estava magro, mas tinha crescido, e seus ombros largos preenchiam o uniforme. As linhas de seu rosto pareciam aquilinas e fortes, e os cachos pretos cobriam os olhos cinza — antes pálidos, agora da cor do ferro. Mas era mais do que aquilo, mais do que a soma de tantas peças. Era a maneira como se portava, não como o garoto que ela havia conhecido em Colton, protegendo-se de um vento invisível, ou aquele com quem havia atravessado o Ermo, segurando as costelas como se não fosse capaz de se segurar.

O novo August ocupava espaço.

O sunai — Soro — a encarou, mas não atacou.

Kate se forçou a se levantar.

— Oi, sumido.

— Kate — respondeu August.

Ele não parecia feliz em vê-la. Não esboçava reação nenhuma, com o rosto coberto por uma máscara de neutralidade total, como se ela não fosse nada, ninguém. Quando Kate deu um passo na direção dele, Soro bloqueou o caminho.

— Soro. Essa é Katherine Harker. Ela é... — O olhar dele se voltou para ela, depois desviou, e Kate percebeu que ele tampouco sabia como se referir a *ela*. — Uma aliada.

— A FTF não se associa a criminosos.

— Ela disse que tem informações.

É claro que ele tinha ouvido. Era um sunai. Poderia ouvir um alfinete cair a um quarteirão de distância.

— Henry vai querer falar com ela.

— Mas a alma dela é *vermelha*.

— Mande um alerta — redarguiu August. — Avise o Complexo que estamos a caminho. É uma *ordem*.

Kate o fitou. Desde quando August Flynn dava ordens?

Mas Soro não o questionou, apenas obedeceu, falando rapidamente num rádio. As palavras se perderam enquanto dava as costas e August surgia diante de Kate.

— O que está fazendo aqui? — ele perguntou, baixo. — Não deveria ter voltado.

— É bom ver você também — ela retrucou.

Ele a observou de cima a baixo, avaliando o hematoma que subia pelo maxilar e as cinco linhas roxas em volta do punho.

A voz de August ficou um tom mais suave.

—Você está bem?

Três palavras pequenas, mas, naquela pergunta, Kate entreviu o August que conhecia, aquele que se importava mais do que deveria.

Ela estava com dor, mas, pelo menos, a luz vermelha — aquele lembrete terrível e antinatural do que havia feito — tinha sumido.

— Estou viva. Obrigada por intervir — ela acrescentou.

Mas a suavidade já havia desaparecido, deixando os traços dele serenos e frios. O zumbido familiar de um motor de carro crescia, vindo de algum lugar próximo. Ele tirou uma braçadeira do bolso e prendeu as mãos dela enquanto o veículo virava a esquina veloz.

— Não me agradeça ainda — ele disse, logo antes de um saco cobrir a cabeça de Kate.

||||
||||
||

Fazia cinco anos desde o acidente de carro.

Cinco anos desde que a força da cabeça de Kate contra o vidro havia estilhaçado seu tímpano direito e roubado metade de sua audição. Cinco anos, e na maioria dos dias ela seguia em frente. Ainda tinha um ouvido bom e quatro outros sentidos afiados para compensar.

Mas, quando o capuz cobriu sua cabeça, a perda da visão a deixou desorientada.

Os barulhos desincorporados — vozes, portas de carro, aparelhos de rádio — chegavam a seu ouvido bom em fragmentos através do tecido sufocante. Ninguém falava — pelo menos, não com ela. Em um segundo, a mão de August estava em seu braço, e no seguinte foi substituída por mãos mais brutas, forçando o corpo dela a avançar, abaixar a cabeça, sair da rua e entrar num veículo. Seu punho doía contra a braçadeira de plástico, e a bochecha latejava pelo soco de Soro.

Havia uma linha fina de luz na parte de baixo do capuz, mas todo o resto estava reduzido a tons de preto, a solavancos de pneus, ao ronco do motor. Eles dirigiram por três minutos, quase quatro. Quando pararam, Kate precisou resistir ao impulso de se opor enquanto era tirada do carro.

Ela não disse nada, porque não confiava no que sairia de sua boca. E tinha a sensação de que chegaria o momento em que teria de falar. *Respira*, ela disse a seus pulmões. Inspira, expira.

O chão mudava sutilmente sob seus pés — asfalto, concreto, borracha, concreto de novo —, assim como a atmosfera. Sabia quando estava ao ar livre ou em um lugar fechado por causa do eco. Tentou acompanhar o trajeto, mas tropeçou e perdeu o fio da meada.

Então, um corredor, um batente, uma cadeira de metal.

O toque momentâneo de uma faca contra seus punhos, frio sobre calor, uma centelha de pânico antes de a braçadeira ser rompida, e então, com a mesma rapidez, o peso de algemas, o tinido e a tração de metal travado em metal, prendendo suas mãos a uma mesa também metálica.

Passos, a porta se fechando.

Silêncio.

Kate odiava o silêncio, mas se apegou a ele, usando a falta de informações para acalmar a mente acelerada e focar na tarefa em questão. Abriu os dedos contra o metal frio e tentou decidir o que levantaria menos suspeitas, pânico ou calma.

A porta se abriu.

Passos avançaram na direção dela, então seu capuz foi tirado.

Kate semicerrou os olhos sob a luz súbita — feixes de um brilho branco, forte e artificial acoplados no teto — enquanto Soro rodeava a mesa, o corpo brilhante da flauta que fazia as vezes de faca saindo do bolso. Não havia sinal de August. Não havia sinal de mais ninguém. A sala era pequena e quadrada, vazia exceto por uma mesa, duas cadeiras e a luz vermelha de uma câmera de vigilância no canto. Ela manteve o olhar baixo.

Enquanto isso, Soro, que mais parecia um fantasma, encarava Kate como se *ela* fosse o monstro na sala. Soro não disse nada enquanto a mochila — a mochila *de Kate* — era virada sobre a mesa, o conteúdo à mostra como se fossem as ferramentas de um kit de tortura. Quando a primeira estaca de metal caiu, o coração de Kate bateu mais forte, ansiando por tentar pegá-la, embora a corrente não alcançasse, embora não fosse adiantar nada. Ela manteve o olhar nas algemas, examinando os meandros de cada aro de metal.

Com o passar do tempo, outra força começou a puxá-la — a presença de um sunai, como uma mão em suas costas, um impulso sutil e insistente de falar. Kate manteve a boca fechada enquanto Soro se acomodava na cadeira oposta.

— Bom — disse Soro. — Vamos começar.

A imagem de vigilância zumbia com a estática.

Era tão baixa que os humanos não deviam notar, mas o som enchia a cabeça de August, um fundo de ruído branco sob o vídeo.

Kate Harker estava sentada, imóvel, em uma das cadeiras, enquanto a sombra abaixo se contorcia e se enroscava nos pés da mesa.

Seu cabelo estava diferente, com a franja caindo sobre os olhos, mas, fora aquilo, parecia igual, como se os últimos seis meses não tivessem passado.

"Sabe onde ela está?", Alice o tinha provocado.

"Bem longe daqui. Bem longe de *você*."

Mas não, Kate estava bem ali.

Por que tinha *voltado*?

O olhar de Ilsa se voltou para ele, leve como uma pena, como se tivesse ouvido a pergunta na cabeça dele. August manteve o olhar em Kate.

Ela parecia quase entediada, mas ele sabia que estava fingindo, porque tudo em Kate sempre tinha sido fingimento — a bravata, a frieza, todos os traços do pai transformados num escudo, numa máscara.

Henry surgiu ao lado deles. Na tela, a porta atrás de Kate se abriu e Soro entrou. Quando ergueu os olhos para a lente da câmera, seus olhos cinza registravam uma mancha escura. A voz de Kate ecoou na cabeça de August. Ele estava a dois quarteirões de distância quando ela gritara seu nome. Se tivesse demorado um pouco mais...

— Eu é que deveria interrogá-la — disse August.

Henry colocou uma mão em seu ombro.

—Você não teria objetividade.

Ele recuou diante do toque.

— Soro quase a matou.

— Se você não conhecesse Kate, ela teria sido poupada?

August se empertigou.

— Não é justo.

Justo?, repreendeu a voz em sua cabeça. *Um pecador é um pecador.*

Mas não era tão simples. Não quando o assunto era Kate. Ela era seu passado. Um lembrete de quem tinha sido, de quem *queria* ser. De uniformes escolares e febre, de fome e poeira das estrelas e...

— Bom. Vamos começar.

August deteve sua mente frenética quando o microfone ganhou vida e a voz de Soro chegou a ele.

— Como você se chama?

Kate inclinou a cabeça ligeiramente. Para todos os outros, aquilo poderia indicar tédio, mas August sabia que ela estava virando o ouvido bom para *longe* de Soro.

— Katherine Olivia Harker — ela respondeu. Se estava com medo, Kate fazia um bom trabalho não demonstrando. Ela bateu a unha nas algemas. — São de metal puro ou liga?

— Quantos anos você tem?

— Precisa mesmo fazer isso quando sabe que não posso mentir?

— Responda.
— Dezoito. Nasci às três da manhã numa quarta-feira em jan...
— Você é filha de Callum Harker?
— Sim.
— Está com medo? — perguntou Soro.
— Deveria estar?
— Você é uma pecadora — disse Soro.
— Se é uma pergunta, precisa treinar sua inflexão.

August balançou a cabeça (algumas coisas não mudavam), mas Kate só se empertigou na cadeira e prosseguiu:

— Você não estava aqui antes. Qual é o seu nome? *Sopro?* Foi assim que August te chamou, certo? Um nome meio esquisito, não? Estou fazendo perguntas demais? Sei que você tem que dizer a verdade...

— Você também — rebateu Soro. — Por que deixou Veracidade há seis meses?

Kate esperou por um momento antes de responder, em uma demonstração de sua força de vontade.

— Pode ser loucura minha — ela disse, devagar —, mas não me sentia muito bem-vinda aqui. Não depois que meu pai tentou me matar.

— E por que voltou?

Aquela pergunta surtiu efeito.

— Tentei falar para você — disse Kate. — Estou caçando um monstro.

Ao lado de August, Henry ficou tenso.

Na tela, Soro inclinou a cabeça.

— Que tipo de monstro?

Kate se remexeu na cadeira.

— Não sei.

— Do que ele se alimenta?

— Violência? Caos? Morte? Sei lá. Ele não mata com as próprias mãos. Até onde sei, convence as vítimas a fazer o serviço. Volta as pessoas umas contra as outras.

August teve um sobressalto. O Esquadrão 6. Ele lançou um olhar para Henry, que já tinha se virado e pegado o rádio para emitir uma série lenta e contínua de ordens.

Na tela, Soro continuou o interrogatório.

— Descreva o monstro.

— *Não dá* — ela berrou, balançando a cabeça. — É uma sombra. Um contorno de algo que não dá para ver. Não parece... real. É um nada, uma ausência...

— Você não está sendo clara — disse Soro.

— Só vendo para entender.

— Você viu?

— Sim.

— E sabe que está aqui?

— Eu o segui desde Prosperidade.

Soro semicerrou os olhos.

— Não existem monstros em Prosperidade.

— Agora existem.

— Como ele caça?

— Não sei direito — disse Kate —, mas parece atraído pela violência. E a amplia.

Soro cruzou os braços.

— Como o localizou?

A serenidade de Kate vacilou.

— Como é?

— Você disse que o monstro não tem um corpo de verdade e não se move com um. Então como você o seguiu?

August observou Kate respirar fundo — estaria ganhando tempo para manipular a verdade? — antes de responder:

— Ele deixou um rastro.

Na filmagem, a voz de Soro soou cética.

— E você o seguiu até Veracidade. Quanta coragem.

A expressão de Kate se turvou.

— Acho que tenho um interesse pessoal nisso. Ou estava com saudade de casa. *Talvez* conseguisse ver a completa merda da situação aqui mesmo de outro território. — Ela estava perdendo a calma. — Essa coisa, ou seja lá o que for... eu vi o que pode fazer. Ela entra na cabeça das pessoas e tira algo sombrio. Algo *violento*. Transforma pessoas em monstros. E depois se *espalha*. Como um vírus. — Ela levantou, debruçando-se sobre a mesa. — Eu voltei para ajudar vocês a matar isso, mas fiquem à vontade para me deixar acorrentada aqui. — Ela voltou a sentar. — Boa caçada.

O peito de Kate subia e descia, como se as palavras a tivessem deixado sem ar. A serenidade de Soro não vacilou. August sabia que o silêncio era um indicativo de que esperava para ver se sua influência conseguiria tirar mais alguma informação de Kate. Atrás de August, as pessoas falavam, os rádios zumbiam, vozes e o som de filmagens subiam e desciam. Mas sua atenção estava concentrada na tela, no rosto de Kate.

Por isso ele viu.

Ela inclinou a cabeça para trás e o cabelo loiro saiu da frente de seus olhos, que se voltaram para a câmera. Por um instante, houve um brilho, como uma luz refletida, um raio obscurecendo seu rosto. A lente não parecia focar. Ficou turva, estabilizou-se, turvou-se de novo — como acontecia com monstros.

Podia ser um defeito técnico, ele disse a si mesmo. Um instante depois, a cabeça dela estava abaixada e o brilho havia desaparecido. Podia ser um defeito técnico...

Mas Ilsa também viu. Ela prendeu a respiração, um som baixo mas audível. Seus dedos se abriram na mesa e seu olhar pálido se voltou para August. Henry ainda estava de costas e os dois se encararam em silêncio, cada um se perguntando o que o outro faria.

"Ela entra na cabeça das pessoas", Kate havia dito.

"Eu vi o que ela pode fazer."

August não sabia ao certo o que tinha acabado de ver ou o que aquilo significava, mas tinha certeza de que era questão de tempo até outra pessoa notar. E então...

Você não deve nada a ela, Leo repreendeu-o.

Ela é uma pecadora, ecoou Soro.

O que você vai fazer, irmão?, perguntou Ilsa com o olhar.

— Henry — ele disse, virando as costas para a tela. O líder da FTF estava falando rápido no rádio. Ele ergueu a mão e August prendeu a respiração, obrigando-se a esperar pacientemente, como se não houvesse nada de errado.

Por fim, Henry abaixou o rádio.

— O que foi?

Isso é errado. Algo está errado. Tudo está errado.

— Kate não é nossa inimiga — August disse —, mas vocês a estão tratando como uma. Se a deixarem lá dentro com Soro, ela vai nos contar a verdade, mas nada além disso. Vai dar apenas o necessário a vocês, o que provavelmente não vai bastar.

— O que você sugere?

— Me deixa falar com ela. Sem algemas. Sem câmeras.

Henry já estava balançando a cabeça.

— August...

— Ela salvou minha vida.

— E você poupou a dela. Infelizmente, boas ações não impedem más ações. E até sabermos exatamente...

— Se Kate Harker impuser uma ameaça a qualquer um de nossos soldados, a qualquer uma de nossas missões, vou ceifar a alma dela pessoalmente.

August ficou surpreso em se ouvir dizer aquilo. E pareceu que Henry também. Seus olhos se arregalaram, mas ele não pareceu tranquilizado pela verdade naquelas palavras.

— Por favor — acrescentou August. — Sou o único aqui em quem ela confia.

Henry olhou para a tela. Kate havia colocado os punhos cerrados em cima da mesa e erguido a cabeça numa postura de teimosia. August podia sentir que imitava sua pose.

Mas foi Ilsa quem decidiu. Ela se levantou na ponta dos pés e colocou os braços em volta do peito de August, pousando o queixo no ombro dele. Ele não conseguiu ver o olhar que lançou a Henry, a mensagem silenciosa trocada entre eles, mas, um momento depois, Henry ordenou que Soro encerrasse o interrogatório.

‖‖‖‖
‖‖‖‖
|||

A GAROTA DESCEU O CORREDOR CAMBALEANTE, descalça e sangrando.
   Estava com os punhos amarrados à frente do corpo e lutava contra a corda, tropeçando em direção ao elevador. Sloan deixou que chegasse até lá antes de alcançá-la. O medo — o delicioso medo desafiador — se espalhou pelo ar como açúcar quando ele a imobilizou contra a parede ao lado das portas de aço inoxidável e torceu a cabeça dela para trás.
   — Katherine — ele sussurrou, sentindo a garganta dela com seus dentes...
   As portas do elevador rangeram e se abriram.
   Sloan hesitou, com as presas encostadas na pele da garota. A cobertura da torre era apenas para convidados. Pertencia a Sloan e apenas a ele — os engenheiros acorrentados à mesa e aquela coisinha odiosa em cima do balcão da cozinha estavam lá porque permitia. Ninguém ia até ali sem ser convocado.
   Por isso Sloan se eriçou ao ver o malchai entrando às pressas. Seus olhos vermelhos estavam arregalados de pânico, sangue manchava seu rosto e escorria por um de seus braços. Ao ver Sloan e a garota humana tremendo contra a parede, o malchai avançou devagar, depois recuou.
   — Tomara que isso seja importante — rosnou Sloan.
   — Perdão, senhor, mas é.

— Fale.

O malchai hesitou. Num momento de distração de Sloan, a garota quase escapou.

Quase.

— Espere um pouco — ele murmurou, puxando-a de volta e cravando as presas em sua garganta. Sangue espirrou em sua língua e ele pôde sentir os nervos e a fome do outro malchai. Só por isso, não se apressou, saboreando cada gota.

Ao terminar, Sloan deixou o corpo cair no chão e tirou um lenço preto novo do bolso. Limpou a boca e foi para a sala principal, acenando para o malchai segui-lo.

— Você invadiu minha casa e interrompeu minha refeição. É melhor que seja importante.

Os engenheiros permaneciam imóveis na mesa. A mulher estava com o rosto vermelho, enquanto o homem tinha ficado pálido, mas seus olhos pareciam compenetrados no trabalho, como se não tivessem ouvido os gritos da garota. Alice estava sentada no balcão, passando os olhos por um livro de química.

— Me perdoe — disse o malchai. — Pensei que você gostaria de ficar sabendo — ele dirigiu o olhar para Alice — em particular.

Alice acenou.

— Ah, não se preocupe — ela disse, jovial. — Eu e Sloan somos uma *família*.

Sloan estalou os dentes.

— Sim. Continue.

O malchai baixou a cabeça.

— Mais garras foram mortos.

Sloan lançou um olhar para Alice.

— É a terceira vez em duas noites.

Ela deu de ombros.

— Não fui eu.

— Eu estava lá — disse o malchai. — Havia um monstro. Não era um corsai. Nem um dos nossos.

Sloan franziu a testa.

— Um sunai? Do nosso lado da cidade?

Alice ergueu os olhos, com a curiosidade atiçada, mas o malchai já estava balançando a cabeça.

— Não. Outra coisa.

— *Outra coisa* — ecoou Sloan. — E como os matou?

Uma luz frenética ardeu nos olhos do malchai.

— Aí é que está: *aquilo* não os matou. Os garras deram uma olhada na coisa e simplesmente começaram a matar *uns aos outros*.

Alice bufou.

— Me parece humanos sendo humanos.

Sloan ergueu a mão.

— E o que você fez?

— Tentei impedir e um chegou a *me atacar*. — Ele parecia indignado. — Matei um, mas o resto se matou, juro.

— E a *coisa*?

— Ficou só *observando*.

Sloan abriu as abotoaduras e começou a arregaçar as mangas.

— Onde isso aconteceu?

— No antigo depósito na Décima.

— Quem mais estava lá?

— Ninguém — disse o malchai, apontando para seu corpo manchado. — Só eu.

Sloan assentiu, pensativo.

— Agradeço sua discrição. Obrigado por vir até mim.

Os olhos do malchai brilharam.

— De nada, s...

Ele não chegou a completar, porque Sloan arrancou seu coração.

Para pegá-lo, ele precisou passar pelo estômago do malchai e rodear os ossos do peito. Quando terminou, seu braço estava coberto de sangue.

Sloan fez uma careta diante da podridão da morte, o sangue negro pingando no chão.

Alice revirou os olhos.

— E você diz que sou *eu* quem faço sujeira.

Enquanto Sloan desabotoava a camisa suja, ouviu um som vindo da mesa.

A engenheira tinha levado as mãos à boca.

— Algo a dizer? — ele perguntou tranquilamente. — Já encontraram uma resposta para meu problema?

A mulher balançou a cabeça.

A voz do homem mal passava de um sussurro quando disse:

— Ainda não.

Sloan suspirou, virando-se para Alice.

— Fique de olho nesses dois — ele disse, tirando a camisa suja e a jogando em cima do corpo. — E limpe isso.

O cadáver do malchai já estava começando a se dissolver no piso. Alice franziu o nariz.

— Aonde *você* vai?

Sloan passou por cima da bagunça e foi trocar de roupa.

— Você ouviu nosso falecido amigo — ele disse. — Parece que temos que lidar com uma praga.

𝍤𝍤𝍢

O CAPUZ VOLTOU. Por vários minutos, o mundo de Kate ficou mergulhado na escuridão novamente. A porta se abriu. Alguém soltou as algemas da mesa e a levantou nos pés trôpegos.

Ela estava tremendo.

Odiava tremer.

Tinha sido por isso que começara a fumar.

Uma única mão forte — de Soro, ela identificou pelo aperto de aço — a tirou da sala e guiou por um corredor. Kate sentiu a faca no coldre lateral de Soro.

— Sabe — ela disse —, acho que começamos com o pé esquerdo.

Soro bufou.

— Você não me conhece — insistiu Kate.

— Sei quem e *o que* você é — disse Soro. — Isso basta.

— Vocês, monstros, acham que tudo é preto no branco. — Os pés de Kate passaram por um vão, a linha fina entre o piso e o elevador. — Talvez seja, para vocês, mas, para o resto de nós...

O capuz foi tirado e Kate pestanejou. Soro se assomou diante dela, do tamanho de uma sombra, o cabelo prateado num tom metálico sob a luz artificial.

Bloqueava a visão de Kate do painel de controle.

— Aonde estamos indo?

O olhar de Soro era frio; sua voz, firme.

— Para cima.

O coração de Kate palpitou. Tinha passado pelo interrogatório rangendo os dentes. Durante a maior parte, conseguira manter o controle das palavras que saíam da sua boca. Tinha falado a verdade, mas não toda.

Talvez estivesse sendo liberada.

Talvez... mas a ausência do capuz a preocupava. Aonde quer que estivesse sendo levada, não importava se podia ver. A cada segundo que passava, ficava mais tensa, e o desejo de *fazer* alguma coisa se desgastava com a noção de sua inutilidade. *Não faça, não faça, não faça* se tornou o eco em sua mente.

Soro quebrou o silêncio.

— Os humanos têm o livre-arbítrio — disse, retomando a discussão anterior. — Você *escolheu* transgredir. *Escolheu* pecar.

Se ao menos você soubesse, pensou Kate, lutando contra os próprios músculos, a própria mente.

— As pessoas cometem erros — ela disse. — Nem todas merecem morrer.

A sombra de um sorriso perpassou os lábios de Soro.

— Você morreu no dia em que tomou outra vida. Estou aqui apenas para remover o cadáver.

Um calafrio a perpassou com as palavras de Soro, cuja mão se voltou para a flauta, fazendo Kate se lembrar da dor em seu punho.

Mas o elevador parou e Soro não sacou o instrumento. As portas se abriram. Kate se preparou para o que estava além delas, para celas de prisão, um pelotão de fuzilamento, uma prancha na beira do terraço.

Mas só viu August.

Nenhuma tropa, nenhuma cela, ninguém além de August Flynn, com a aparência tão estranhamente normal, com as mãos no bolso e as marcas de contagem aparecendo onde acabava a manga, que, por um segundo, Kate perdeu a compostura. A exaustão e o medo ficaram expostos. Seu suspiro soou aliviado.

Mas havia algo errado. Ele não olhou para Kate, apenas para Soro.

— Eu assumo agora.

Kate tentou dar um passo na direção dele, mas Soro a segurou pelo braço.

— Me explique por que ela está...

— Não — ele interrompeu, com um tom afiado na voz. O mesmo que Kate tinha ouvido o pai usar dezenas de vezes, que ela própria havia imitado para silenciar, para reprimir. Parecia errado vindo de August. — Nós dois temos ordens. Siga as suas e me deixe seguir as minhas.

Uma sombra perpassou o rosto de Soro, que obedeceu mesmo assim. Kate foi empurrada para dentro do apartamento. August a segurou pelo braço, equilibrando-a enquanto as portas do elevador se fechavam.

— Acho que Soro não foi com a minha cara — ela murmurou.

August não disse nada enquanto abria as algemas com movimentos rápidos e certeiros. O metal estalou e cedeu. Kate esfregou os punhos, crispando-se um pouco.

— Onde estamos?

— No apartamento de Flynn.

Os olhos dela se arregalaram. Kate sabia que o Sul não desfrutava do mesmo luxo que o Norte, então não esperava que a casa de Henry Flynn parecesse com a de Callum Harker, mas mesmo assim ficou espantada com a diferença, com a total *normalidade* do lugar. A cobertura no Harker Hall era feita de aço, madeira e vidro, cheia de pontas afiadas, mas parecia... um lar. Um lugar onde pessoas moravam.

August a levou por um corredor que dava acesso a uma cozinha que se abria para uma área de estar, onde uma manta cobria o sofá. Depois de um corredor curto, ela viu uma porta aberta e um estojo de violino apoiado ao pé da cama.

— O que estamos fazendo aqui?

— Defendi você — disse August. — Convenci Henry a te liberar sob minha custódia, pelo menos por esta noite, então não faça nada imprudente.

— Mas sou tão boa nisso.

Ela estava brincando, tentando quebrar o gelo, mas August não sorriu. Tudo nele era duro, como se não se conhecessem.

— Qual é a do personagem?

Uma leve ruga se formou entre os olhos dele.

— Que personagem?

— O soldado durão de olhar sombrio. — Ela cruzou os braços. — Não me entenda mal, o visual é bonito, só não entendi por que ainda está fazendo isso.

August se empertigou.

— Sou o capitão da Força-Tarefa.

— Isso explica a roupa. E o resto?

— O que você quer dizer?

— Você *sabe* o que quero dizer.

O que ele havia dito certa vez sobre se entregar às trevas? Que, sempre que ele se entregava, perdia uma parte do que o tornava humano. Kate se recusava a acreditar que havia perdido tanto, e prosseguiu:

— O que aconteceu com você?

— As coisas mudaram — August disse. — Mudei com elas. E *você* também. — Ele deu um passo súbito na direção de Kate. Os pelos dos braços dela se arrepiaram. Os olhos cinza dele percorreram seu rosto, com uma intensidade incômoda. — Por que voltou?

— Também estava com saudades.

— Para de fugir do assunto.

— Já falei para Soro...

— Eu vi o vídeo — ele interrompeu. — Ouvi suas respostas. Mas também *vi*...

Ele hesitou, como se procurasse as palavras.

Kate sentiu um aperto no peito. A câmera. Houve um momento — uma fração de segundo — em que havia se esquecido dela e erguido os olhos, desesperada para evitar o olhar de Soro. Na hora, achou que tinha se contido a tempo.

— O que aconteceu com você em Prosperidade, Kate?

Ela se esforçou para engolir as palavras.

— Olha, foi um dia infernal e...

— É importante.

— Só me dá um minuto...

— Para você pensar em uma forma de manipular a verdade? Para me contar algo que não é uma mentira completa? Não. O que aconteceu com você?

Kate se esforçou para respirar, para pensar.

August a segurou pelos ombros.

— *Responde.*

Foi como um golpe. O que restava de sua firmeza vacilou. Ela tentou cerrar os dentes, mas foi em vão — a verdade jorrou para fora. Ela ouviu as palavras saírem de seus lábios, sentiu-as deslizando por sua língua, traiçoeiras e fluidas. Uma confissão.

— Foi como cair... — Kate começou.

Ela contou a ele sobre a sombra no escuro, o monstro com que havia deparado e lutado, com o qual *ainda* estava lutando, a quem tinha seguido até Veracidade.

Tudo veio à tona, enchendo o ar como geada.

Kate inspirou, trêmula, quando August afastou as mãos, o rosto cheio de espanto.

— Desculpa — ele disse. — Não deveria ter...

Ela deu um soco no queixo dele.

Foi como acertar uma parede de tijolos, mas Kate teve a satisfação de ver a cabeça dele virar antes de sentir a dor subindo pela mão. Ela recuou, segurando o punho enquanto August tocava o rosto, obviamente mais surpreso do que machucado.

— Não — ela rosnou. — Não deveria.

Mas o soco tinha feito alguma coisa, deslocado algum pequeno fragmento do August que ela conhecia. Ele parecia magoado.

Kate deu um passo para trás, então outro e mais outro, até seus ombros tocarem a parede. O sangue escorria entre seus dedos, e o silêncio era tão espesso que ela conseguia ouvi-lo.

August provavelmente também. Devia conseguir ouvir ainda mais. Ele foi até a pia, pegou um pano e o enrolou em gelo, então o ofereceu a ela. Kate aceitou, apertando-o na mão latejante.

— Quando isso aconteceu? — ele perguntou.

Ela precisou pensar. As horas tinham se misturado.

— Duas noites atrás. Eu estava caçando outra coisa quando o vi. Houve um esfaqueamento num restaurante e o monstro estava do lado de fora, só *observando*, parecendo mais sólido a cada grito. Eu o persegui até um beco e então... — Ela perdeu a voz, lembrando-se do pavor frio, escuro e arrepiante antes de ver os olhos dele, antes de ver a si mesma, e cair. — Eu fugi. Mais ou menos. — Kate tirou o cabelo da frente dos olhos para mostrar o risco prateado cortando sua íris esquerda. — Falei que ele deixa um rastro.

August ficou tenso. Seu rosto era difícil de interpretar.

— Como fugiu?

— Oi?

— Dessa *coisa*.

Kate deu de ombros.

— Não sei, talvez eu só seja resistente a monstros na minha cabeça. Acho que você foi um bom treino.

Ela não contou que o prateado estava se espalhando. Não queria pensar no que aconteceria se dominasse o azul restante antes de liquidar o monstro.

— Não é só pela aparência — Kate disse, tentando relaxar a tensão. — Esse negócio é uma espécie de elo. Consigo usar para ver... — Ela não sabia como chamá-lo. Sombra? Vazio? A voz de Liam ecoou pela sua cabeça. *Chame-o pelo que é, pelo que faz.* — Para ver esse devorador de caos — ela disse.

— Como funciona? — perguntou August.

Kate mordeu o lábio, tentando encontrar as palavras.

— Já ficou entre dois espelhos? Eles se refletem até você se ver centenas de vezes. Quando olho para mim, para isso — ela tocou a bochecha — é o oposto. Em vez de me multiplicar, desapareço no abismo. Faz sentido?

— Não — disse August. — Você viu o monstro aqui?

Ela assentiu.

— Nem sempre é fácil ou claro — disse, o que era um belo eufemismo —, mas já é alguma coisa.

August hesitou.

— Você comparou a um vírus...

Kate soube o que ele estava perguntando, mesmo sem ser direto.

— Não sou contagiosa.

— Como sabe?

Kate se lembrou da senhora na parada de descanso e ergueu o queixo.

— Considere a teoria testada. — Os olhos de August se arregalaram. — Relaxa — ela disse. — Ninguém se feriu.

Kate deixou o olhar escapar para a janela.

As paredes na cobertura do pai eram feitas de vidro, deixando a cidade à mostra. Aquelas na casa dos Flynn eram sólidas, pontuadas por janelas pequenas. Mesmo assim, ela sabia qual parede dava para o norte. A Fenda estava coberta de luz — uma faixa fina cortando a cidade — e, em algum lugar além dela, a torre de Callum Harker surgia envolta em trevas.

— É verdade? — ela perguntou depois de um momento. — Sobre Sloan?

O nome dele tinha um gosto vil em sua boca.

August arregalou os olhos.

— Como você soube?

— Quando Soro me capturou, eu estava fugindo de um grupo de humanos da Cidade Norte. Todos tinham coleiras de metal no pescoço...

— Garras — ele disse.

— Quando me encurralaram, um deles o mencionou. Disse que eu era bem o tipo dele. — Kate envolveu o corpo com os braços. — O que isso significa? E como o Sloan está *vivo*?

— Não sabemos direito. As coisas ficaram confusas depois da morte de Callum. Todos sabiam que era Harker que os monstros seguiam e obedeciam. Sem ele, ninguém sabia o que iam fazer, se rebelar ou dispersar. — August passou a mão no cabelo, uma sombra de fadiga perpassando seu rosto. — Alguns cidadãos tentaram intervir, impor toques de recolher, manter alguma ordem. Parecia que ia dar certo... e então Sloan voltou.

Um calafrio a perpassou.

— Quando soubemos o que estava acontecendo... — August perdeu a voz, os cílios escuros cobrindo os olhos. — Três noites e três dias. Foi todo o tempo necessário.

Ela não ficou surpresa. Sloan sempre quisera ser rei.

— Se eu soubesse, teria voltado antes — ela disse.

August ergueu a cabeça.

— Que bom que não soube então.

— Está tão feliz assim em me ver?

Ele se atrapalhou, e ela pôde ver que ele queria mentir e não conseguia.

— Olhe ao redor, Kate. Só uma pessoa cruel ficaria feliz em ver você aqui.

—Você me convidou para ficar antes.

— As coisas mudaram.

— Você comentou. — Ela balançou a cabeça, exasperada, exausta. — Mais alguma coisa que eu deva saber? — Algo cintilou no rosto dele, rápido demais para interpretar. — O que foi?

Ele hesitou, depois disse:

— Ilsa sobreviveu.

A pausa foi longa demais; a resposta, quando veio, apressada demais.

Havia algo que ela não sabia.

— Que *maravilha* — Kate disse.

— Ela está sem voz — ele acrescentou, triste.

— Mas está *viva*.

August assentiu, e Kate se perguntou por que ele havia se direcionado para aquela verdade em particular, e do que havia desviado. O que escondia? Mas não teve a chance de perguntar.

—Você deve estar cansada — ele disse, com a formalidade retornando à voz. Kate estava mesmo, cansada demais para investigar, para lutar, para segurá-lo pelos ombros e chacoalhá-lo até que o verdadeiro August, aquele de quem ela se lembrava, viesse à tona.

Então assentiu e deixou que ele a guiasse pelo corredor até o cômodo com a porta aberta.

Ao contrário do quarto dela no Harker Hall, com suas superfícies estéreis que tentava tornar suas, aquele lugar era a cara de August, desde as pilhas desequilibradas de livros de filosofia e astronomia ao player de música jogado entre os lençóis desarrumados e o estojo de violino apoiado ao pé da cama.

Ali, o August diante dela fazia ainda menos sentido. Kate havia passado tempo suficiente atrás de seus próprios muros para reconhecer uma barricada quando via uma.

As mangas dele estavam arregaçadas. Ela apontou para as marcas no antebraço.

— Quantos dias?

Ele abaixou os olhos, hesitante, como se não soubesse ao certo. Aquela incerteza, ao menos, pareceu incomodá-lo. Em vez de responder, August pegou o estojo do violino e se virou para sair.

— Pode ficar na cama.

— Onde você vai dormir?

— Tem um sofá na sala.

— Então por que não fico lá?

Era um desafio. Ela sabia a resposta — só queria saber se ele diria em voz alta. Os olhos dela se voltaram para a maçaneta sob a mão dele.

August não mordeu a isca.

— Descanse um pouco, Kate.

Ela ainda tinha dezenas de perguntas — sobre a FTF, sobre ele, sobre seu próprio futuro incerto —, mas a fadiga a envolvia, puxando-a para baixo. Kate se afundou na cama. Era mais macia do que tinha esperado e cheirava a linho frio. August começou a fechar a porta.

— Cento e oitenta e quatro — ela disse.

Ele parou.

— Como é?

— A quantidade de dias que passei fora de Veracidade. O mesmo número desde que você sucumbiu. Caso não lembre.

August não disse nada, só fechou a porta atrás de si.

Kate ficou se perguntando se estava errada, se August havia se entregado desde que ela partira.

Aquilo explicaria a frieza.

Mas o August que conhecia lutava muito para se conter.

Ela ouviu o clique da porta sendo trancada e revirou os olhos, mas não levantou. Se tinha trocado uma cela por outra, pelo menos aquela tinha cama. Não havia espelhos ali, uma pequena bênção pela qual se sentia grata.

Sua mochila estava encostada ao pé da cama. Kate a revirou, jogando o conteúdo em cima do colchão. Sabia o que descobriria: que suas armas não estavam mais lá. Haviam sido confiscadas, assim como seu tablet.

A frustração a perpassou, embora, de todo modo, ela não encontraria sinal. Mesmo se conseguisse escrever para os Guardiões, para Riley, o que diria?

Viva por enquanto. E vocês? Espero que sim.

Kate voltou a cair na cama e tentou ficar calma, cercada pelo cheiro conhecido de August e pelo quarto desconhecido, pela cama estranha, pela luz embaixo da porta e os pensamentos girando em sua cabeça.

Onde você está?, ela se perguntou, e a resposta veio rápido: no sofá de Riley, dividindo uma pizza, ouvindo o som monótono da TV, contando a ele sobre a sombra em sua cabeça, sobre Rick e a zona verde, sobre os garras, Soro, a fuga pela zona vermelha, a sala de concreto. Riley escutaria e assentiria; mas, antes que pudesse responder, ele se dissolveu, dando lugar a August, seu olhar frio e suas palavras ecoando pela cabeça dela.

Não deveria ter voltado.

Kate ficou deitada no escuro, perguntando-se, pela primeira vez, se ele estava certo.

|||| |||| ||||

AUGUST FITOU AS MARCAS EM SUA PELE.
Cento e oitenta e quatro.
Kate havia contado por todo aquele tempo.
Quando ele havia parado de fazer aquilo?
As coisas mudaram.
Ele voltou para a cozinha, tentando esvaziar a mente.
Mudei com elas.
August ligou o rádio.
— Comando, aqui é Alfa.
Um silêncio breve.
— *Alfa.* — A voz de Phillip era incerta. — *Os registros mostram que você está de folga hoje.*
— Desde quando monstros tiram folga? — August perguntou. — Me arranje uma missão.
— *Não posso fazer isso.*
— Como assim?
— *Você está suspenso.*
Henry.
A tensão em seu peito cresceu.
— Me deixa falar com ele.
— *Henry está supervisionando um comboio vindo do sul do Ermo.*
— Me conecta com ele.

Houve uma breve sequência de bipes e então a voz de Henry soou.

— *August?*

— Desde quando estou *suspenso*?

— *Você já tem uma missão. Quando eu voltar, pode me dizer o que descobriu. Nesse meio-tempo, Kate Harker está sob sua custódia.*

— Ela está dormindo — August rebateu, perdendo a calma.

— *E quando foi a última vez que você dormiu?*

Ele respirou fundo.

— Não estou...

— *Considere uma ordem.*

— Henry...

Mas August notou pela estática que ele não estava mais conectado.

Bateu o punho no balcão, provocando uma breve centelha de dor, que logo desapareceu. Então passou a mão no cabelo. Talvez Henry tivesse razão. Ele estava, *sim*, cansado. Exausto, na verdade. Atravessou a sala de estar para se afundar no sofá, mantendo as luzes apagadas. Se prestasse atenção, conseguia ouvir Kate se mexendo atrás da porta do quarto, revirando-se na cama dele. Seis meses e ela ainda tinha pernas e braços inquietos, a respiração rasa.

Por que voltou?

Ele tentou se concentrar nos passos suaves de Allegro em algum lugar do quarto de Ilsa, no som distante de movimento nos andares de baixo. Fechou os olhos e sentiu seu corpo afundar nas almofadas. Quanto mais silencioso ficava o quarto, mais alta era a voz de Kate em sua cabeça.

O que aconteceu com você?

A cara de Kate quando ele forçou a verdade a sair dela era um misto terrível de traição e repugnância.

Esse não sou eu, ele quis dizer.

É, sim, insistiu Leo.

"O que aconteceu com você?", tinha perguntado Kate.

Você era fraco, disse Leo.

O que aconteceu com você?

Agora é forte.

O que aconteceu com você?

Ele se obrigou a se levantar, pendurando a alça do estojo do violino sobre o ombro. Não precisava de uma missão. Havia agitação de sobra no escuro.

As portas para o elevador particular estavam abertas. Ele entrou e apertou o botão para o saguão. Quando as portas se fecharam, ele deparou com seu reflexo ondulado, o aço distorcido deturpando seus traços, apagando tudo exceto a forma de seu rosto.

August esperou pela sensação da descida lenta, mas o elevador não se moveu. Apertou o botão do saguão de novo. Nada. Então tentou abrir as portas, sem sucesso.

Ele suspirou e ergueu os olhos para a lente da câmera de vigilância fixada no canto, embora soubesse que aquilo turvaria a filmagem.

— Ilsa — disse, com firmeza. — Me deixa ir.

O elevador não se moveu.

— Tenho um trabalho a fazer.

Nada.

Ele nunca tinha se considerado claustrofóbico, mas as paredes pareciam estar começando a se fechar.

— Por favor — ele disse, tenso. — Me deixa ir. Não vou ficar fora por muito tempo, mas preciso... — Ele vacilou. Qual era a verdade? Do que precisava? Mexer? Pensar? Caçar? Ceifar? Matar? Como poderia encontrar as palavras para dizer à irmã que não aguentava ficar parado, sozinho com as vozes em sua cabeça e consigo mesmo.

— *Preciso disso* — ele disse por fim, a voz tensa pela frustração.
Nada.
— Ilsa?
Depois de longos segundos, o elevador começou a descer.

𝍷𝍷𝍷𝍷𝍷
𝍷𝍷𝍷𝍷𝍷
𝍷𝍷𝍷𝍷𝍷
𝍷

A PRIMEIRA VEZ QUE OUVIU QUE OS HUMANOS tinham medo do escuro, Sloan riu.

O que chamavam de escuro, para ele, eram apenas camadas de sombra, uma centena de graus variados de cinza. Turvos, talvez, mas seus olhos eram aguçados. Conseguia ver pela luz do poste a quatro quarteirões de distância, pelo brilho da lua entre as nuvens.

Quanto às coisas que *espreitavam* no escuro, que viviam, caçavam e se *alimentavam* no escuro... bom.

Aí era outra coisa.

Quando chegou ao depósito na Décima, conseguiu farejar os vestígios de sangue, mas o lugar estava vazio, pelo menos de cadáveres, o que era bom — Sloan não estava lá para falar com os mortos. Entrou sob o círculo oco de um prédio, o chão coberto de cartuchos de bala e retalhos de roupa. A luz entrava por um poste do lado de fora, projetando um triângulo de segurança perto das portas abertas. Lá, onde dava lugar à sombra, estavam as coleiras de aço dos garras, empilhadas como ossos após uma refeição.

Sloan encarou as sombras.

—Vocês viram?

Elas se agitaram, mudaram e, depois de um momento, encararam de volta, os olhos brancos cintilando na escuridão.

vimos vimos vimos

As palavras ecoaram ao redor dele, ditas por incontáveis bocas. Os corsais eram criaturas reles, seres malformados, sem visão ou ambição além do simples desejo de se alimentar. Mas podiam ser úteis quando queriam.

— *O que* vocês viram?

A escuridão se agitou, então riu entredentes.

espanca quebra arruína carne osso espanca quebra

Sloan tentou de novo.

— Como era a *criatura*?

Os corsais guincharam, incertos, suas vozes se dissipando. Então, como se chegassem a um consenso, começaram a se aproximar. Uma centena de formas sombrias se tornou uma única, com olhos se unindo em dois círculos, garras se juntando em mãos e um contorno vagamente humano se formando. Uma caricatura grotesca de um monstro.

— Podem trazer até mim?

Os corsais balançaram a cabeça coletiva.

não não não não não é real

— Como assim "não é real"?

Eles estremeceram e se separaram, a forma única voltando a se dispersar em muitas. Ficaram em silêncio de novo, e Sloan começou a se perguntar se a conversa havia acabado — os corsais eram seres volúveis, distraídos por um cheiro, um capricho passageiro. Depois de um momento, eles voltaram à vida com um tremor, unindo-se mais uma vez numa forma única.

assim, eles sussurraram repetidas vezes. *assim assim assim assim...*

Sloan soltou um suspiro baixo e exasperado.

— Do que ele se *alimenta*? — questionou.

Mas os corsais tinham perdido o interesse.

espanca quebra arruína carne osso espanca quebra

As vozes ficaram cada vez mais altas até as paredes do depósito tremerem. Sloan virou para ir embora, seguido pelo coro violento deles.

VERSO 3

UM MONSTRO POR DENTRO

Ela está
no escritório do pai
sozinha
com a arma
na mão
quando um vento frio
toca seu pescoço
e uma voz
    sussurra
        Katherine
olhos vermelhos
refletidos
na janela
ela vira
levanta a arma
mas não é
rápida o bastante
o monstro
de terno preto
a empurra
para trás
contra o vidro

a arma cai
suas mãos ficam vazias
ela tenta acertá-lo
mas seus dedos
erram
enquanto a janela
racha
se estilhaça
quebra
   e ela começa
      a cair.

KATE ACORDOU COM UM SOBRESSALTO, os dedos agarrados na blusa. Seu coração batia forte, mas não conseguia lembrar por quê. O pesadelo tinha ido embora, deixando para trás uma sensação nauseante e o coração acelerado.

O quarto estava vazio e o mundo além da janela de August continuava escuro, exceto pelo brilho tênue da faixa de luz ao pé do Complexo e dos primeiros toques da aurora. Ela levantou, andando na ponta dos pés até a porta antes de lembrar que estava trancada.

Kate suspirou e revirou a bolsa até encontrar dois grampos de cabelo. Ajoelhou-se na frente da porta e passou os dedos sobre a placa que mantinha a maçaneta presa. Então mudou de ideia e pegou o isqueiro prateado, apertando o botão escondido com o polegar. O canivete saiu com um barulho suave. Ela encaixou a ponta estreita no primeiro parafuso e começou a girar.

Quando terminou, a porta se abriu com um rangido.

Um barulho tênue vinha do cômodo à direita. O estojo do violino de August estava apoiado na parede. Quando ela encostou a orelha na madeira, ouviu o zumbido constante do chuveiro.

Cheiro de café vinha da cozinha. As luzes estavam acesas, mas não havia ninguém ali. Ela se serviu de uma xícara, contendo um bocejo. O sono tinha vindo rápido, mas havia sido leve e agitado.

E o sonho...

Ela correu os olhos pela cozinha distraidamente e os pousou nas facas. De um cepo, saíam cinco cabos de madeira, enquanto uma sexta faca estava pousada no balcão, com a lâmina reluzindo. Havia algo de bonito nelas — o brilho da luz sobre o metal polido, a suavidade acetinada do cabo, o gume afiado. Seus dedos se voltaram para a faca, uma ânsia estranha em sua mão para...

Algo roçou em sua perna.

Kate se encolheu, tirada de súbito da influência da sombra em sua cabeça. A criatura a havia dominado suavemente, e ela praguejou enquanto um vulto desaparecia atrás do balcão central.

Kate franziu a testa e espiou, mas o outro lado estava vazio. Então, de repente, um ser preto e branco pulou em cima do balcão.

Os Flynn tinham um *gato*.

Ele a encarou e Kate retribuiu o olhar. Nunca havia tido um animal de estimação — o mais próximo que tinha chegado fora passear com a mascote de sua terceira escola preparatória —, mas sempre preferira os animais aos humanos. O que talvez dissesse mais sobre as outras pessoas do que sobre ela.

Kate o chamou com os dedos, observando-o encostar a pata distraída em sua mão.

— Quem é você? — ela sussurrou.

— Allegro.

Kate girou, com a faca de cozinha na mão antes mesmo que pensasse em pegá-la.

Havia um homem no batente, alto e magro, com o cabelo grisalho cortado curto. Ela o reconheceu na hora como o fundador da FTF, o homem que havia organizado metade da cidade contra Callum Harker e seus monstros. O maior rival de seu pai.

E ele estava de roupão.

— Não pretendia assustar você, srta. Harker — disse Henry

Flynn com a voz firme. — Mas está na minha cozinha. E essa é minha faca favorita.

— Desculpa — ela disse, abaixando a arma. — Hábito antigo.

Ele abriu um sorriso leve e tirou a mão do bolso do roupão, revelando uma arma pequena.

— Hábito novo.

Henry segurava a arma pelo cano com apenas dois dedos, como se odiasse tocar nela. Ele a guardou de volta no bolso e Kate devolveu a faca, tentando ignorar como seus dedos resistiam a soltar. Ela deu um passo para trás do balcão enquanto Henry dava a volta e se servia de uma caneca de café.

—Você dormiu?

Ele não perguntou se ela havia dormido *bem*.

— Sim. — Kate o observou de cima a baixo, notando sua leve inclinação, como se fosse doloroso permanecer ereto, e as sombras sob os olhos e maxilares. Flynn riu diante daquilo, um som baixo e vazio.

— Não há descanso para os ímpios. — Ele observou o apartamento ao redor. — Está gostando daqui? Não é nenhuma cobertura — ele voltou a encará-la —, mas pelo menos não é uma cela.

A voz dele era agradável, mas sua mensagem era clara. A presença dela ali dependia de sua cooperação.

— Já que estamos os dois acordados — ele continuou —, talvez possamos conversar sobre esse novo monstro, o...

— Devorador de caos — ela completou. — O que tem ele?

— Dois dias atrás, um dos meus esquadrões voltou suas armas uns contra os outros do nada, sem nenhum motivo aparente.

Kate sentiu um nó na garganta — não era choque ou espanto, mas um alívio estranho e perturbador. Ela tinha visto a criatura, claro, mas uma coisa era ter visões, e outra era ter fatos. Não estava ficando maluca — pelo menos, não completamente.

— Naquele momento, não conseguimos explicar aquilo, mas parece se encaixar no comportamento do seu monstro — Flynn continuou, então tirou um tablet pequeno do outro bolso do roupão e começou a digitar. Os olhos de Kate se arregalaram.

—Vocês têm conexão? — ela perguntou.

De novo, o sorriso triste.

— Só interna. As torres interterritoriais foram as primeiras a falhar. Não sabemos se foi um estrago colateral de outro ataque ou...

— Poderia apostar que foi intencional — disse Kate, tomando um gole do café. — É uma tática para romper o cerco.

Flynn arqueou a sobrancelha.

— Como é?

Ela deu um gole longo.

— Bom, o que é mais assustador? — Kate perguntou. — Ficar trancado numa casa ou ficar trancado numa casa sem ter como pedir socorro? Sem ter como avisar que está com problemas? Isso alimenta o medo. A discórdia. Tudo aquilo de que um monstro em crescimento precisa.

Flynn a observou sério.

— Essa é uma observação bem mercenária.

— O que posso dizer? — ela disse. — Puxei ao meu pai.

— Espero que não.

Um silêncio súbito e constrangedor caiu. Flynn apontou para o punho dela, ainda machucado pelo aperto de Soro, e para os dedos feridos pelo soco em August.

— Me deixe ver.

— Estou bem.

Ele esperou pacientemente até que ela estendesse a mão. Cutucou a pele, flexionou o punho e depois os dedos para trás e para a frente, com o cuidado de um médico. Doeu, mas não havia nada quebrado. Flynn vasculhou embaixo do balcão e pegou um kit de primeiros socorros. Ela observou em silêncio enquanto ele enfaixava a mão dela.

— A pergunta agora — ele disse enquanto trabalhava — é como caçar esse monstro. Talvez você tenha alguma ideia.

Kate hesitou, imaginando se era apenas mais um interrogatório, mas as palavras não pareciam ter entrelinhas ou segundas intenções. Puxou a mão de volta, procurando algo para dizer.

—Você notou algum padrão? — incentivou Flynn.

Kate considerou aquilo. Ela tinha visto o monstro — ou melhor, tinha visto através dos olhos dele — durante o dia, mas a visão fora fraturada, insubstancial.

— Acho que ele caça à noite.

— Faz sentido — disse Flynn, pensativo.

— Faz?

— A noite turva as linhas na psique. Ela nos faz sentir livres. Estudos mostram que as pessoas geralmente se sentem menos inibidas depois que escurece, mais suscetíveis a influências e — ele abafou uma tosse e continuou — comportamentos primitivos. Se essa criatura se alimenta de pensamentos sombrios e os transforma em atos, a noite seria o horário ideal para ela caçar.

— E também tem a camuflagem — Kate acrescentou. — A coisa parece um buraco negro ambulante. É mais fácil para ela desaparecer na escuridão.

Flynn assentiu.

O estômago de Kate roncou alto o bastante para os dois ouvirem.

—Você deve estar com fome — ele disse.

E ela estava. Com uma fome voraz. Mas as palavras de seu pai surgiram sem ser convidadas.

Toda fraqueza expõe a carne. E a carne atrai a faca.

Ela não respondeu, mas Henry já estava diante da geladeira.

— Omelete?

—Você cozinha?

— Duas das cinco pessoas que moram nesta casa *gostam* de comer.

Ela sentou num banco, observando enquanto ele colocava uma caixa de ovos e algumas verduras e legumes no balcão.

— De onde vem a comida?

— A Força-Tarefa estoca o que pode — disse Flynn. — Invadimos depósitos nos dois lados da cidade. Controlamos fazendas no lado sul do Ermo, mas os recursos não são infinitos, e há muitos ladrões.

Mais um motivo por que o conflito não tinha como durar, pensou Kate.

Flynn começou a cortar os legumes e as verduras com movimentos rápidos e habilidosos. Ele era um *cirurgião*, ela lembrou, não um simples médico. Ficava claro pela maneira como segurava a faca. A ponta cintilou e Kate voltou a atenção para o gato, que agora dormia numa cesta de frutas. Com cuidado, foi aproximando os dedos do rabo dele.

— É do August — disse Flynn. — Mas Ilsa se apegou a ele.

— E Soro?

Flynn franziu a testa.

— Soro passa quase todo o tempo nos barracões. — Ele interrompeu o trabalho. — Os sunais não são como os outros monstros. São como nós. Cada um é tão único quanto um ser humano.

— Mas August nunca me pareceu uma pessoa que gosta de gatos.

Flynn riu baixo.

— Talvez não — ele disse, quebrando os ovos numa tigela —, mas meu filho sempre esteve disposto a resgatar algo perdido.

Os legumes e verduras chiaram na frigideira e o aroma a fez torcer o pescoço.

— Você realmente pensa nele como seu filho.
— Sim.
Uma sombra perpassou a mente de Kate. A lembrança do pai no escritório e as palavras que usou como armas: "Nunca quis um filho".

Flynn dividiu o omelete em dois pratos e passou um para ele. Kate estava morrendo de fome e começou a comer, mas ele não parecia interessado em sua porção.

— August acha que você quer ajudar.
— Eu não voltaria se não quisesse.
— Se é verdade, precisa me contar o que sabe...
— Eu já contei — ela disse, entre uma garfada e outra.
— Sobre Sloan — ele completou.

Kate ficou paralisada.

— O quê?
— Se alguém consegue entender a lógica daquele monstro e o que ele *quer*...

Kate pousou o garfo enquanto a repulsa subia em sua garganta. Ela não queria entrar na cabeça de Sloan, não queria ressuscitar o espectro de seu pai.

Mas Henry Flynn tinha razão — se alguém poderia prever suas ações era ela.

Kate engoliu em seco.

— Meu palpite é que ele quer o que todos os monstros querem — ela disse, voltando a pegar o garfo.

— E o que seria?
— Mais — disse Kate. — Mais violência. Mais morte. — Ela visualizou a luz carmesim dos olhos do malchai dançando com prazer, ameaçadora. — Sloan é como o gato que brinca com o rato antes de comer só porque pode. Mas, dessa vez, o rato é Veracidade.

Ela conseguia sentir o olhar de Flynn sobre si, mas focou no garfo na mão dele, na maneira como empurrava o omelete no prato.

Kate havia aprendido a ler as pessoas, os menores sinais na boca do pai, nos olhos da mãe. Pensou nas fotos que tinha visto de Henry Flynn e concluiu que os últimos seis meses haviam custado caro. O rosto dele estava esquelético, sua pele adquirira um tom cinza, e havia a maneira rasa como respirava, como se tentasse segurar um ataque de tosse.

— Há quanto tempo você está doente? — ela perguntou.

Flynn ficou paralisado. Poderia mentir para ela se quisesse — os dois sabiam disso —, mas, no fim, optou pela sinceridade.

— É difícil saber. Nossas instalações médicas nunca foram tão fortes quanto as ao norte da Fenda.

—Você contou...

— Algumas coisas não precisam ser *ditas* para ser *sabidas*. — Sua voz permaneceu firme, calma. — Não vai mudar nada. Antes eu pensava que, se recuperássemos o controle da cidade a tempo, talvez... Mas a vida nem sempre segue os planos... — Ele voltou a atenção para as janelas. A aurora começava a cobrir a cidade. — Um homem não é uma causa, e uma causa não é um homem. O controle já está sendo passado para o conselho. Com alguma sorte, vou sobreviver...

Ele parou ao ouvir passos no corredor. Então Emily Flynn entrou na cozinha, toda fardada. Ela era da altura de Henry, o cabelo preto curto e a pele negra macia. Se achou estranho que Kate Harker estivesse tomando café da manhã no balcão da cozinha, não comentou nada.

—Tem alguma coisa com um cheiro maravilhoso por aqui.

— Emily — disse Henry, com uma nova doçura na voz.

—Tenho três horas até meu próximo turno. Os ovos são para mim?

Ele estendeu seu garfo e Emily o pegou. Colocou o braço de leve em torno dela enquanto comia, e Kate sentiu um aperto no coração. Havia uma naturalidade tão simples no gesto, um conforto na forma tranquila como entravam e saíam do espaço um do outro. Mesmo quando os pais dela estavam juntos, nunca havia sido igual.

— Não quero atrapalhar — disse Emily.

— Imagine — disse Henry, beijando o ombro da mulher. — Eu e Katherine...

— *Kate* — ela corrigiu, abrupta.

— Eu e *Kate* já estávamos terminando.

Emily respondeu com um aceno breve, os olhos voltados para Kate, claramente o tipo de mulher acostumada a fazer contato visual. A garota ficou grata por ter cortado uma franja.

— August tem um trabalho a fazer, então você vai ficar confinada no apartamento.

Os músculos de Kate se contorceram.

— Isso é necessário?

— De modo algum — Emily disse, com um sorriso. — Se preferir uma cela lá embaixo...

— Kate está se provando uma hóspede muito cooperativa, Em — disse Flynn.

— Ilsa pode monitorar à distância. Já providenciei que um soldado ficasse no rádio, por via das dúvidas.

Kate nem estava escutando. Não podia ficar ali, não podia perder mais um dia, não com o devorador de caos à solta, roubando mais de sua mente a cada subir e descer do sol.

— E se eu quiser treinar com a FTF?

A mentira saiu facilmente sem August ali para impedir. Ela não tinha a menor intenção de se tornar a mais nova soldada rasa de Flynn, mas precisava de suas armas de volta, precisava sair do Complexo.

Emily balançou a cabeça.

— Não é uma boa ideia.

— Por que não? — Kate se opôs.

A mulher lançou um olhar demorado e duro para ela.

— Srta. Harker, a FTF não nutre sentimentos positivos pela sua família. O boato de que você está dentro do Complexo já está se espalhando. Alguns vão ver sua presença como um insulto. Outros, como um desafio. Seria melhor se você ficasse...

— Sei me defender.

— Não é com isso que estou preocupada. Buscamos evitar a discórdia...

—Você quer dizer violência...

— Quero dizer discórdia em todas as suas formas — disse Emily.

— Com todo o respeito — disse Kate —, me manter longe de alcance só vai piorar a situação. Quer evitar discórdia? Me trate como um dos seus, e não como alguém de fora.

Emily olhou para o marido.

— Ela é persuasiva, não?

— Isso é um sim? — insistiu Kate, tentando não transparecer a urgência na voz.

Emily pegou a caneca de café de Flynn e examinou o conteúdo.

— Você vai ser colocada sob supervisão de outro cadete. Se desobedecer ordens, causar qualquer problema ou simplesmente eu mudar de ideia, vai voltar para o confinamento.

O ânimo de Kate vacilou com a menção do outro cadete, mas era um obstáculo pequeno comparado a ficar presa no alto da torre.

— Parece um bom plano — disse, levando o prato até a pia.

August entrou com tudo na cozinha, segurando a maçaneta que ela havia removido. O cabelo preto dele ainda estava úmido e sua camisa estava aberta, revelando um corpo esguio com músculos recentes.

— Isso foi mesmo necessário?

— Foi mal. — Ela deu de ombros. — Nunca fui muito fã de fechaduras.

August chegou a fazer uma *careta* — ou o que se passava por careta, no caso dele, que era uma ruga profunda entre as sobrancelhas.

Kate voltou sua atenção a Emily de novo.

—Vou precisar de um uniforme.

August se empertigou, surpreso.

— Por quê?

Kate entreabriu um sorriso, mas deixou que Flynn explicasse:

— Kate se ofereceu para entrar na Força-Tarefa.

11

— É UMA MÁ IDEIA — gritou August.

Ele estava apoiado num joelho enquanto tentava prender a fechadura na porta do quarto. Kate terminava de se vestir do outro lado.

—Você já falou isso — ela respondeu. — Três vezes.

—Vale a pena repetir.

Ela bateu os dedos na madeira — o sinal de que o sunai podia entrar. August levantou e empurrou a porta. Kate estava em pé usando o uniforme da FTF, com os olhos protegidos pela franja clara e o resto do cabelo preso num rabo de cavalo, revelando a cicatriz que contornava o lado esquerdo de seu rosto, da têmpora ao maxilar.

Ela apontou para a própria farda.

— Como estou?

O uniforme combinava com Kate mais do que jamais havia combinado com August. Mas não eram só as roupas e a forma como ela as vestia. Imponente. Kate Harker sempre fora imponente, sempre havia tido uma presença, e vê-la daquele jeito o fez pensar naquele jogo dela, de imaginar uma versão diferente de sua vida, dela mesma. Por um segundo, August vislumbrou a versão dela que teria ficado.

— August? — ela insistiu.

Ele não podia mentir. Não precisava.

—Você parece uma de nós.

Kate abriu um sorriso e se sentou na cama para amarrar o cadarço das botas.

— Mas por que quer entrar para a FTF?

— Ah, eu não quero — respondeu Kate, rápido. — Mas, se ficar neste apartamento, vou perder a cabeça, e isso não seria bom para *ninguém*, seria?

— É uma...

— Pelo amor de Deus, não diga "má ideia".

—Você é filha de Callum Harker.

Ela abafou uma exclamação.

— Não me diga!

— Provavelmente metade da FTF quer você morta.

Ela ergueu os olhos.

— Só metade?

Ele deu um passo para mais perto e abaixou a voz — não estava preocupado com Henry ou Em, mas com Ilsa, que poderia estar no quarto dela.

— E quanto ao seu... elo com o vazio?

Kate voltou a atenção para a porta, também baixando o tom de voz.

— O que tem?

— Henry sabe?

— *Eu* não contei — ela disse, fria. — *Você* contou?

August tinha pensado em contar. Nunca fora bom em guardar segredos. Mas se Henry descobrisse — se *Soro* descobrisse —, não haveria como protegê-la.

Ele *deveria* proteger Kate?

Sim, ela era uma criminosa, mas aquilo — aquilo não era um crime; não era responsabilidade dela. Kate era uma vítima, uma vítima que tinha sido forte o bastante para fugir, ainda que não por inteiro. Ela era o melhor contato deles — o único contato — com o monstro, caso realmente estivesse por ali.

August não ia — *não podia* — mentir para ela.

Tampouco queria expô-la.

— Ainda não.

Ele jogou a alça do violino sobre o ombro e guiou Kate até o elevador.

— Você não vai me seguir o tempo todo, vai? — ela perguntou. — Já sou persona non grata, e duvido que eu vá ganhar algum ponto passeando com um guarda-costas sunai.

— Não.

— Ótimo, então só me aponta a direção certa. Prometo não fugir nem me meter em briga...

— Kate...

— Tá, prometo não *provocar* nenhuma briga...

— Eu recrutei outra pessoa.

O elevador chegou e eles entraram, o mundo se reduzindo àquele um metro e meio quadrado. Enquanto as portas de metal se fechavam, August notou que Kate o encarava — ou, pelo menos, encarava seu reflexo distorcido —, examinando-o como se pudesse ver o sangue que havia lavado da pele.

— O que foi?

— Só estou tentando entender o que aconteceu com você.

Ele ficou tenso.

— De novo, não.

— O que eu deixei escapar? Onde você foi parar?

August fechou os olhos e viu duas versões de si mesmo, a primeira cercada de corpos, com sangue e sombra nos punhos, a segunda no terraço, sonhando em ver estrelas. Enquanto observava, o segundo eu começou a se dissolver, como um sonho, uma lembrança se desdobrando momento a momento, escapando de suas mãos.

— Estou bem aqui.

— Não, não está. Não sei quem é *esse*, mas o August que eu conheço...

— Não existe mais.

Ela virou para ele.

— *Até parece.*

— Para.

Mas Kate não parou. Mesmo baixa, sua voz conseguia preencher o espaço limitado.

— O que aconteceu? Me fala. O que se passou com o August que queria se sentir humano? Aquele que preferia queimar vivo a se entregar às trevas?

Ele manteve o olhar à frente.

— Estou disposto a me entregar às trevas se isso mantiver os humanos sob a luz.

Kate bufou.

— Certo, *Leo*. Quantas vezes você ensaiou essa frase? Quantas vezes parou na frente do espelho e a recitou, esperando que entrasse na sua cabeça e...

Ele virou para ela.

— *Chega.*

Kate estremeceu mas não recuou.

— Esse novo você...

— Não é da sua conta — August retrucou. — Você não tem o direito de ficar aqui me julgando, Kate. Foi embora. Fugiu, enquanto fiquei e lutei por esta cidade, por essas pessoas. Desculpa se não gosta do meu novo eu, mas fiz o que precisava ser feito. Me *tornei* o que este mundo precisava que eu fosse.

Quando terminou, ele estava sem ar.

Kate o encarou, com a expressão esculpida em gelo. E então se aproximou, chegando tão perto que ele viu o brilho prateado através da franja dela.

—Você está mentindo.

— Não *posso* mentir.

—Você está errado — disse Kate, virando as costas para ele.

— Existe um tipo de mentira que até *você* pode dizer. Sabe qual é? — Ela encarou o olhar dele nas portas de aço. — O tipo que se conta a si mesmo.

August cerrou os dentes.

Não dê ouvidos, alertou Leo. *Ela não entende. Não tem como entender.*

O elevador parou. As portas se abriram e Kate quase trombou com Colin quando saiu.

Ele ficou branco ao vê-la, depois olhou para August com o desespero de um homem se afogando.

—Você só pode estar de brincadeira.

Kate arqueou a sobrancelha.

— Conheço você?

— Kate — disse August —, este é Colin Stevenson.

Colin abriu um sorriso nervoso e não fez nada para esconder seu desconforto.

—Também estudei na Colton.

— Desculpa — ela disse suavemente. — Foi uma passagem breve e tumultuosa.

Colin passou o peso de um pé para o outro.

—Tudo bem, não achei que fosse lembrar. Eu não era de aparecer muito.

— Esperto da sua parte.

August limpou a garganta.

—Você vai se juntar ao esquadrão de Colin hoje. — Ela disparou um olhar travesso para ele que dizia "Vou?". August semicerrou os olhos. *Vai.*

— Eu vou, hum, mostrar tudo a você.

Kate manteve o olhar em August enquanto abria um sorriso frio.

— Pode começar.

Ele caminhou atrás dos dois enquanto Colin fazia um tour com Kate.

— Todas as salas de treinamento ficam no primeiro e no segundo andar...

Ela pontuava o discurso com "Uhum" e "Entendi", embora fosse claro que não prestava atenção.

— ... e descendo ali fica o refeitório, que é igual ao de Colton, exceto que a comida é horrível...

Enquanto atravessavam os corredores, August sentiu o deslocamento típico dos olhares e toda a atenção que, daquela vez, não era completamente direcionada a ele. Os soldados observavam Kate, murmurando, e ele conseguia ouvir muito claramente a tensão nas vozes, a raiva nas palavras.

August ergueu os olhos e percebeu que Colin o encarava em expectativa.

— O quê?

— Esqueci alguma coisa?

— Não se preocupa — interveio Kate. — Eu aprendo rápido.

O relógio de Colin tocou de repente.

— Cinco minutos. É melhor a gente ir para a sala de treinamento. Alguma dúvida?

Kate sorriu.

— Onde vocês guardam as armas?

Colin riu nervoso, como se não soubesse se ela estava ou não falando sério. August sabia que estava.

— Toda tecnologia é armazenada no subsolo 1... — começou Colin.

— Mas para *tirar* qualquer arma, você precisa ser aprovada — acrescentou August. — O que não vai acontecer.

Kate deu de ombros.

— Bom saber — ela disse, empurrando Colin na direção da sala de treinamento. — Vamos. Não queremos nos atrasar.

August segurou Kate pelo ombro e se aproximou.

— Tem câmeras de segurança por toda parte — ele disse com a voz baixa —, então fica de cabeça baixa.

Ela respondeu com um sorriso seco:

— Obrigada pela dica.

Então foi embora.

III

Seis meses em Prosperidade e Kate *quase* havia esquecido a sensação de ser odiada. De estar sempre em destaque, e daquele estranho desequilíbrio de ser reconhecida, julgada pelo seu rosto e pelo seu nome.

Seis meses sendo ninguém, e agora, enquanto Colin a guiava para a sala de treinamento — afastando-se um pouco mais dela a cada passo —, Kate sentia a notícia circular como uma corrente e as cabeças virarem. Olhavam para ela e não viam uma garota, só um símbolo, uma ideia, uma representação de todo o rancor e a culpa. Sua pele formigou sob o exame atento, e ela se obrigou a se concentrar na sala em si em vez de no desconforto ou na voz sombria em sua cabeça.

Centenas de soldados se agrupavam no que parecia ter sido um salão de festas. Uma pista de corrida estreita margeava a parede, e todo o espaço era dividido em estações. Os soldados mais jovens pareciam ter doze ou treze anos. Os mais velhos tinham o cabelo branco. Era uma mistura das cidades Norte e Sul. As diferenças estavam nos rostos (entre espanto e raiva, curiosidade e medo, cautela e desprezo), mas, em todo par de olhos, em toda torção de lábios e sobrancelha, havia uma convergência: desconfiança.

Também não confio em vocês, pensou Kate.

Seis meses. Tudo voltou a ela, como andar de bicicleta. Sua

coluna se empertigou. Seu queixo se ergueu. Sempre tinha atuado de certa forma, desempenhado um papel, mas antes sabia qual era.

— Você vai ficar na Equipe 24 comigo — disse Colin, guiando-a na direção de um grupo de mais ou menos quinze cadetes na entrada da pista.

— Obrigado por se juntar a nós, sr. Stevenson. — A instrutora era uma mulher robusta com o queixo quadrado e olhos azuis e frios que permaneceram um longo momento fixados em Kate antes de voltar aos oito engradados no chão. — Isto — ela disse, erguendo um fuzil modificado — é um AL-9. Quem sabe me dizer por que os Esquadrões Noturnos os carregam?

— Eles podem ser modificados para abrigar cartuchos de estilhaço.

As palavras saíram da boca de Kate antes que ela conseguisse se conter. O par de olhos azuis voltou a encará-la, assim como todos os outros do grupo. Kate se xingou — por que não conseguia ficar quieta?

— Continue, senhorita...

A instrutora obviamente queria que ela dissesse seu nome.

— Harker — Kate completou. — E cartuchos de estilhaços são projetados para se partir ao contato. Teriam de ser mergulhados em prata, ferro ou algum outro metal puro para causar algum dano real, mas dentro de, digamos, cinquenta metros, podem ter força suficiente para penetrar a placa óssea de um malchai. Uma estaca cravada por trás do escudo seria uma aposta melhor, mas exigiria contato próximo.

Os ruídos prosseguiram pelo resto da sala de treinamento, mas a Equipe 24 era um bolsão de silêncio. A instrutora não precisou levantar a voz para quebrá-lo.

— Exato — ela disse apenas. — Cada engradado contém as

partes de um AL-9. Vocês vão passar a próxima hora montando e desmontando esses fuzis. Formem pares.

Um garoto chamou Colin, que voltou um olhar interrogativo para Kate, visivelmente aliviado quando ela o liberou.

A garota não se deu ao trabalho de esperar um parceiro, só foi até a caixa mais próxima e se ajoelhou diante dela, abrindo as fivelas. Ficou surpresa quando uma sombra se assomou sobre ela e, um segundo depois, outra garota se ajoelhou à sua frente. Ela parecia um ano mais velha que Kate, talvez dois, com o cabelo preto encaracolado e um olhar feroz que revelava que era da Cidade Sul.

— Mony — ela disse, a título de apresentação.

— Kate.

— Eu sei.

— Imaginava. — Ela apontou para o engradado. — Você primeiro.

A garota arqueou uma sobrancelha.

— De olhos abertos ou fechados?

— Como quiser — ela disse —, mas, quando for usar lá fora, sugiro que fique com os olhos abertos.

Isso a fez receber um leve sorriso.

Kate observou enquanto a menina montava a arma com movimentos velozes e seguros, cantarolando baixo.

Monstros grandes e pequenos, cadê?

— Já chegou a disparar uma dessas? — Kate perguntou.

As mãos de Mony continuavam em movimento.

— Apenas os esquadrões ativos ficam armados. Ainda estamos em treinamento.

— Então nós não lutamos de verdade?

Kate disse o "nós" de propósito, em uma sugestão simples que transformavam o "você contra eu" em "nós contra eles".

Mony verificou o cano.

— Às vezes somos designados para patrulhas diurnas ou turnos de vigia, mas a maior parte do nosso trabalho é aqui, até sermos liberados para o serviço ativo.

—Vou para o Esquadrão Noturno — disse Colin, a duas fileiras.

Mony revirou os olhos.

— Como o quê? Mascote?

Colin corou e se esforçou para ficar reto, como se sua baixa estatura fosse apenas uma questão de postura.

— Então vocês nunca saem? — Kate perguntou.

—Temos sorte de estar aqui. — Mony deixou a arma montada em cima do engradado. — Sua vez.

Kate estendeu a mão para pegar a arma, mas no momento em que a tocou, a coisa em sua cabeça começou a se agitar. Era como um resfriado ou um músculo contraído, algo de que você *quase* esquece até tossir ou se mover do jeito errado, então atacava. Ela tinha se esquecido e, agora, o sangue pulsava alto e constante em seus ouvidos, abafando o mundo além dele. Ela sentiu uma calma súbita — o tipo de calma que vem de perceber que se está sonhando e nada pode te ferir.

— Ei — disse Mony. Kate ouviu a palavra abafada e distante, mas ali. — Está tudo bem?

Kate piscou, então abaixou os olhos para a arma.

Está vazia, ela disse às mãos. *Solte.*

— Sim — Kate disse devagar, recolocando a arma no engradado. — Não sou muito de armas.

Mony a pegou de volta e começou a desmontá-la.

— Boa sorte com isso.

A instrutora apitou e a Equipe 24 soltou um suspiro coletivo, jogando-se nos colchonetes. Eles haviam passado de armas de fogo a formações, exercícios aeróbicos a abdominais.

— Odeio abdominais — resmungou Colin, apertando a barriga. — Odiava em Colton e odeio aqui. Não sei o que um tanquinho tem a ver com caçar monstros...

Mas Kate estava se sentindo melhor do que se sentia havia dias. Seus músculos queimavam de uma forma agradável pelo simples esforço físico, o que a fazia se sentir no controle de seu corpo e de sua mente. Ela levantou, pronta para o próximo exercício, mas a equipe estava caminhando para a porta.

— Pausa para o almoço — explicou Mony.

Eles viraram à esquerda e chegaram a um corredor amplo cheio de pessoas com uniformes cinza-escuros e verdes da FTF. Esperava que a multidão fosse se afastar dela, como acontecia em Colton, mas a diferença entre os dois lugares era que, a cada cinco pessoas que a rodeavam, uma fazia de tudo para trombar nela.

— Olha por onde anda — repreendeu alguém depois de esbarrar nela.

O coração de Kate acelerou. Seus punhos se cerraram.

Mas o pior era Colin, e não porque se esforçava para ser cruel, mas porque tentava *consolá-la*.

— Quando cheguei aqui — ele disse —, metade dos cadetes nem falava comigo porque eu era da Cidade Norte. E olha que meu pai nem...

Mony lançou um olhar para ele, pelo qual Kate ficou agradecida. Colin parou de falar assim que chegaram ao refeitório.

O lugar estava lotado.

Com tantas pessoas, deveria ter sido fácil desaparecer aos poucos, ficar um passo atrás aqui e outro ali, até estar na retaguarda do grupo e poder simplesmente sair despercebida. Mas, toda vez que a atenção de Colin vacilava, Mony estava lá para compensar.

— Isso não é nada — ela disse enquanto atravessavam a multidão.

— Pois é — disse Colin. — Tem quase dez milhões de pessoas sob a proteção da FTF só na Cidade Sul, e cinquenta mil delas são soldados ativos...

— Ai, Deus — murmurou Mony —, você parece um brinquedo de dar corda.

Colin não pareceu se importar.

— Todo mundo tem de estar disposto a servir, mas existem maneiras diferentes de fazer isso, no reconhecimento, nas provisões, no controle... Mas todo mundo passa pelo treinamento primeiro.

A atenção de Kate se voltou para o aço polido dos utensílios, e ela pegou um sanduíche.

— Quantas pessoas moram aqui? — perguntou.

Mony resmungou.

— Não dá atenção para ele.

— Umas mil e quinhentas. O resto dos soldados está espalhado por dois quarteirões. São moradias de alta densidade, mas permitem que tenham energia constante.

Kate franziu a testa.

— De onde ela vem?

Colin abriu a boca para responder, mas Mony o interrompeu:

— Geradores solares. Agora me deixem comer, antes que eu morra de tédio.

A equipe toda se direcionou a uma mesa num fluxo automático, e Kate foi atrás. Claramente esperavam que fosse se sentar com eles — embora obviamente não a quisessem ali. Os corpos se contorceram. As conversas se reduziram a um zumbido em seu ouvido bom. Até mesmo Colin e Mony ficaram tensos sob o escrutínio.

Ela estava mexendo na comida, sem apetite, quando Colin abaixou a voz e se aproximou dela.

— Posso perguntar uma coisa? — ele disse. Kate nem respondeu, porque estava na cara que ele perguntaria de qualquer forma.

— Por onde você andou? — Mony arqueou uma sobrancelha. — Desculpa, sei que não é da minha conta, mas... meio que tem um bolão rolando. Não sou de apostar e, tipo, metade dos esquadrões achava que você estava morta, mas apostei cinco paus que você estava escondida no Ermo e...

— Prosperidade.

Ele arregalou os olhos.

— Sério? E por que *voltou*?

— Monstros, caos, vingança... Você sabe — ela disse, então levantou. — Brincar de soldado parece divertido, mas tenho um trabalho a fazer — Kate concluiu, já atravessando a multidão.

Colin ergueu a cabeça.

— Aonde você vai?

— No banheiro. — Então, quando Colin fez menção de se levantar, ela disse: — Acho que consigo encontrar sozinha.

A atenção dele se contorceu entre o prato e ela, claramente dividido.

Mas foi Mony quem ergueu a voz.

— Quinze minutos — disse, batendo no relógio. — Se não estiver de volta à sala de treinamento, toda a equipe paga.

Kate assentiu.

—Vou estar lá.

KATE SEGUIU PARA O SUBSOLO 1.

Ninguém a deteve, nem quando passou na frente dos banheiros ou dos elevadores nem quando entrou discretamente na escada e começou a descer.

As vantagens de andar com um propósito, Kate pensou. As pessoas não apenas achavam que sabia aonde estava indo — também achavam que *deveria* estar indo para lá.

Pelo menos até ela entrar no depósito de armas. Um homem estava sentado à mesa, atrás da qual se estendia um corredor largo rodeado de coletes à prova de balas e capacetes. Ela entreviu armas do outro lado das outras portas abertas.

Ele estava lendo alguma coisa no tablet, mas ergueu a cabeça quando Kate entrou e semicerrou os olhos no mesmo instante.

Ela forçou uma voz descontraída.

— Aqui é o achados e perdidos?

— *Parece?*

— Ei, só estou seguindo ordens. Minha capitã perdeu uns equipamentos e me mandou encontrar.

— Que *tipo* de equipamento?

— Um par de estacas. De ferro. Mais ou menos do comprimento do meu antebraço.

— Não é o tipo de coisa que providenciamos.

Não sabe o que está perdendo, pensou Kate, mas só deu de ombros.

— Ela é da Cidade Norte. Deve ser uma relíquia.

— Esquadrão?

— 24.

— Nome?

— Da instrutora?

— Seu.

— Mony — disse Kate, arrependendo-se na hora. Era óbvio que ele esperava um sobrenome, mas ela não sabia. — Olha, deixa para lá, tenho certeza de que as estacas vão aparecer alguma hora.

A tela do tablet acendeu. Kate não sabia se era um sinal de alerta ou uma mensagem qualquer, mas a expressão dele ficou dura e o coração dela acelerou. Deu um passo para trás.

— Fique onde está — ele disse, o que fez Kate querer fazer exatamente o contrário. O olhar dela passou das armas nas paredes para aquela no coldre no quadril do homem, mas as portas do elevador já estavam se abrindo e de lá saiu...

Ilsa.

Ela estava descalça e usava um vestido leve. Seu cabelo era uma nuvem de cachos ruivos desgrenhados e seus ombros estavam pontilhados por estrelas, mas a primeira coisa que Kate viu foi a cicatriz vermelha brutal na garganta dela.

O homem à mesa levantou e baixou a cabeça, um gesto entre respeito e medo, mas Kate se aliviou com a visão da sunai.

A primeira — e única — vez em que tinham se encontrado, Kate havia acordado num hotel estranho e deparado com o rosto da sunai a poucos centímetros do seu. Ela tinha ouvido as histórias sobre Ilsa Flynn. Aquelas que retratavam a primeira sunai como o pior dos monstros, um massacre ambulante que, no passado, havia abandonado sua forma humana e reduzido duzentas vidas e um quarteirão da cidade a cinzas. Mas a Ilsa naquele hotel — a Ilsa ali — era diferente. Alguém gentil, doce.

Ela lançou um olhar para Kate, uma leve repreensão. Mesmo sem voz, Kate conseguia imaginá-la dizendo: "Você não deveria estar aqui e sabe disso".

Ilsa agitou os dedos na direção do soldado, como se secasse a mão, então pegou a mão de Kate e a levou ao elevador.

— Valia a pena tentar — Kate murmurou enquanto as portas se fechavam, mas a expressão de Ilsa já estava se contorcendo, uma sombra cruzando os traços delicados de seu rosto. A própria atmosfera pareceu mudar, coberta por um frio súbito, como se o humor de Ilsa fosse algo tangível.

— O que foi?

Ilsa ergueu a mão, os dedos finos pairando sobre os olhos de Kate — não, sobre apenas um olho. Kate sentiu um frio na barriga. Ilsa *sabia* — sobre o estilhaço e a doença. Uma dezena de pensamentos diferentes surgiu na mente de Kate, mas foi uma pergunta que atravessou seus lábios.

— O que aconteceu com August?

As mãos de Ilsa baixaram.

Ela balançou a cabeça, mas Kate teve a impressão de que não estava dizendo "não", só expressava uma grande tristeza.

O elevador parou no andar de treinamento e as portas se abriram. Enquanto Kate saía, Ilsa sorriu, erguendo uma mão. A outra desapareceu no bolso do vestido, de onde tirou o tablet de Kate. Aquele que Soro havia levado.

Ilsa deixou o aparelho nas mãos de Kate e bateu o dedo na tela, como se respondesse, antes que o elevador a levasse embora.

Kate baixou os olhos para o tablet, depois o enfiou no bolso do colete enquanto seu relógio disparava. Seu tempo tinha acabado.

Numa ponta do corredor havia uma saída desprotegida.

Na outra, a porta para a sala de treinamento.
Kate xingou baixo e começou a correr.

Ela estava atrasada.

A Equipe 24 já estava reunida; dois dos soldados mais velhos se colocavam em posição de luta, um deles com um lenço vermelho na garganta.

— Seu objetivo — a instrutora estava dizendo — é *subjugar* o garra o mais rápido possível... — Ela viu Kate se aproximar correndo e um brilho maldoso surgiu em seu rosto. — Dez voltas.

Kate abriu a boca para argumentar, mas o resto da equipe já estava seguindo para a pista. Ninguém discutiu ou resmungou, mas a garota soube no momento em que começaram a correr que qualquer simpatia que poderia ter angariado naquela manhã chegara ao fim. Botas surgiam do nada, batendo em seus tornozelos ou calcanhares.

Kate tropeçou uma ou duas vezes, mas não caiu, e logo a equipe desistiu de tentar fazê-la tropeçar e se concentrou em deixá-la para trás.

—Você voltou.

Era Mony, com uma passada tranquila, como se pudesse ficar o dia todo correndo.

— Já estou me arrependendo disso — Kate disse.

Enquanto rodeavam a sala, Kate observou uma dezena de outras equipes praticar as mesmas manobras, então viu uma dupla perto do centro lutar e cair num emaranhado de pernas e braços que acabaram na imobilização do "garra", com um braço atrás das costas. O soldado estava levantando quando o suposto garra lhe deu uma cotovelada. Era um golpe sujo, mas a mensagem era clara: os garras não jogavam limpo.

— O que acontece se não der para subjugar um garra?
— Não temos escolha. Matar é crime.
— Eu sei, mas isso já aconteceu?
— Tanner — disse Colin, um ou dois passos atrás delas.
— Alex Tanner — disse Mony, aumentando a velocidade. Colin resmungou, mas Kate aumentou o passo para acompanhar.
— O que tem ele?
— Alex era da Cidade Norte, do primeiro grupo de convertidos. Nunca deveria ter recebido uma arma. O tipo de homem que só está procurando uma desculpa para atirar em alguém, sabe? O que é bom, se tudo em que você tiver para atirar são monstros.

Seus sapatos encontraram um ritmo constante.

— Mas, na primeira vez que saiu, esvaziou a arma num grupo de garras. Não tentou trazer nenhuma para cá.
— O que aconteceu?
— O esquadrão dele tentou acobertar — Colin gritou, esbaforido.
— Idiotas — Mony murmurou. — Como se desse para esconder esse tipo de coisa. Os sunais sentem o *cheiro*. O Conselho decidiu fazer dele um exemplo. Reuniram todos os esquadrões aqui no salão, trouxeram Tanner e fizeram todo mundo assistir enquanto Soro — ela indicou a porta com a cabeça, e Kate se contorceu para ver a figura com as costas eretas e o queixo erguido observando o salão — o ceifava. Um exemplo prático do que acontece com pecadores.

Kate sentiu um aperto no peito.

— Deu certo?
— Claro. De tempos em tempos, alguém faz besteira. As tensões se elevam, erros são cometidos. Nem todos são feitos de exemplos. Quando acontece, o soldado simplesmente desaparece. Temos um ditado: Soro vem atrás dos maus e Ilsa vem atrás dos arrependidos.

Deram toda uma volta antes de Kate voltar a falar:
— E August?
Colin ofegou.
— O que tem ele?
— Bom, se Soro ceifa os maus e Ilsa, os arrependidos, quem August ceifa?
Mony bufou.
—Todos os outros.

AUGUST SUBIU AO PALCO.

O grupo abriu caminho, se afastando cambaleante como se ele fosse um carvão aceso.

Estou disposto a entrar nas trevas...

Ele tirou o violino do estojo, mantendo a atenção no arco e nas cordas em vez de nas pessoas à sua frente.

Estou disposto...

August começou a tocar.

A música saiu espiralada, mas, daquela vez, seus braços não relaxaram, sua mente não se esvaziou. Ele queria se perder na música, deliciar-se naqueles momentos raros de paz, mas as palavras de Kate eram como uma farpa em seu crânio.

O que aconteceu com o August que eu conheci?

O que aconteceu?

As coisas mudaram.

Eu mudei.

Leo queria que ele fosse como seu violino novo, feito de aço, mas August se sentia como o antigo, aquele que se estilhaçara no piso do banheiro da casa de Kate além do Ermo. Um instrumento reduzido a lascas e fragmentos afiados.

O irmão dizia para ele se tornar aquilo que os monstros temiam; Soro o fazia se sentir egoísta por desejar ser humano; Ilsa o fazia pensar que era um monstro por não desejar aquilo o bastante; Henry parecia pensar que ele poderia ser tudo para todos; e Kate queria que fosse alguém que não podia mais ser.

Você está mentindo.

Seus dedos ficaram tensos no arco.

Foco, repreendeu Leo.

Você está até falando igual a ele.

A música acelerou.

O August que eu conheço...

O arco escorregou e a nota saiu aguda demais. Ele parou de tocar e deixou o violino cair. Não tinha terminado, mas era o suficiente. O público ergueu os olhos vazios e arregalados para ele, complacente, com a alma na superfície da pele.

Um mar de branco e, no centro, um único brilho vermelho. Um homem gordo, baixo e simples, ao lado de uma mulher, os dois muito próximos apesar do espaço disponível ao redor. A alma dela brilhava branca, mas a dele queimava vermelha. Quando August se aproximou, ouviu sua confissão.

— ... mas o medo nos leva a fazer coisas idiotas, não é? Ele poderia estar atrás de mim. Eu não sabia... — O homem ergueu a cabeça, mas seu olhar ia além de August. — Eu não era uma pessoa má, sabe? O mundo que é mau. Eu era jovem e não sabia das coisas.

A luz vermelha emanava da pele do homem como vapor.

—Você entende, não é?

Ele entendia — o mundo era mesmo mau —, mas aquilo não mudava nada. August encostou no homem e a confissão vacilou conforme sua vida passava por ele.

O cadáver foi ao chão e August deu as costas enquanto, em silêncio, as almas voltavam para baixo da pele e a sala de concertos voltava à vida.

Ele ouviu a mulher chorar, mas não olhou para trás. Harris e

Ani tentaram acalmá-la enquanto August se obrigava a continuar andando.

Seu trabalho aqui acabou.

Estava quase na porta quando uma arma disparou.

August deu meia-volta quando o reboco do teto caiu, fazendo as pessoas se encolherem, protegendo a cabeça. A mulher estava com a arma de Harris nas mãos, os dedos brancos enquanto a apertava e a apontava para August. Ani e Jackson já estavam pegando suas armas de choque enquanto ele atravessava o corredor com as mãos erguidas.

— Abaixe a arma.

— Maluca — Harris grunhiu.

— Abaixe a arma — Ani ordenou.

Mas a mulher só tinha olhos para August.

— Ele não merecia morrer.

August deu mais um passo na direção dela.

— Sinto muito.

—Você não o conhecia — ela soluçou.   Nem um pouco.

— Sei que tinha a alma maculada. — August deu mais um passo, passando por Ani e Jackson. — Ele encontrou seu destino.

— Só cometeu um *erro* — ela vociferou. —Você pode ficar aí, se achando o dono da verdade, mas não entende. Não *tem* como entender. Nem é humano.

O golpe machucou, não de uma maneira cortante, mas lenta, dolorosa e pesada.

August estava ao lado de Harris agora.

— Ele escolheu...

— Ele *mudou*. As pessoas *mudam*. — Lágrimas escorreram pelo rosto dela. — Por que isso *não importa*?

Talvez devesse importar, pensou August, então a mulher atirou nele.

O salão ecoou com os estrépitos ensurdecedores enquanto ela esvaziava a arma no peito de August. Doeu, como tudo, mas apenas por um instante. A mulher continuou apertando o gatilho por muito tempo depois que a câmara estava vazia e tudo o que restou era o *clique-clique-clique* impotente.

Ele a deixou continuar, porque aquilo não mudava nada. O marido dela estava morto e August se mantinha de pé. Então ela perdeu as forças e se deixou cair ao lado do corpo, soltando a arma. August se ajoelhou à frente dela, pousando uma mão na arma vazia, a fumaça dos tiros ainda saindo de sua pele.

—Você tem muita sorte por eu *não* ser humano.

Ele virou a cabeça, então Ani e Jackson surgiram atrás da mulher para levantá-la.

𝍸

O SAGUÃO DA TORRE ZUMBIA DE ENERGIA.

Os corsais fervilhavam nos cantos, sussurrando, enquanto os malchais se agitavam, impacientes por estarem reunidos todos ali.

Sloan subiu na plataforma mais baixa e observou o mar de olhos vermelhos, lembrando-se de que aquela multidão fervilhante, aqueles seres imundos e ferozes não eram nada além de sombras, soldados rasos, súditos.

E ele era o rei.

— Há um intruso entre nós — disse. — Um monstro achou que podia entrar em nossa cidade e se banquetear com nossa comida. É um ser das trevas — ele continuou —, mas *todos* aqui somos. Os corsais dizem não poder capturar a criatura — neste ponto as sombras bateram os dentes —, mas não somos todos corsais.

Ouviu-se um grunhido baixo, um rosnado de concordância.

— Sloan está certo — disse Alice.

Ele ergueu a cabeça. Ela estava sentada no parapeito de uma galeria alta. Parecia usar luvas escuras, mas, na verdade, só não havia lavado as mãos depois de seu último banquete. A visão o repugnou, mas os outros monstros a encararam arrebatados, como Sloan sabia que encarariam.

— Somos *malchais* — ela disse. — Não há nada que não possamos caçar e matar. — Ela abriu um sorriso cheio de dentes para Sloan. — O que você quer que façamos, pai?

Ele apertou o corrimão, mas não mordeu a isca. Em vez disso, voltou os olhos para o grupo de malchais.

— O intruso é atraído por presas vivas. Esvaziem uma das geladeiras e levem todos para as ruas. O primeiro monstro que matar a criatura e me trazer o cadáver vai receber um lugar ao meu lado com Alice.

— Isso se *eu* não o matar primeiro, claro — ela acrescentou.

Sloan abriu as mãos, no retrato da magnificência.

— Que a caçada comece.

𝍷𝍷

O COMPLEXO MUDAVA DEPOIS DO ANOITECER.

Kate não viu o sol se pôr, mas sentiu a mudança mesmo assim, a energia nervosa, a tensão crescendo à sua volta. O número de soldados foi diminuindo à medida que alguns recuavam para os barracões externos e outros iam para turnos de vigia ou missões. O número de guardas em cada porta se multiplicou.

O refeitório ainda estava cheio, mas ela se sentou sozinha à mesa da Equipe 24. Qualquer que fosse o fio invisível que unia as equipes durante o dia se dissolvia no jantar, liberando os soldados para escolher sua companhia. Novas divisões eram traçadas, entre o Norte e o Sul, os jovens e os velhos. Um lembrete de que ela não era um deles.

Um grupo de jovens de vinte e poucos anos jogava baralho. Mony estava sentada no tampo de uma mesa, conversando com amigos, enquanto Colin estava recostado na parede, contando uma história. Ele parecia concentrado, mas toda vez que Kate olhava para a porta, mesmo que de relance, seu rosto acusava um tique nervoso, então ela decidiu esperar que saísse. Transformar aquilo num jogo. Em algum momento, sobreviver a Colin se tornou sobreviver a todos os outros olhares nervosos e sussurros, todos querendo colocá-la para baixo.

Kate tirou o tablet do bolso e o ligou, surpresa ao descobrir que estava conectado à rede.

Seus dedos dançaram sobre a tela enquanto entrava no servidor e no grupo dos Guardiões.

Página não encontrada.

Tentou mais uma vez.

Página não encontrada.

A frustração cresceu dentro dela, que começou a escrever um novo e-mail. Digitou o endereço de Riley e escreveu uma única palavra — "viva" — antes de clicar em enviar.

A mensagem não foi a lugar nenhum.

Ficou suspensa, uma linha acinzentada num mar de texto negro. Flynn havia falado a verdade a respeito do servidor interno. Não havia nada na rede exceto memorandos, transmitidos a todos no sistema.

Kate entrou em várias pastas e encontrou relatórios de missão, registros de alvos, capturas, mortos e feridos, relatórios de terreno ganho ou perdido dos dois lados da Fenda.

Os arquivos estavam ordenados por data, e Kate passava os olhos nos mais recentes quando o tablet acusou o recebimento de uma mensagem.

O assunto era "August".

A remetente, Ilsa Flynn.

Não havia nenhum texto, apenas uma série de anexos. Kate sabia exatamente o que eram. Tinha visto um bom número de vídeos de segurança em Prosperidade e, em o que parecia uma vida atrás, havia sentado em seu quarto no Harker Hall e vasculhado a rede de dados do pai, assistindo a tudo o que conseguia encontrar sobre os monstros que espreitavam na cidade.

Callum tinha uma coleção de vídeos de Leo, mas nada de August Flynn.

Ela olhou fixamente para os vídeos que Ilsa lhe tinha mandado. Um era filmado no que parecia uma sala de concertos. Outro, por uma câmera no alto da Fenda. Um terceiro, na rua. O equivalente a seis meses de arquivos, todos intitulados IRMÃO.

"O que aconteceu com August?", havia perguntado a Ilsa.

E ela tinha mandado a resposta.

Kate se preparou e apertou o play.

A mão de August ficava voltando para os seis buracos pequenos na frente da camisa.

— É melhor eu me trocar — ele disse enquanto desciam o corredor.

— Não — disse Harris, segurando os ombros dele com firmeza. August ficou tenso: nunca havia se acostumado com o toque. — Mostre a eles que você é um homem de aço.

Ani balançou a cabeça.

— Não acredito que a deixou ir.

— Ela estava triste — August disse.

— Ela atirou em você seis vezes! — disse Harris.

— Com a *sua* arma — Jackson exclamou.

— Não é um crime — disse August.

Só porque você não pode ser morto, disse Leo.

Ou porque não sou considerado.

—Você baixou a guarda bonito, hein, Harris? — Ani zombou.

— Não imaginava que uma senhora de meia-idade fosse roubar uma arma.

— Machista.

Jackson passou a mão no cabelo curto.

— Estou morrendo de fome.

— Eu também — concordou Ani. — Refeitório?

— Acha que tem bife? — Harris perguntou. — Ando sonhando com bife.

— Só em sonho mesmo — disse Ani.

Jackson abriu as portas do refeitório e August foi recebido pelo ruído de metal e plástico, cadeiras sendo arrastadas e bandejas chacoalhando, uma centena de vozes sobrepostas. Entre o barulho e o ar abafado, não entendia por que tantos soldados comiam juntos em vez de fugir cada um para seu quarto.

"Às vezes a questão não é comida", Rez havia explicado para ele. "É a busca pela normalidade."

Harris segurava a porta.

—Você vem?

Não era algo novo — o soldado sempre oferecia, e August normalmente recusava, mas as vozes em sua cabeça estavam altas demais hoje, então ele entrou na aglomeração de corpos e barulhos, esperando abafá-las.

E viu Kate.

Ela estava sentada sozinha no canto do salão, com a cabeça baixa sobre o tablet. August não soube se era um déjà-vu do primeiro dia deles em Colton, o fato de ser o único ponto imóvel no centro de uma tempestade ou de ela ser Kate Harker, que exercia sua própria gravidade aonde quer que fosse.

De qualquer maneira, começou a andar na direção dela.

Harris lançou um olhar inquisitivo para ele e os olhos de Ani o seguiram, mas foi Jackson quem falou.

— Ela não deveria estar aqui.

— Ora, ora — começou Ani. — A FTF abriga...

— Não — cortou Jackson. — Não ligo se ela tem informações privilegiadas. Ainda é uma *Harker*.

— Ela salvou minha vida — August disse baixo. A equipe ficou em silêncio. Ali estava o calafrio, o ponto gélido. Os sunais não deveriam ser vulneráveis, mas eram. Não deveriam ser destrutíveis, mas eram. O fato de Kate ter salvado a vida de August significava que ele *precisara* ser salvo.

Jackson cruzou os braços.

— Ela não é uma de nós.

— Nem eu — August rebateu.

Ele os ouviu andando na direção da fila de comida enquanto seguia para a mesa de Kate. Ela tinha tirado os olhos da tela em algum momento e o observava através de seu véu de cabelo loiro.

— Defendendo minha honra?

August franziu a testa.

—Você ouviu?

— Não — ela respondeu. — Foi um palpite fundamentado.

— O que você fez com Colin?

— Ah, eu o liberei. — Ela apontou para um canto distante. — Ovelhas e lobos não costumam se dar muito bem. — O olhar dela se voltou para os buracos na camisa dele. — Dia ruim?

— Poderia ter sido pior. — August sentou no banco em frente a ela. — Como foi o seu?

— Segurando firme — Kate disse. — Não fiz muitos amigos, mas os inimigos estão mantendo distância.

— Daqui a um tempo eles vão...

— Nem vem — ela o interrompeu. — Não é o caso.

O silêncio caiu entre eles, então August conseguiu ouvir os sussurros sob o ruído, o subir e descer de vozes baixas, bastante claras para ele.

— Alguma coisa boa? — Kate o observava atentamente para ele. — Só tenho um ouvido bom, enquanto você tem dois espetaculares.

O olhar dele recaiu sobre o arquivo de vídeo aberto na tela do tablet.

— O que você estava vendo?

Kate empurrou o aparelho para ele.

— Me diga você.

August abaixou os olhos e viu a linha de um arco de aço manchado de sangue. Seu estômago se revirou. Era ele. Voltando para o complexo na noite em que tinha massacrado os malchais de Alice. As marcas de contagem pretas se destacavam em sua pele — pelo menos nos trechos limpos de sangue negro.

Ele não reconheceu o ser na tela, mas, ao mesmo tempo, *reconheceu*. Não sabia o que era pior. Conseguia *sentir* os olhos de Kate sobre ele. Nunca havia entendido como algumas pessoas tinham um olhar tão pesado.

— August...

— Não começa — ele alertou.

— Esse não é você.

— Agora é. Por que é tão difícil para você entender, Kate? Estou fazendo o que *tenho* de fazer. Eu...

Você não deve nada a ela, avisou Leo. Na verdade, parte dele *queria* conversar com Kate, exorcizar as vozes em sua cabeça, encontrar sentido na confusão. Mas August não tinha forças para discutir. Não sobre aquilo. Como estava com as mangas arregaçadas, concentrou-se nas marcas negras gravadas em sua pele.

— Eu odiei você — ela disse do nada.

August ergueu a cabeça bruscamente.

— O quê?

— Quando a gente se conheceu. Odiei você. Sabe por quê?

— Porque eu era um monstro?

— Não. Porque você queria ser humano. Tinha todo aquele poder, toda aquela força, e queria jogar tudo fora. Em troca de quê? De uma chance de ser fraco, indefeso. Achava você um idiota. Então o vi queimar vivo por causa desse desejo. Vi você se dilacerar para que se concretizasse e percebi uma coisa: o importante não é *o que* você é, August, mas *quem*, e aquele garoto tonto e sonhador... Não era um erro, uma ilusão ou um desperdício de energia. Era *você*. — Ela se debruçou. — Aonde você foi?

August começou a responder, mas uma bandeja bateu contra a mesa, alto o bastante para os dois se sobressaltarem. Harris passou a perna sobre o banco. Ani e Jackson também. Kate ficou completamente imóvel. Por um longo momento, ninguém disse nada, a tensão como uma nota melódica e frágil. No fim, foi Jackson quem quebrou o silêncio.

— Não tem carne — murmurou, triste.

— Eu avisei — disse Ani, espetando um brócolis murcho com o garfo enquanto Kate se levantava para sair.

— Para onde você vai? — August perguntou, mas ela já estava longe. Ele murmurou um palavrão e foi atrás, seguido por centenas de olhos. — Kate.

— Beleza. — Ela chegou ao corredor e rumou direto para a saída mais próxima. — Você está fazendo o que tem de fazer, mas eu também. Passei o dia todo brincando de treinar, mas não vou mais ficar parada esperando. Pode ter sua crise existencial e fazer o papel de monstro malvado, mas tem um demônio de verdade lá fora, na nossa cidade, e vou encontrar com ou sem a sua ajuda.

— Não posso deixar que saia...

— Então vem *comigo*. Me ajuda a caçar essa coisa. Ou não me atrapalha.

August segurou o braço dela.

— O que vai fazer quando encontrar a criatura, Kate? Como pretende matar algo do tipo? Tem certeza de que *consegue* fazer isso, com as garras do monstro na sua cabeça?

August observou os olhos dela tentarem dizer que sim, soube que as palavras estavam entaladas na garganta. Quando Kate finalmente respondeu, sua voz era frágil.

— Não sei — ela disse, encarando-o —, mas me recuso a deixar que ele *me* mate. Você pode não querer enfrentar seus monstros, August, mas eu vou enfrentar o meu.

Ele suspirou, pendurou a alça do violino no ombro e segurou a mão dela.
—Vamos.

𝍤𝍤

O AR FRESCO E PURO ENCHEU OS PULMÕES DE KATE. Por um instante, ela ficou zonza de alívio por sair, mesmo que à noite.

O que Henry Flynn tinha dito sobre a escuridão?

Ela nos faz sentir livres.

Uma faixa de luz RUV rodeava o Complexo, traçando um cinturão de segurança contra as trevas. A primeira vez que tinha visto aquilo, não parecia nada além de um fio branco visível por baixo do capuz. Agora, estendia-se por um caminho largo, do tamanho de uma estrada. Como o fosso de um castelo. Versões menores traçavam as bases de vários prédios nas proximidades — barracões, ela imaginou, extensões do complexo central da FTF —, mas o resto da cidade estava escuro de uma forma como nunca tinha visto antes.

Aquela escuridão era angustiante.

Mais espessa do que a falta de luz.

A noite além do fosso se torcia e se contorcia, as sombras sussurrando para ela.

olá pequena harker

Kate conseguia sentir crescer dentro dela a ânsia de lutar. Durante toda a vida, havia se apegado àquilo como ao cabo de uma faca, mas agora depositava toda a sua energia em conter o impulso.

Ela começou a avançar, com a sombra apagada pela luz do fosso.

À distância, a Fenda se erguia numa linha de luz rasa; além dela, avistava a sombra pesada da torre do seu pai, agora de Sloan.

Kate o imaginou na cobertura com seus olhos vermelhos, sua voz repugnante de tão doce, a língua passando nos dentes afiados.

Vou matar Sloan, ela pensou. *De maneira lenta e dolorosa.*

Seu foco se estreitou, os pensamentos se condensando num ponto claro e perfeito — uma visão de si mesma passando uma lâmina prateada na pele do malchai, abrindo-o numa porção de pele cinza por vez, revelando aqueles ossos escuros e...

August segurou sua manga.

As botas dela estavam na beira da faixa de luz.

— Aqui — disse August, tirando um tablet do bolso. Ele clicou na tela e, um segundo depois, a superfície ficou reflexiva. Um espelho. — Você disse que é assim que vê dentro da cabeça dele. Então veja.

Os olhos dela foram atraídos para o vidro no mesmo instante, mas Kate resistiu.

— Não sou sua vidente particular. Se vir onde ele está, vamos juntos.

August assentiu, apertando o estojo do instrumento com mais força. Kate disse a si mesma que daria certo. Tinha que dar. Ela caçaria o monstro e August ia matá-lo, então o pesadelo em sua cabeça chegaria ao fim. Ela mataria Sloan e voltaria para Prosperidade, para os Guardiões e para Riley.

Aquela não era outra vida, outra Kate, era aquela, era ela agora.

Ela expirou e virou para o espelho, preparando-se.

Onde você está?, Kate perguntou para o vidro, logo antes de cair.

Ela estava de volta
ao escritório do pai
com o monstro
de terno preto
e as sombras
sussurrando
fraca fraca fraca
na janela
um par de olhos prateados
redondos como luas
Onde você está?
e pela primeira vez
as trevas
revidam
a visão
estremece
se firma
ela força
seu caminho
para o vidro
e quando
chega

à janela
a imagem
finalmente quebra
se estilhaça
em...

olhos vermelhos
por toda parte
pessoas
gritando
chorando
implorando
por misericórdia
o sabor
do medo
como cinzas
em sua boca
ele se
afasta
aparece
e desaparece
e aparece de novo
agora
um grupo
de soldados
sobre uma passagem
armas
e distintivos

refletindo
a luz
uma confusão
de vozes
ele
sai
da escuridão
todo feito fome oca
e prazer gélido
porque
eles não o veem
se aproximando e...

KATE CAMBALEOU PARA TRÁS, como se tivesse levado um golpe.

O tablet caiu de suas mãos e August o pegou enquanto ela se curvava, a dor acertando-a como uma faca fria atrás dos olhos. Por um instante, Kate ficou entre os espelhos, presa em algum lugar fora dela; o chão ruía sob seus pés.

Ela piscou diante do branco ofuscante da faixa de luz.

Três gotas vermelho-vivas de sangue caíram no chão, então a mão de August estava em seu braço, a voz dele perdida no barulho enquanto levantava o rosto dela.

Kate viu a testa e as bochechas dele se enrugarem de preocupação, e quis dizer que estava bem, mas não se sentia bem, então só limpou o nariz e disse:

— Dezesseis.

August a encarou.

— Quê?

—Vi um distintivo. Tinha um número...

O rosto dele se acendeu ao entender. Ele pegou o rádio.

— O Esquadrão 16 está em missão?

— *Afirmativo.*

Ele vasculhou a escuridão.

— Onde?

Quando o operador leu o endereço, August já estava correndo com Kate ao seu lado.

Ele emitiu uma série de ordens no rádio e partes da rede elétrica foram se acendendo ao redor. Estavam chegando perto — a visão de Kate se duplicava, com tudo sobreposto diante de seus olhos. Então viraram uma esquina, e ela viu a passagem elevada e a Fenda, a lua crescente e o trecho de rua vazio.

— Não — ela arfou, primeiro frustrada e depois aterrorizada, quando os tiros preencheram a noite, iluminando o arco sob a passagem. Os soldados apontavam armas uns contra os outros e, nas explosões de luz, ela identificou, como uma sombra projetada atrás deles...

O devorador de caos.

August o viu.

Apenas por um instante, quando os clarões breves e brilhantes dos tiros iluminaram a passagem elevada. Ele estava lá, um ponto imóvel em meio à violência, os olhos prateados cintilando. August o viu e sentiu um... *vazio*, um frio entorpecedor, como se o carvão ardente no centro de seu peito tivesse se transformado em gelo.

Seus membros ficaram pesados e sua mente, lenta. A voz de Kate era distante em seus ouvidos, uma única palavra ecoando que demorou tempo demais para tomar forma.

— *Toca*.

Ela puxou o rosto dele para perto.

— August, *toca*.

O mundo voltou a se mover com um tremor. Ele ergueu o violino e levou o arco às cordas, mas o monstro já não estava mais lá, a morte era fato, a passagem estava mergulhada em trevas terríveis e imóveis. Ele sacou um bastão de UVAD e o atirou no escuro, destacando subitamente todo o cenário horripilante enquanto os primeiros corsais se afastavam dos corpos.

— Merda — murmurou Kate.

E então, para horror de August, um dos cadáveres se levantou cambaleante.

O soldado olhou para as próprias mãos, cobertas de sangue, e começou a chorar enfurecido. Logo depois, ficou quieto e calmo, então sorriu. O sorriso se transformou numa gargalhada, que se transformou num gemido. Era uma imagem tremeluzente de dois seres guerreando, ambos perdendo.

— Vamos todos morrer — ele murmurou, depois levantou a voz. —Vou tornar a morte rápida, por misericórdia...

— Soldado — August gritou. O homem virou para eles, com os olhos arregalados.

— Não olhe! — disse Kate, mas era tarde demais. August fitou os olhos do soldado e viu o risco prateado no olhar febril dele. A primeira coisa irracional em que pensou foi no luar. Ele se preparou para o poder venenoso do monstro se aproximar e envolvê-lo, como o frio tinha feito... mas nada aconteceu.

Para August, os olhos do homem eram apenas olhos, a loucura contida por seu novo hospedeiro.

— É por misericórdia — repetiu o soldado.

E então o homem viu Kate, e algo nele estalou ao ver outro humano, outro alvo, então avançou para pegar a arma mais próxima. Kate se jogou no chão e August entrou na frente dela, passando o arco nas cordas.

O soldado cambaleou, como se golpeado, a arma caindo de suas mãos enquanto a música de August lutava contra o controle do monstro. O homem apertou o crânio e gritou, a angústia brotou em seu rosto ao ver o que ele tinha feito, então também se foi, apagada pelo feitiço da música de August.

Quando a alma do homem emergiu, não era vermelha nem branca, mas de *ambas* as cores, uma sobre a outra, culpa e inocência, entrelaçadas, rivalizando pela vida dele.

August parou de tocar.

Não sabia o que fazer.

Kate estava de joelhos, a luz carmesim apagando-se da pele dela.

Ele pegou o rádio.

— Soro.

Um momento depois, a resposta:

— *August? O que foi?*

Ele olhou de Kate para o soldado, para a luz emaranhada dos corpos dos membros assassinados da FTF.

— Preciso da sua ajuda.

𝍤
||||

Quatro paredes, um teto e um chão.

Era tudo o que havia na cela. A porta era de aço e as paredes, de concreto, com exceção de uma, interrompida por uma única faixa que parecia ser de vidro, mas era de plástico inquebrável.

Kate estava na sala de observação, com Soro, August e Flynn atrás dela. Flynn estava sentado numa cadeira enquanto Soro girava sua flauta; August estava recostado no batente, mas Kate não tirava os olhos do soldado.

Ele estava de joelhos no centro da sala, vendado e algemado a uma argola de aço presa ao piso de concreto. Flynn tinha enfaixado as feridas no ombro e na perna dele; se o soldado estava sentindo alguma dor, havia se perdido sob a loucura.

Esse homem é como eu, ela pensou. *É o que acontece comigo.*

Ela tinha voltado a si em algum momento entre o fim da música e a chegada de Soro, a tempo de ver August envolver a faixa de tecido sobre os olhos do soldado.

— Ele não deveria estar no prédio — disse Soro, de braços cruzados. — Está infectado.

— É por isso que está isolado — disse Flynn, inclinando-se para a frente.

Era uma forma de descrever a situação. Kate podia não estar dentro do cubo de concreto, mas já se sentia sepultada. A cela era uma dentre várias no andar mais baixo do Complexo, e nenhum humano havia tido o mínimo de contato com o prisioneiro. Aparentemente, os sunais eram imunes à contaminação. August, orientado por Flynn, havia tentado sedá-lo, mas não tinha dado certo. Algo vital entre seu corpo e sua mente estava rompido. Não importava o que bombeassem nas veias dele, o homem não se acalmava, não dormia, não fazia nada além de andar de um lado para o outro.

— Deveria ter sido executado — disse Soro.

— Eu proibi — disse August, assumindo aquele tom frio e formal.

Soro inclinou a cabeça.

— É por isso que ainda está vivo.

Flynn levantou.

— August tomou a decisão certa. É um dos nossos. E é o primeiro sobrevivente que vemos.

Não exatamente, pensou Kate, mas guardou aquilo para si.

— Se existe uma cura para essa doença...

— Se existe uma cura — ela interrompeu —, é matar o devorador de caos.

Soro lançou um olhar para ela.

— O que você estava fazendo fora do Complexo?

Kate manteve o olhar na cela.

— Caçando.

— Com a permissão de quem?

— Minha — disse August com firmeza. — E, sem ela, *toda* a unidade estaria morta.

— É como se estivesse — disse Soro.

— Chega — disse Flynn, exausto.

— Vamos todos morrer — murmurou o prisioneiro. — Vou tornar a morte rápida.

Flynn ligou um microfone.

— Sabe quem você é?

O soldado se contorceu, estremecendo, e balançou a cabeça como se tentasse expulsar alguma coisa de dentro de si.

— Myer. Esquadrão 16.

— Sabe o que fez?

— Eu não queria, mas foi tão bom, tão bom que... *Não, não, não.* — Myer perdeu o equilíbrio e cambaleou até seu ombro acertar a parede. Ele perdeu o ar e fez um movimento com a boca sem emitir nenhum som, mas Kate conseguiu ler seus lábios.

Me matem.

E então, com a mesma rapidez, ele estava em pé novamente, prometendo misericórdia, misericórdia, dizendo que tornaria a morte rápida. Kate se envolveu nos próprios braços.

Sou eu.

Uma mão pousou no ombro dela.

— Vem — disse August. Kate se deixou guiar para longe do soldado e dos gritos.

Assim que entraram no elevador, ela se recostou na parede e abaixou a cabeça, os olhos perdidos atrás da sombra da franja. August não conseguia interpretar o rosto dela, o que o fez pensar na maneira como Kate tinha ficado na rede de luz do lado de fora — quando tinha olhado seu reflexo e todos os seus traços haviam ficado sinistramente vazios, como se nem estivesse lá. E então Kate tinha voltado com tudo, a cor e a vida retornando velozmente para seu rosto antes que a força daquilo — fosse o que fosse — a acertasse.

— Por que está me encarando? — Kate perguntou sem erguer os olhos.

— Lá fora — August começou, devagar —, quando você estava procurando por ele...

— Tudo tem um preço.

— Você deveria ter me contado.

— Por quê? — Ela ergueu a cabeça. — Você mesmo disse, August: fazemos o que temos de fazer. Nos tornamos o que temos de nos tornar. — Eles chegaram ao topo e Kate saiu. — Pensei que você, mais do que ninguém, entenderia.

August a seguiu pelo corredor.

— Não é a mesma coisa.

Kate lançou um olhar exasperado para ele.

— Não — ela disse. — Você está certo, não é. — Kate virou a cabeça e a franja caiu de lado, revelando o prateado em seu olho. Tinha se espalhado, criado rachaduras e roubado mais do azul. — Essa coisa na minha cabeça não vai embora. Está aqui a todo momento, tentando perturbar meu equilíbrio e me transformar naquela *coisa* que parece um soldado no seu porão. Mas pelo menos estou lutando.

Com aquilo, ela se virou e desapareceu no corredor.

Deixa, disse Leo.

Mas August não deixou.

Encontrou-a sentada na cama dele, com os joelhos dobrados.

Ele encostou o estojo do violino na porta e se afundou na cama ao lado dela, subitamente exausto. Por longos minutos, ficaram os dois ali, sem falar, embora ele soubesse que Kate odiava o silêncio. E, ainda que a presença dele devesse fazê-la querer falar, foi a voz de August que irrompeu primeiro.

— Não parei de lutar — ele disse, as palavras tão baixas que ficou com medo de que Kate não tivesse ouvido, mas ela tinha. — Só cansei de perder. É mais fácil assim.

— É claro que é mais *fácil* — disse Kate. — Isso não quer dizer que é certo.

Certo. O mundo dividido em certo e errado, inocência e culpa. Era para ser uma linha simples, uma divisão clara, mas não era.

—Você me perguntou aonde eu fui — ele disse, pressionando uma palma da mão contra a outra. — Não sei. — Aquela pequena confissão era como pular de um precipício. Ele estava caindo. — Não sei quem eu sou e quem não sou; não sei quem deveria ser e sinto falta de quem eu era; todos os dias. Mas não existe mais lugar para aquele August. Não existe lugar para a minha versão que queria ir à escola, ter uma vida, se sentir humano, porque esse mundo não precisa daquele August. Precisa de outra pessoa.

O ombro de Kate encostou no dele, quente, sólido.

— Passei um longo tempo nesse jogo — ela disse. — Fingindo que havia outras versões deste mundo, onde outras versões de mim poderiam ser felizes, mesmo eu não podendo. E quer saber? É solitário pra caramba. Talvez haja, *sim*, outras versões, outras vidas, mas esta é a nossa. É tudo o que temos.

— Não consigo proteger este mundo *e* me importar com ele.

Kate o encarou nos olhos.

— É o *único* jeito de fazer isso.

August se curvou para a frente.

— Não consigo.

— Por que não?

— Porque dói demais. — Ele sentiu um calafrio. — Todo dia, toda perda, *dói*.

— Eu sei. — A mão de Kate apertou a dele. Por um instante, August estava curvado no fundo de uma banheira, a febre cortando sua pele, o aperto e a voz de Kate suas únicas âncoras.

Não vou deixar você sucumbir.

Kate apertou a mão.

— Olha para mim — ela disse, e August ergueu a cabeça. O rosto dele estava a centímetros do seu, os olhos dela azuis meia--noite, exceto pela rachadura agressiva prateada. — Eu sei que dói — ela disse. — Então faça a dor valer a pena.

August encostou a testa na dela.

— Como?

— Não se entregue — ela disse baixo. — Segura firme na raiva, na esperança ou no que quer que faça você seguir lutando.

Você, August pensou.

E, pela primeira vez, algo pareceu simples, porque Kate era a pessoa que o fazia continuar lutando, que olhava para ele e o via, que enxergava através dele sem nunca soltar.

August não *decidiu* beijá-la. Num segundo a boca dela estava a poucos centímetros da dele e, no outro, os lábios dela estavam nos dele e, no outro, ela estava retribuindo o beijo e, no outro, suas pernas e seus braços estavam entrelaçados e, no outro, Kate estava em cima dele, pressionando-o contra os lençóis.

August havia sentido medo e aflição, a dor vazia da fome e a calma depois de tirar uma alma, mas nunca sentira algo do tipo. Ele havia se perdido em sua música antes, mergulhado nas notas com o mundo ao redor se dissolvendo brevemente, mas nem aquilo era igual. Pela primeira vez em muito tempo, não havia Leo, Ilsa ou Soro em sua cabeça, apenas o calor da pele de Kate e a lembrança de poeira das estrelas e campos abertos, de arquibancadas e gatos preto e branco, de maçãs na floresta, de marcas de contagem e música, de correr e arder, do desejo desesperado e desalentado de se sentir humano.

E então a boca dela estava na dele de novo, e a versão de August, aquela que ele se esforçava tanto para afogar, emergiu para respirar.

Por um momento, tudo era simples.

Kate se esqueceu da visão do soldado na cela e da bomba-relógio em sua cabeça. A voz violenta dentro dela foi abafada por August — pela pele fria dele e pela música de seus corpos um contra o outro. O quarto pareceu dançar com uma luz súbita, um vermelho claro e belo...

Então ela levou um susto ao perceber que a luz estava vindo *dela*, e se afastou. August também viu e caiu da cama, em meio a uma pilha de livros.

Kate se encostou na cabeceira, sem ar, as primeiras ondas da luz vermelha se apagando. Ela fitou August.

E, então, começou a rir.

O riso cresceu súbito, como se estivesse louca, e a deixou à beira das lágrimas. August a encarou corado de vergonha, como se estivesse rindo *dele*, *deles* ou *daquilo*, e não de *tudo*, do absurdo da vida e do fato de que nada nunca seria fácil, simples ou normal.

Ela balançou a cabeça, com uma mão sobre a boca até o riso diminuir o bastante para conseguir ouvir August pedindo desculpas.

— Por quê? Você sabia que isso ia acontecer?

Ele a encarou, consternado.

— Se eu sabia que beijar você traria sua alma para a superfície? Que *isso* teria o mesmo efeito que dor ou música? Não, devo ter faltado nessa aula.

Ela o encarou, boquiaberta.

— August, isso foi *sarcasmo*?

Ele deu de ombros, empurrando outra pilha baixa de livros atrás dele. Kate recuou, abrindo espaço.

—Vem cá.

August parecia péssimo.

— Acho melhor eu ficar aqui.

—Vou tentar não encostar em você — ela disse, seca. —Vem.

Ele se levantou da pilha constrangido, passando a mão no cabelo e aproximando-se dela, ainda vermelho. Sentou-se na beira da cama, de onde lançou um olhar desconfiado para Kate, como se estivesse com medo dela ou achasse que ela deveria ter medo dele.

Kate apenas deitou no canto. Quando August finalmente deitou ao lado dela, virou-se para ele, que também virou em sua direção.

August fechou os olhos e ela examinou os cílios escuros, suas bochechas cavadas, as linhas escuras e curtas em volta do punho. O silêncio caiu sobre eles. Kate queria dormir, mas, toda vez que fechava os olhos, via o soldado na cela.

Então admitiu algo em uma confissão tão baixa que pensou — ou esperou — que August não tinha escutado, três palavras que havia jurado nunca dizer em voz alta num mundo cheio de monstros.

— Estou com medo.

August ficou com Kate até ela pegar no sono.

Não estendeu o braço e não pegou na mão dela, porque não confiava em si mesmo a ponto de tocá-la de novo, não depois do... Ele corava só de pensar. Mas, se Kate não tivesse notado a luz vermelha, se a boca dele tivesse continuado na dela, se as mãos dele tivessem tocado pele e não roupas...

A meia-noite veio, pontuada apenas pelo ardor de uma nova marca em sua pele.

Cento e oitenta e cinco dias sem sucumbir.

As marcas não significam nada, repreendeu Leo. *Você já se entregou.*

Mas seu irmão estava errado. Mesmo quando August achava que queria se entregar, uma parte dele havia se segurado firme, e tinha as marcas para provar aquilo.

Um peso leve pousou na cama. Allegro. O gato lançou um olhar desconfiado para August, mas não fugiu, apenas se enrolou perto do pé dele, seus olhos verdes desaparecendo atrás do rabo, o que lhe deu uma sensação de vitória tão grande quanto a última marca de contagem. August fechou os olhos e deixou a estática baixa do ronronado do gato cair sobre ele...

O som repentino da tosse o acordou assustado.

Ele não se lembrava de ter caído no sono, mas o sol já estava quase nascendo. A tosse ressurgiu, o som repercutindo em sua cabeça.

Henry.

August segurou a respiração e prestou atenção, preparando-se para o acesso piorar, mas, felizmente, passou, sendo substituído pela voz de Emily, baixa e severa, e a de Henry, sem ar, mas ali.

— Está tudo bem. Estou bem.

— Henry, só porque você *consegue* mentir para mim...

Eles falavam baixo, mas os sussurros não adiantavam nada, já que August conseguia ouvir até o murmúrio dos soldados quatro andares abaixo. Podia abstraí-los, mas, quando a questão era Henry e Emily, era impossível não prestar atenção.

— Tem de haver *alguma coisa*.

— Já falamos sobre isso, Em.

— Henry, por favor. — Ela sempre parecera feita de pedra, mas, quando pediu, sua voz estava embargada pelo peso de tudo. — Se você só deixasse os médicos...

— O que eles vão dizer? Eu já sei...

— Não pode simplesmente deixar isso...

— Não vou deixar. — O som do espaço diminuindo entre os corpos e de mãos em cabelos apareceu. — Estou aqui.

E ali, no escuro, August ouviu as palavras seguintes, ainda que não tivessem sido ditas em voz alta. *Por enquanto.*

Ele não voltou a dormir.

Tentou se concentrar nos outros sons do prédio — nos passos, nos canos de água, na música distante da flauta de Soro e, em algum lugar, sob tudo, no soldado na cela. O som era tão baixo que pensou que sua mente devia estar pregando peças nele, mas não importava.

August saiu da cama, pegou o violino e desceu.

Esperou encontrar a sala de observação vazia, o prisioneiro sozinho, mas Ilsa estava lá, com o rosto pressionado contra o acrílico. Do outro lado, o soldado estava ajoelhado sobre o concreto, falando sem parar sobre misericórdia e se contorcendo contra as algemas até o sangue escorrer.

Devia haver algo que pudessem fazer.

August observou ao redor. O subsolo 3 era o andar mais baixo do Complexo, separado do mundo acima, abaixo de tudo, todos os lados cobertos por aço e concreto. Era o mais próximo que se tinha de algo à prova de som no prédio. Havia um controle em cima da mesa com um botão vermelho para acionar o microfone. Quando August o apertou, a voz do soldado ecoou, enchendo a sala de loucura e angústia.

Ele deixou o estojo em cima da mesa e Ilsa o observou, com um olhar interrogativo, enquanto tirava o violino. Leo sempre havia acreditado que o único propósito deles era limpar o mundo de pecadores. Que a música era apenas o jeito mais benevolente de fazer aquilo. Mas e se tivesse outras utilidades? Formas de ajudar, em vez de ferir?

Ele respirou fundo e começou a tocar.

A primeira nota cortou o ar como uma faca. A segunda foi aguda e doce; a terceira, grave e sombria. As cordas de aço acrescentaram sua própria vibração grave, tensa sob os dedos enquanto a música repercutia pelas paredes, trazendo seu eco, ao mesmo tempo menor e maior, perdendo-se sob as notas mais novas.

Ele nunca tinha feito aquilo antes, nunca tocara para *acalmar* uma alma em vez de ceifá-la.

Mas, na cela, o soldado parou de lutar. Caiu de joelhos, aliviado, as trevas dentro de si dominadas pela música.

E August continuou tocando.

𝍩
𝍩

O AR CHEIRAVA A SANGUE E MEDO.

Sloan sentiu da escada da torre, mas, para todo lugar que olhasse, via malchais, apenas malchais, com a boca vermelha e as mãos vazias. Vazias. Vazias.

— Estou muito desapontado — ele disse, a voz cortando a noite.

Não tinham levado nada para ele. Não haviam visto nada. Tinham brincado com as presas, balançando-as por toda parte da cidade durante a noite, e tudo aquilo por *nada*.

Até Alice, aquela criatura pequena e com sede de sangue, tinha voltado de mãos abanando, exibindo apenas lábios manchados e um dar de ombros despreocupado.

— Talvez estejamos usando a isca errada — ela disse, subindo os degraus.

No entanto, humanos eram humanos. Os corsais se alimentavam de carne e osso, os malchais de sangue, os sunais de almas, tudo contido no corpo de um humano. O que mais ele poderia usar?

— Sloan!

Um grupo de malchais avançava em sua direção.

— O quê?

— A sombra — um deles grunhiu.

Suas esperanças cresceram.

— Encontraram o monstro?

Mas os malchais já estavam fazendo que não.

— Então *o quê*? — rosnou Sloan.

Eles se entreolharam como bobos. Sloan soltou um suspiro.

— Me *mostrem*.

Sloan passou entre os corpos no chão da delegacia.

Chamá-los de mortos seria um eufemismo.

Talvez, se tivessem armas, teria sido rápido. Mas, pelo que via, os prisioneiros haviam usado tudo o que tinham: cadeiras, cassetetes e as próprias mãos.

Resumindo, tinham despedaçado uns aos outros.

No entanto, Sloan tinha dúvidas de que aquilo era mesmo obra da *sombra*.

Conseguia sentir o cheiro no ar, como aço frio, tênue, estranho e fora do lugar.

Tinha feito uma oferta que fora recusada. Havia entregado uma cidade cheia de presas fáceis e a criatura fora para *lá*.

Por quê?

Seus sapatos ecoaram no piso de linóleo. Alice seguia alguns passos atrás. Ela passava as unhas contra a parede, assobiando baixo. Os outros três malchais farejaram o ar. Quando Sloan inspirou fundo, percebeu que estava faltando algo.

Medo.

O sabor que cobria as ruas, pintando a noite, o mais comum dos traços humanos, não estava ali. Outras coisas banhavam a estação, que tinha gosto de raiva, vingança, mas não de medo.

A luz artificial zumbia forte no alto, ofuscando a visão de Sloan. Ele apertou o interruptor mais próximo e, finalmente, o mundo mergulhou de volta em cinzas tênues. Seus olhos cintilaram e focaram, traçando o salão em relevo nítido.

Havia sangue respingado nas paredes.

Corpos estatelados no chão.

Caídos nos corredores.

Saídos de celas abertas.

A delegacia da Crawford era uma relíquia dos tempos antes da guerra, antes do Fenômeno, da época em que a Cidade V tinha coisas mundanas como polícia, homens e mulheres recrutados para manter a paz.

Harker tinha usado as quatro delegacias da Cidade Norte como celas regionais, e Sloan as havia transformado em gaiolas para alguns dos resistentes mais violentos da cidade. Pessoas que não tinham vontade de lutar pelos outros humanos da Cidade Sul *nem* de servir como garras. Lobos solitários com sua própria sede de sangue, morte e poder.

— Que desperdício — Alice soltou, passando por cima de uma larga poça vermelha. — Ele nem comeu.

Ela estava certa. Qual era a serventia de tanta morte então? A menos que ele tivesse se alimentado de algo que não podiam ver. Afinal, os sunais devoravam *almas*. Se o ato não queimasse os olhos da vítima, não haveria forma de saber que elas tinham sido levadas.

—Você — ele disse, apontando para o malchai mais alto. — Me mostre.

O malchai passou a unha pontuda no tablet, abrindo um vídeo. Quatro janelas: duas dos corredores de celas, uma do saguão principal e uma das portas da entrada.

Dois garras circulavam pelos corredores de celas, enquanto um terceiro relaxava no saguão.

Nada fora do comum. Sloan acelerou o vídeo, assistindo aos segundos e minutos passarem, então...

As luzes no vídeo piscaram e se apagaram de repente.

Voltaram um instante depois, trêmulas e fracas. Então Sloan viu a sombra. Estava um ou dois passos atrás do garra, não passava de um risco escuro na tela. A própria luz parecia enfraquecer em volta dela, com contornos traçados por uma aura de trevas. A câmera embaçava como se tivesse dificuldade de captar a forma da criatura.

— É isso aí? — Alice sussurrou.

Sloan não respondeu. Só observou, esperando que o humano no saguão se assustasse, gritasse, lutasse. Mas o garra ficou *imóvel*, como se hipnotizado. A sombra avançou e o humano se levantou e caminhou na direção da criatura. Por um longo momento, desapareceu de vista, tragado pela sombra na tela. Quando a sombra sumiu, ele parecia igual em todos os aspectos, menos um.

Seus olhos.

Eles turvaram a câmera, riscos de luz que cortavam seu rosto quando virou para pegar um molho de chaves e seguir para os corredores de celas. Apareceu na outra câmera, indo ao encontro de outro garra. Sloan assistiu, hipnotizado, enquanto os dois homens diminuíam o passo, parando por um brevíssimo segundo — demorado o bastante para fazer contato visual. Então algo passou de um para o outro. E os dois voltaram a se mover.

Um foi ao encontro do terceiro garra, enquanto o outro destrancou a porta de uma cela.

O garra começou a espancar o prisioneiro até a morte.

Ou tentar, pelo menos. Mas o homem tinha o dobro do seu tamanho e, em segundos, o garra jazia no chão com o pescoço quebrado, enquanto o prisioneiro surgia no corredor, com a mesma luz monstruosa brilhando em seus olhos.

As outras celas já estavam abertas.

O massacre começou.

Durante todo o tempo, a sombra ficou parada, serena, no centro da delegacia. Diante dos olhos de Sloan, a criatura começou a ficar *sólida*, os detalhes foram ficando mais claros em sua superfície. Seus braços se afinaram em dedos longos e finos, seu peito subiu e desceu, o plano achatado de seu rosto tomou forma, as bochechas se tornando côncavas e o queixo, aquilino. Quando sangue foi jorrado à sua frente, não o atravessou, como matéria passando na sombra, mas caiu e deixou uma mancha, pois atingira uma superfície sólida.

Ela estava, *sim*, se alimentando dos prisioneiros.

Não de seus corpos ou almas, mas de suas ações, de sua violência. Sloan de repente ficou grato por seus malchais não terem conseguido matar a criatura. Um monstro que voltava os humanos uns contra os outros... era um bicho de estimação que valia a pena ter.

Na tela, a sombra começou a atravessar a delegacia, passando os dedos nas mesas e paredes. Encostou em barras de ferro e se encolheu de leve. O que indicava que era vulnerável.

E, o que quer que tivesse ganhado com a morte dos humanos, seus efeitos não duraram muito.

Quando chegou à porta de entrada, estava se apagando de novo, seus contornos mais brandos. Quando passou para a quarta câmera e entrou na rua, transformou-se em névoa e simplesmente desapareceu.

Sloan encarou a tela, que continuou sem movimento apesar dos segundos que se passavam. Nenhum malchai surgiu dos cadáveres. Nenhum corsai saiu das sombras. Nenhum sunai ganhou vida.

Monstros nasciam de atos monstruosos. Mas aqueles eram atos monstruosos sem consequências monstruosas. A única consequência, na verdade, parecia a própria criatura, a violência assimilada por ela sem deixar nada além de cadáveres para trás.

— O que vamos fazer? — um dos malchais perguntou.

Sloan tirou os olhos da tela.

— Deixem os cadáveres para os corsais.

— E quanto à sombra? — Alice perguntou, traçando desenhos numa poça de sangue pegajoso. — Não pode ficar à solta.

— Não — disse Sloan. — Não pode.

Alice semicerrou os olhos vermelhos. Tinha um talento para ler as pessoas, para ler *Sloan*, que normalmente o fazia querer arrancar seus olhos. Mas, daquela vez, ele apenas sorriu.

𝍷𝍷𝍷𝍷𝍷
𝍷𝍷𝍷𝍷𝍷
𝍷

Ela está
diante do espelho
encarando
o próprio
reflexo
que tem
olhos prateados
e palavras de misericórdia
com um sorriso
enquanto sangue pinga
de seus dedos
e os corpos
se empilham
aos seus pés
e o reflexo
estende
uma unha
contra o vidro
bate-bate-bate
até estilhaçar.

KATE ACORDOU SOZINHA.

O sol tinha nascido e August não estava lá. Não havia nada além de um fantasma de espaço, uma depressão do outro lado da cama.

Um peso caiu sobre os lençóis e um par de olhos verdes espiou por cima do ombro dela.

Allegro.

Ele a observou desconfiado, como se não soubesse o que pensar dela.

— Somos dois — Kate murmurou.

Ela sabia que havia tido outro sonho, mas já tinha passado, então se obrigou a levantar, ir até o banheiro e ligar o chuveiro o mais quente que conseguisse aguentar. A pressão em sua cabeça estava pior, como se tivesse uma prensa sobre ela.

O vapor encheu o cômodo pequeno enquanto ela se ajoelhava e vasculhava as gavetas do banheiro até encontrar algum comprimido que parecesse capaz de aliviar a dor de cabeça. Kate tomou três antes de entrar no jato escaldante.

Tudo doía. Ela precisou cantar sozinha para sua mente não se voltar para a navalha no peitoril.

Quando saiu, o espelho estava embaçado.

Kate deu um passo cauteloso na direção dele e passou a mão no vidro. Observou os olhos apenas por um instante, o suficiente para ver como o prateado havia se espalhado, tragando seu olho esquerdo e traçando raízes no direito.

Seu coração vacilou, o pânico se espalhou como um tremor em terreno frágil, e ela teve de se esforçar para manter os pés no chão e ficar calma.

— Você está no controle — disse a si mesma, as palavras como pesos em seus bolsos, ancorando-a.

Você está no controle, repetiu mentalmente enquanto vestia a farda. As roupas a fizeram pensar na Equipe 24 lá embaixo, e Kate quase se sentiu culpada antes de se lembrar que aquilo não havia passado de um truque, uma tentativa fracassada de liberdade. E não achava que ficar perto de armas ou pessoas que a provocavam seria uma ideia muito boa no momento.

Mais um motivo para ficar longe dos Guardiões e do restante de Prosperidade.

Mas aquilo não a impedia de sentir saudades.

Ela sentou numa cadeira à mesa da cozinha, com uma xícara de café numa mão e o tablet na outra, e se viu escrevendo mais uma mensagem para Riley. Havia certa liberdade ao se escrever uma carta que não podia mandar, e Kate contou a ele sobre seu pai, sua mãe e a casa no Ermo, sobre os Flynn, August e o gato chamado Allegro.

Escreveu até a dor de cabeça passar e sua mente finalmente ficar mais clara, então fechou a mensagem e começou a montar uma armadilha para o devorador de caos.

— O que está fazendo?

O arco escapou das cordas e August abriu os olhos. O relógio na parede indicava que eram quinze para as dez. Ilsa tinha ido embora e Soro estava no batente, com o cabelo prateado penteado para trás, a confusão tingindo os planos firmes de seu rosto.

— Tocando — ele disse apenas.

Seus braços e pernas doíam. Se seus dedos pudessem estralar e sangrar, aquilo teria acontecido horas antes. As cordas de aço estavam quentes de tanto uso, e as notas saíam oscilantes. Se fossem feitas de outro material, teriam se rompido.

— Por quê?

Uma pergunta — apenas duas palavras — com tantas respostas.

— Você já se questionou por que a *música* traz a alma para a superfície? Por que a beleza funciona tanto quanto a dor?

— Não.

— Talvez seja um tipo de misericórdia — August continuou —, mas talvez seja mais do que isso. — O violino estava pesado em sua mão, mas ele não parou de tocar. — Talvez sejamos mais do que assassinos.

— Você está estranho — disse Soro. — É por causa da pecadora?

— O nome dela é Kate.

Soro deu de ombros, como se a informação fosse irrelevante, então voltou a atenção para o soldado na cela, ainda ajoelhado em seu transe, e fitou a luz vermelha e branca como água e óleo sobre a pele dele.

— Que estranho.

— Ele não é culpado — disse August.

— Tampouco é inocente — argumentou Soro. — E sua música não vai salvar o homem.

Soro tem razão, zombou Leo em sua cabeça. *Quantas horas você desperdiçou?* A mão de August vacilou.

Para quê?

Então começaram a tremer.

— Você está cansado. Me deixe ajudar.

Soro virou para a porta sem sacar a flauta.

— Espere — disse August, mas Soro entrou na cela e quebrou o pescoço do soldado.

August parou de tocar. O violino escapou de seus dedos dormentes enquanto o soldado caía no chão, a luz sobre sua pela apagada.

Ele se curvou contra a parede.

— Por quê? — perguntou quando Soro voltou. — Por que fez isso?

Soro o observou com uma expressão que parecia de *pena* e disse:

— Porque devemos focar nos vivos. Ele já estava morto. — Soro pressionou um rádio na mão de August. — Vem — disse, segurando a porta aberta. — O trabalho nos espera.

Kate fitou o tablet e tentou não gritar.

A necessidade de manter a calma estava em guerra com a bomba-relógio em sua cabeça e o fato de que não sabia como apanhar uma sombra, um monstro que estava sempre um passo à frente dela.

Não encontrava nada. Quanto mais procurava, mais a raiva crescia, mais desamparada ela se sentia, mais queria descontar sua frustração em alguma coisa, qualquer coisa. Aquilo a fazia se sentir fraca, o que aumentava a fúria, fazia seu coração acelerar e a sombra sussurrar em seu crânio a todo momento:

Você é uma caçadora.

Você é uma assassina.

Seu tempo está acabando.

Faça alguma coisa.

Faça alguma coisa.

FAÇA ALGUMA COISA.

Um som escapou da garganta de Kate, que jogou os braços sobre a mesa, fazendo a xícara de café e o tablet caírem no chão com um estrépito. Ela colocou a cabeça entre as mãos e respirou fundo, depois levantou e pegou os cacos.

Havia respostas — só precisava encontrá-las.

Kate começou a clicar em todas as pastas do servidor da FTF.

Encontrou registros de alimentos, dados censitários, registros de mortes recentes, subpastas marcadas com M ou G (para malchais ou garras, imaginou). Havia uma terceira pasta, marcada por outra letra — A. Não tinha como saber o que aquilo significava, mas as mortes nela eram mais grotescas.

E então, entre seu terceiro e seu quarto café, algo chamou a atenção dela: um mapa da Cidade V, marcado por xis em azul, cinza e preto, com o mês indicado no alto.

Os xis, ela percebeu, indicavam ganhos e perdas dos dois lados da Fenda.

Ela retornou à busca até encontrar o restante dos mapas, mês a mês, desde a morte de Callum e a ascensão de Sloan.

Empertigou-se na cadeira. As imagens eram iguais.

Claro, os xis avançavam e recuavam, mas nunca iam além de alguns quarteirões dos lados da Fenda.

Quanto mais arquivos estudava, mais estranha ficava a situação.

A FTF agia como se estivesse no controle, como se estivesse ganhando, mas *não estava*. Em seis meses, a Força-Tarefa não tinha planejado nem executado um único ataque em grande escala. Por quê?

Não fazia sentido.

Kate levantou e saiu à procura de Flynn.

Logo percebeu que não sabia onde encontrá-lo.

O centro de comando era a escolha lógica, e uma olhada rápida nos botões do elevador mostrou que apenas um andar — o terceiro

— exigia um cartão magnético de acesso. O que, obviamente, Kate não tinha.

Ela se ajoelhou na frente do painel, tirando o isqueiro prateado do bolso de trás. Estava no processo de arrombar a placa metálica quando o elevador ganhou vida. Kate ergueu a cabeça, mas, antes que pudesse sair, as portas se fecharam, o número três se acendeu no painel e o elevador começou a descer.

|||| ||||
|||| ||||
||

Sloan viu o monstro chegar.

Viu o monstro partir.

Estava sentado no sofá cinza da cobertura, com as longas pernas estendidas sobre a mesa de centro de vidro. Estudava as filmagens, assistindo à criatura tomar forma várias vezes, e depois se desfazer, crescendo e minguando como se fosse uma lua.

Ele passou uma unha pontuda na tela e o vídeo recomeçou; uma ideia se formava em sua mente como a sombra tomava forma na delegacia.

Mas, ao contrário da sombra, a ideia se manteve firme.

Alice passou por cima do encosto do sofá.

— Os esconderijos estão seguros — ela disse, rolando um pedaço de explosivo entre os dedos. — E deixei um presente para os soldadinhos, caso venham procurar.

Ela levantou com um salto. Sloan se recostou e fechou os olhos...

Então notou uma mudança na sala.

Uma tensão nova.

Os dois engenheiros ainda estavam na mesa, mas murmuravam.

— ... não...

— ... mas precisamos...

— ... ele vai matar a gente...

Sloan levantou, mas Alice já estava lá.

— Não gosto de segredos — ela disse, bagunçando o cabelo do homem. Ele recuou para longe de seu toque, então Alice puxou o cabelo, forçando a cabeça dele para trás. — Tem algo a dizer?

Os olhos do homem se moveram com nervosismo quando Sloan se aproximou.

— Então? — ele perguntou. — Encontraram uma solução para o meu dilema?

O homem fitou a mulher, mas, depois de um momento, ela assentiu.

— O metrô — a mulher murmurou.

Sloan estreitou os olhos.

— Não há metrôs sob o Complexo Flynn.

— Não, não mais — disse a mulher. Ela mostrou uma tela com a rede subterrânea. — Esse é o mapa mais recente do sistema de metrô...

— N-n-não — balbuciou o homem, mas seus protestos perderam a força quando Sloan pousou as unhas no pescoço dele.

— Xiu — Sloan disse, com a atenção voltada para a engenheira. — Continue.

A mulher passou várias páginas numa segunda tela.

— Vasculhei os registros antigos e encontrei isto: a rede original. — Ela pousou os tablets lado a lado. — E aqui — disse, indicando um lugar onde os túneis antigos se cruzavam — está o Complexo.

O olhar de Sloan se alternou entre as duas imagens. Numa, parecia impenetrável. Na outra, um defeito fatal estava exposto.

— Não seria difícil — ela continuou devagar — acessar o antigo sistema de metrô a partir da linha nova do túnel que passa embaixo desta torre. Com explosivos suficientes, o dano seria catastrófico...

Catastrófico.

Sloan sorriu.

— E se eu não quiser mais destruir o Complexo? E se só quiser *entrar*?

— Não era esse o plano — Alice rosnou.

— Planos mudam — disse Sloan. — Evoluem. — Ele ergueu o queixo da mulher. — E então?

— Não seria difícil — ela disse. — Com explosões menores e controladas. Mas mesmo detonações pequenas vão chamar a atenção.

— Nesse caso — disse Sloan, voltando os olhos para o engenheiro —, sugiro que também planejem uma distração.

Ele cruzou a cobertura, abrindo as portas de onde antes havia sido o quarto de Callum, seguido de perto por Alice. Abriu o armário e se agachou, vasculhando as caixas no chão.

— Essa mudança de planos tem algo a ver com o intruso?

— Tem — disse Sloan, tirando um engradado.

Alice fechou a cara.

— Pensei que a gente ia matar a coisa.

— Por que matar algo que pode ser *usado*?

— Como pretende *usar* algo que nem consegue *capturar*?

Alice tinha razão.

Sloan agora sabia que havia errado na escolha da isca de sua primeira armadilha, errado em oferecer medo quando sua presa se alimentava de algo mais forte. Violência. Caos. *Potencial*.

Sabia exatamente de que isca precisava.

Mas como *conter* uma sombra?

Ele ergueu a tampa do engradado. Havia um lençol de ouro dobrado ali, uma cortina tecida com o metal mais precioso. Callum Harker costumava dormir sob aquele lençol para se proteger dos monstros.

Aquilo não o tinha salvado no fim, claro.

Mas o escudo de um humano é a prisão de um monstro.

Alice se encolheu com a visão do ouro e o gosto no ar fez a garganta de Sloan arder. Ele voltou a fechar a tampa.
— Reúna os garras.
Ela inclinou a cabeça.
— Quantos?
— *Todos.*

|||| ||||| |||

Kate não sabia exatamente como havia chegado ali.

O centro de comando do Complexo estava a toda — o ar ao redor zumbia com as vozes e o chiado constante de rádios, tudo se misturando numa espécie de ruído branco em seu ouvido bom.

Ela segurou mais forte o tablet enquanto atravessava o corredor cheio de gente, tentando se manter fora do caminho daqueles que corriam de uma sala à outra, alguns com roupas comuns e outros de uniforme. Um trio de soldados estava sentado diante de uma série de painéis emitindo ordens. Através de uma porta de vidro, ela viu alguém conhecido com cachos ruivos sentado diante de um conjunto enorme de telas.

O cabelo de Ilsa estava frisado nas pontas, iluminado por uma dezena de vídeos de vigilância.

Kate bateu uma vez, tão de leve que mais *sentiu* o som do que o ouviu, mas Ilsa girou na cadeira. Não rápido, como se assustada, mas calma, como se soubesse exatamente quem ia encontrar.

Por cima do ombro dela, as câmeras se revezavam, alternando de uma imagem para outra, ficando apenas um ou dois segundos em cada ângulo. Em pouco tempo, Kate começou a ficar tonta, mas, antes de desviar os olhos, viu uma sequência de quadros filmados dentro dos elevadores e sorriu.

— Obrigada pela carona — ela disse. Ilsa respondeu com um dar de ombros simpático.

O brilho das telas traçava um contorno em volta de Ilsa, deixando a maior parte dela na sombra, mas as pequenas estrelas sobre seus ombros e braços dançavam à luz azulada.

Cento e oitenta e cinco.

O mesmo número que August — e Kate, embora não tivesse marcas. Todos os três unidos pelas ações de uma única noite.

Sua atenção vagou das estrelas para a cicatriz na garganta de Ilsa. Ela quase conseguia sentir as unhas afiadas de um malchai.

Sloan.

A raiva disparou por seu corpo, veloz e ardente, somada ao desejo súbito de atravessar a Fenda, encontrar o monstro de seu pai e o despedaçar. O impulso a dominou como uma loucura; por um segundo, foi tudo em que conseguiu pensar, tudo o que conseguia ver...

A mão de Ilsa pousou como um peso frio na bochecha de Kate. Ela não tinha visto a sunai se levantar nem cruzar a sala, e se admirou com o fato de que August parecia tão sólido, enquanto sua irmã era tão insubstancial.

O que isso faz de Soro?, ela se perguntou. *Algo completamente diferente.*

Os olhos de Ilsa estavam arregalados de preocupação, mas Kate recuou.

— Estou bem — ela disse, aliviada por ainda conseguir *dizer* aquelas palavras, o que significava que deviam ser verdade. No momento.

Ilsa inclinou a cabeça e passou os dedos pelo ar, um gesto que claramente englobava todo o centro de comando. A pergunta era silenciosa, mas clara:

O que está procurando?

— Henry Flynn — Kate respondeu. — Ele está aqui?

Ilsa sacudiu a cabeça uma vez, então apontou para o corredor. Kate estava prestes a sair quando a notou encarando o tablet em sua mão, os olhos claros subitamente focados e obstinados.

Você viu?

Ela ia responder quando ouviu uma palavra conhecida do outro lado do corredor.

— *Alfa.*

O código de chamada de August.

Kate começou a caminhar na direção do som e encontrou uma porta entreaberta, onde várias pessoas estavam reunidas em volta de um microfone.

— *Chegamos à Quinta com a Taylor.*

Algo estalou na mente de Kate. Por que aquilo parecia tão familiar?

— *Sem sinais de problemas.*

Ela fechou os olhos, tentando traçar o mapa em sua cabeça.

Era na Cidade Norte, mas havia mais alguma coisa, mais alguma coisa.

— *Estamos entrando no front.*

— Espera — Kate disse, entrando na sala. Cinco rostos se voltaram para ela, apenas um deles conhecido. Henry Flynn estava recostado à parede, como para se apoiar. Os outros quatro tinham apenas uma coisa em comum neles: desprezo.

— *Kate?* — A voz de August soou de novo pelo rádio.

Ela se aproximou da mesa.

— Não entra ainda.

— Srta. Harker — disse Flynn, exausto.

— Nunca deixe um Harker à solta, Henry — disse uma mulher mais velha. Ela tinha um sorriso amargo e olhos opacos voltados para longe, parecendo não enxergar nada.

— O que está fazendo neste andar? — perguntou um soldado com a barba aparada.

— E na câmara do Conselho? — acrescentou uma mulher de meia-idade com duas tranças pretas.

Kate balançou a cabeça.

— Quinta com a Taylor... Conheço esse prédio. O que é?

— Você realmente não deveria escutar atrás da porta — disse Flynn.

— É um depósito — respondeu o soldado mais jovem. — Nossas informações indicam que abriga um suprimento de grãos secos.

Mas não era aquilo.

— Não — ela disse, lembrando. — É uma estação de metrô.

Flynn se empertigou um pouco, crispando-se.

— *Era*, um tempo atrás. Harker construiu um depósito em cima dela.

— E vocês estão pedindo que seu esquadrão entre pela porta da frente? — Kate questionou.

Os olhos de Flynn se arregalaram.

— Você acha que é uma armadilha.

— Você não acha? — ela rebateu.

— Não há evidências... — começou a mulher de meia-idade.

— August disse que não havia "sinais de problemas". Suponho que esteja se referindo a garras ou malchais. Algo com um pulso. — Ela olhou para Flynn. — Você queria que eu pensasse como Sloan. Não consigo fazer isso, mas consigo pensar como meu *pai*, e posso te garantir que ele nunca deixaria provisões desprotegidas.

Aquilo, finalmente, os fez hesitar.

— O que sugere? — perguntou Flynn.

Kate mordeu o lábio.

— August — ela disse depois de um momento —, tem luz aí?

— *Sim.*

— Ótimo — ela disse. — Então vá pelo metrô.

Um palavrão abafado veio de outro rádio. Quem quer que fosse, ela não culpava. O escuro era o território dos corsais. Estática encheu a linha, seguida pelo som de respingos, passos arrastados na água rasa, alguns palavrões, e então o som abafado de mãos em barras, e August dizendo para o resto da equipe recuar. A sala toda prendeu a respiração ao som raspado da tampa de metal. E, então, estática de novo, quebrada apenas por uma inspiração breve e cortante.

— Alfa? — chamou Flynn.

— *Estamos dentro* — disse August. — *As informações estavam corretas: tem um grande suprimento de grãos...*

O homem barbudo disparou um olhar fulminante para Kate.

— *Mas o lugar está pronto para explodir.*

Kate sentiu uma onda momentânea de triunfo, mas teve a decência de não dizer "Eu avisei", considerando a natureza da situação.

— Que bom que vocês pegaram o túnel — ela disse.

Uma nova voz surgiu no rádio.

— *Técnica do Esquadrão Alfa, Ani, falando. Posso desativar.*

— Certo, Esquadrão Alfa — disse Flynn. — Mas cuidado.

A estática desapareceu, substituída por um silêncio sólido. Kate percebeu que a sala toda tinha ficado quieta, e os olhos se voltavam para ela. Se esperavam que fosse embora, iam se decepcionar, porque Kate se mantinha firme.

— Tem mais alguma coisa que queira nos dizer? — Flynn perguntou.

— Andei estudando os arquivos na sua rede.

— Quem lhe deu acesso a essas informações? — o soldado de barba perguntou furioso.

— Estão lutando há seis meses — ela continuou —, e parece mais um impasse que uma batalha. Vocês não estão fazendo nenhum progresso sustentável, só estão tentando não perder terreno.

— Por que estamos dando ouvidos a uma adolescente?

— Ah, agora eu só uma adolescente? Achei que eu era a filha do seu inimigo ou alguém que tinha acabado de salvar seu esquadrão. — Ela sentiu que estava perdendo a calma. — Sou um peso morto, um perigo para a causa de vocês ou um trunfo com informações? Decidam logo.

A mulher cega soltou um riso breve e seco.

— Srta. Harker... — Flynn advertiu.

— Por que não atacaram a torre?

— Não temos pessoal suficiente — respondeu a soldada.

Kate zombou.

— A FTF tem dezenas de milhares de soldados.

— Menos de mil estão qualificados para entrar nos Esquadrões Noturnos — argumentou o jovem soldado.

— Se mandássemos metade — disse o soldado barbudo —, a perda que poderíamos sofrer...

— ... valeria a pena — rebateu a mulher cega.

Então aquele era o problema, pensou Kate. O motivo para meias medidas, o impasse, a morte lenta. Como podiam lutar contra Sloan se estavam ocupados demais lutando entre si?

Ela encarou Henry Flynn, que não dizia nada, só escutava.

— Por que arriscariam suas vidas pela Cidade Norte? — perguntou a soldada.

— A questão não é norte e sul — gritou Kate. — É *Veracidade*. Seus soldados estão sangrando, e Sloan deixa porque pode. Ele não se importa quantas peças sacrifica nesse jogo.

— A guerra não é um jogo — disse o soldado barbudo.

— Para *você* pode não ser, mas para eles é. Nunca vão pôr fim nisso até acabarem com *Sloan*; para isso, precisam assumir riscos, pensar como ele, jogar como ele...

O conselho começou a falar ao mesmo tempo.

— Não podemos nos dar ao luxo de...

— ... um ataque coordenado contra a torre...

— ... você quer dizer uma *missão suicida*...

—Vocês não vão vencer a menos que estejam dispostos a *lutar* — disse Kate, batendo o punho na mesa e ouvindo o som do metal cravando-se na madeira.

O conselho se encolheu. Ela abaixou os olhos e viu sua mão em volta do canivete. Não se lembrava de ter tirado o isqueiro do bolso, não se lembrava de ter soltado a faca, mas lá estava, cravada na mesa.

O conselho encarou o metal reluzente e Kate quase estendeu a mão para tirar a lâmina. Em vez daquilo, recuou. Afastando a mão da faca e das pessoas na sala.

— Kate, você está... — começou Flynn, mas ela já tinha ido embora.

Kate apertou o botão do elevador, encostou a testa no aço frio, escutou os ruídos baixos das engrenagens lentas da maquinaria, e preferiu pegar a escada.

Chegou ao térreo e atravessou o saguão lotado em direção à porta mais próxima. Precisava de ar. A questão era como sair. Avaliou os soldados congestionando o saguão e viu um escondendo um maço de cigarros na dobra da manga. Serviria. Kate apertou o passo quando ele virou na direção dela.

A colisão foi breve e forte o bastante para desequilibrar os dois. Quando ele se endireitou, os cigarros já estavam no bolso dela. O soldado murmurou alguma coisa, mas ela não esperou para ouvir.

Estava a três metros da porta do Complexo quando um guarda entrou em seu caminho.

—Você não tem permissão para sair.

Ela mostrou o maço de cigarros. Ele não se moveu.

— Qual é? — Kate apontou para si mesma, tentando disfarçar a urgência. — Sem uniforme, sem armas. Não vou muito longe.

— Não é problema meu.

Ela se imaginou pegando a faca da coxa dele, visualizou a linha perfeita que faria em sua garganta. Chegou até a dar um passo à frente, diminuindo a distância entre eles quando...

— Deixa a garota ir — murmurou outro guarda. — Ela não vale a pena.

O primeiro guarda fechou a cara, mas empurrou a porta. De repente, sem nenhum sangue ou cadáver, Kate estava livre.

Um calafrio percorreu sua espinha quando a porta do Complexo bateu atrás dela. Era perturbador estar do lado errado da porta trancada, mesmo com os últimos resquícios da luz do dia ainda no céu e a faixa de RUV começando a se acender sob seus pés, mas Kate encheu os pulmões de ar frio e deu alguns passos.

Você ainda está no controle.

Ela olhou para o maço de cigarros. Fazia meses que não fumava — tinha imaginado que o desejo ressurgiria em Veracidade, como se retornar à antiga vida significasse retornar a seu antigo eu. Mas nem tinha sentido vontade.

O maço pendia de seus dedos enquanto dava um passo, e mais outro, e mais outro para longe do Complexo. Fora da faixa de luz, o crepúsculo se aproximava como uma névoa. Ela quase conseguia sentir o devorador de caos se agitando nas sombras.

Kate abriu os braços.

Vem me pegar.

Os garras se reuniram no porão da torre.

O mesmo em que Callum Harker costumava fazer seus julgamentos, onde um homem havia matado vinte e nove pessoas com uma bomba caseira e trazido a primeira sunai ao mundo, onde o sangue ainda manchava o piso, a morte ainda assombrava as paredes e os corsais sussurravam famintos nos cantos mais escuros.

Sloan estava em cima da plataforma, observando-os se acotovelar em busca de espaço — mais de cem homens e mulheres de toda a Cidade Norte, unidos apenas pelas coleiras de aço.

Sempre tinham sido um grupo violento. O tipo de humanos que encontrava poder tirando-o dos outros, que tolerava sua própria submissão apenas porque aquilo os colocava num nível mais alto que o restante e que acreditava, em certo nível, que era melhor que os outros de sua espécie, mais forte que os outros e estava ansioso para provar aquela força.

Bravata era a palavra certa.

Uma energia nervosa zumbia no ar. Eles estavam reunidos fazia menos de uma hora e já se esgoelavam. Impondo-se, xingando-se, com os corpos tensionados com a energia e os olhos brilhando pelo álcool.

Sloan havia estudado os humanos o bastante para saber como suas mentes se enfraqueciam e seus temperamentos se inflamavam sob efeito do álcool. A bebida tinha sido um presente de boas-vindas, uma recompensa, uma prova de que tinham sido *escolhidos*.

Ele limpou a garganta e pediu silêncio.

— Convoquei vocês porque se provaram dignos da minha atenção. — Sloan escolheu suas palavras com cuidado. — Convoquei vocês porque são os humanos mais ferozes, fortes e sanguinários ao meu serviço.

Risos, baixos e ferinos, reverberam pela multidão. O olhar de Sloan vagou para a gaiola de ouro pendurada no alto, um vulto escuro demais para os olhos humanos.

— Convoquei vocês aqui — ele continuou — porque sei que estão dispostos, mas não sei se são capazes.

— Ora essa, Sloan. Eles são só *humanos*. — Alice avançou furtivamente das sombras atrás dele, com um tom de voz tomado pelo escárnio. — Alguém realmente possui a força necessária para se elevar acima da mediocridade? Para virar monstruoso? Para se tornar *mais*? — O rosto dela era a máscara perfeita do desprezo.

Coleiras chacoalharam e vozes se elevaram. O porão se tornou um tumulto de fome e ruído, de humanos bêbados, loucos por uma briga.

Cadê você?, ruminou Sloan enquanto Alice continuava a provocar os garras.

— São todos iguais — ela disse. — Carne. Sangue. Alma. Nenhum humano nunca vai se provar igual a *mim*.

— Nos dê uma chance! — disse uma voz na multidão.

—Vamos mostrar para você! — gritou outra.

Sloan andou até a beira da plataforma.

— Quem se acha digno?

Mãos se ergueram e corpos se empurraram. Toda a multidão se agitou, a sede de sangue tão intensa que dava para sentir o gosto.

Um sorriso lento se abriu nos lábios de Sloan.

— Quem vai provar?

— Ei, *você*.

A voz veio de trás, grossa e masculina.

Kate deixou os braços caírem ao lado do corpo enquanto virava e reconhecia o soldado do saguão, cujos cigarros havia roubado. Ele não estava sozinho. Uma garota robusta e um rapaz atarracado seguiam logo atrás.

— Que merda pensa que está fazendo? — o soldado perguntou. — Devolve minhas coisas.

Kate olhou para o maço de cigarros em sua mão e começou a pedir desculpas, mas se conteve. Então teve uma ideia, que, admitia, era péssima. Mas o tempo que tinha dentro de sua própria cabeça estava acabando e, se não podia caçar o devorador de caos, talvez pudesse *atraí-lo*.

Fazer com que fosse até *ela*.

O que Emily Flynn tinha dito?
Alguns vão ver sua presença como um insulto.
Outros, como um desafio.
Ela praticamente conseguia sentir a violência que exalava dos soldados da FTF.
Seria suficiente?
Conseguiria se conter e não machucá-los?
— Sei quem você é — rosnou o primeiro soldado. — Harker — ele disse, como se fosse um palavrão.
Já estava indo na direção dela, que conseguia sentir a resolução suave se espalhando por sua cabeça, a vontade de lutar, de ferir, de matar. Pelo menos tinha deixado o canivete cravado na mesa. Aquilo daria a eles uma chance.
Kate sabia que era uma má ideia.
Mas foi a única que teve.
— Quer seu cigarro? — Kate amassou o pacote. — Vai buscar — disse, arremessando o maço no escuro.
E, de repente, o soldado *pulou*, não atrás dos cigarros, mas em cima *dela*, e os dois caíram.
Kate rolou, ficando em cima dele, mas, antes que conseguisse alguma vantagem, um braço enganchou seu pescoço e a arrancou de cima dele.
—Você não merece esse distintivo — rosnou a mulher.
Kate lançou um olhar para o FTF costurado em sua manga.
—Veio junto com as roupas — ela disse, abaixando o joelho e passando a soldada por cima do ombro. No momento em que ficou livre, algo a atingiu pelo lado e Kate caiu com tudo, a sombra se erguendo dentro dela.
Não, ela pensou, contendo-a enquanto se empertigava. Esforçou-se para manter a respiração calma e o pulso firme enquanto fitava as sombras da cidade atrás dos soldados.

Cadê você?

Kate lambeu uma gota de sangue do lábio enquanto os soldados a cercavam.

—Vão ter que fazer melhor do que isso.

—Vou mostrar para você! — gritou um garra, abrindo caminho até o palco.

Ele tentou subir, mas Alice chutou a cara dele, que caiu para trás, com o nariz sangrando.

O cheiro de cobre encheu o ar, e Sloan sentiu sua fome se agitar enquanto risos percorriam a multidão, baixos e cruéis.

— Eu não disse para começar! — disse Alice. — Se quiserem brincar, estas são as regras: quando eu disser "agora", me tragam um pedaço... — Ela passou a unha afiada pelo ar antes de apontar para um homem. — *Dele.*

Os olhos do garra de ombros largos coberto de tatuagens se arregalaram. Sloan viu sua presunção vacilar, partir-se.

Alice tinha talento com as pessoas.

Ela abriu um sorriso perverso.

— O maior pedaço vence!

A energia dispersa da multidão mudou de foco, estreitando-se num ponto.

— Preparados?

— Espere — implorou o homem, mas era tarde demais.

— *Agora.*

Os garras se viraram e, numa única onda, avançaram. O primeiro grito deixou a garganta do garra na mesma hora em que as luzes no alto tremularam e se apagaram.

Kate caiu com as mãos e os joelhos na faixa de luz, a visão embranquecendo.

— Acabou a arrogância agora?

A dor a mantinha firme, por mais que o monstro em sua cabeça falasse para ela *revidar*.

Me obrigue, Kate pensou, forçando-se a levantar.

Eles não eram bons de briga, aqueles três, mas Kate gastava metade de sua força para manter a escuridão longe, para impedir que aquela calma terrível e maravilhosa roubasse sua mente, que suas mãos tirassem a faca de um soldado e...

Ela deu uma cotovelada para trás e para cima, um golpe sujo, mas a FTF tinha treinamento para lutar contra garras, que também davam golpes sujos. De repente seu braço estava preso atrás das costas.

Kate se esforçou a se equilibrar e, por um segundo, enquanto a pegavam, ela teve um vislumbre da faixa de luz, do Complexo e de uma sombra recostada na parede.

Não o devorador de caos, mas *Soro*, polindo a flauta e observando como se fosse um esporte.

O braço de Kate foi torcido para cima violentamente, e ela foi arrastada para o lugar onde a faixa de luz encontrava as trevas crescentes.

— Parem. — A palavra saiu como um sussurro. Uma súplica. Ela se recusava a gritar, recusava-se a berrar, mas conseguia ver as sombras se movendo fora da segurança da luz do Complexo, o brilho revelador de olhos e dentes de corsais, e o pânico a perpassou enquanto era forçada até a divisão.

— Qual é o problema? — zombou o soldado. — Pensei que os Harker não tivessem medo do escuro.

Ela fechou bem os olhos e tentou puxar qualquer linha que ligava sua mente à do monstro, como se pudesse *invocá-lo*.

— Essa é a parte em que você implora — disse o soldado quando as botas de Kate deslizaram pelos últimos centímetros da faixa de luz e ela se sentiu prestes a escorregar. Sua visão se estreitou e seu coração bateu mais devagar. A urgência estava ali, tão simples, tão clara.

— Taylor — alertou o segundo soldado.

— Chega — gritou a terceira.

Mas a boca de Taylor estava próxima, seu hálito quente, na pele dela.

— Implora — ele rosnou. — Como meu tio implorou quando seu pai...

Kate deu um chute para trás, acertando o joelho dele, e ouviu o estalo gratificante do osso se quebrando logo antes do grito. Naquele momento de dor, o aperto do soldado vacilou e ela deu a volta, obrigando-o a se ajoelhar, com o rosto a centímetros da escuridão.

Seria muito fácil empurrá-lo para o outro lado da linha, para aquele lugar em que os verdadeiros monstros esperavam.

— Para trás — ela advertiu quando os outros dois soldados começaram a se aproximar.

Kate abaixou a cabeça.

— Essa é a parte em que *você* implora — ela disse.

Sua visão entrou e saiu de foco, como se estivesse em um sonho, e o soldado começou a choramingar baixo. Tudo nela queria simplesmente... sucumbir. Mas o devorador de caos não tinha aparecido — ainda estava lá fora, ainda estava livre.

Kate puxou o soldado de volta para a segurança da luz.

Por um instante, o porão da torre ficou *escuro*.

Uma escuridão diferente de qualquer uma que Sloan já tinha visto. Um preto real, uma ausência total e abominável de luz. E então, com a mesma rapidez, as luzes voltaram, instáveis e um tom mais escuras.

Os garras observavam ao redor, confusos.

E ali, no meio deles, estava a sombra.

Ela manchava o ar, como fazia na filmagem. Não tinha rosto, boca ou nada além de um par de olhos prateados, redondos como espelhos. Aquela visão deixou Sloan com frio. E fome. Como se não comesse havia noites.

Alguns garras a notaram, voltando-se para ela com os punhos erguidos e os olhos vermelhos, então ficaram imóveis. Algo se passou entre eles, um movimento trêmulo, um clarão prateado, e foi como ver peças de dominó caindo. Os garras deram as costas para a sombra e se voltaram um contra o outro...

Então a matança começou.

Sloan estava em cima do palco, fascinado pelo frenesi, pela forma como os garras começavam a se despedaçar, com movimentos violentos mas deliberados, com um estranho misto de urgência e calma, mas o que mais o inquietou foi o silêncio. Deveria haver gritos, súplicas, algum som ecoando pela câmara de concreto, mas os humanos se massacravam no mais perfeito silêncio enquanto a sombra começava a pairar em meio à multidão, ficando mais sólida a cada passo.

Alice estava do outro lado do palco, com um cabo de aço em sua mão. Quando a criatura chegou ao centro do piso, ela o soltou.

A gaiola desceu com um silvo, um véu de ouro ondulando antes de cair com um estrondo em cima da criatura. O barulho foi muito mais alto do que a matança, mas os humanos não hesitaram, nem mesmo quando Sloan desceu do palco e abriu caminho em direção à cela coberta.

O lençol tinha deslizado na queda, deixando uma faixa de trevas visível por entre o ouro. Quando Sloan espiou dentro dela, esperava ver a gaiola vazia, a sombra desaparecida. Mas lá estava um vulto negro sólido. Ao parar diante dele, os olhos prateados se ergueram até Sloan se ver refletido neles.

— Olá, meu bichinho.

O soldado estava no chão, apertando o joelho.

Os outros dois correram para o lado dele enquanto Kate se afastava de seus gemidos e retornava ao Complexo.

Ela estava no meio do caminho quando aconteceu.

Entre um passo e outro, sua visão duplicou e o mundo se afundou. Ela estava caindo. Não *para baixo* — ainda estava em pé, na faixa de luz, mas também estava em outro lugar, frio e escuro, úmido e concreto...

... sentidos se enchendo
do sabor acre
de sangue e cinzas
uma gaiola de ouro
queimando
como fumaça
e lá
fora da gaiola
um par de olhos vermelhos
flutuando no escuro
um esqueleto
de terno preto
e o mundo
se estreitando
ao ponto
de uma única forma
o nome se erguendo
como fumaça
    Sloan.

SLOAN EXAMINOU A SOMBRA enquanto os garras se atracavam e se estrangulavam, lutando entre os corpos no chão. Um movimento se agitou no canto de sua visão quando um homem coberto de sangue começou a correr na direção da escada com passos firmes e determinados.

— Ninguém sai — Sloan ordenou, não para os garras, mas para Alice, que sorriu antes de avançar, quebrando o pescoço dele antes de arrancar o coração de outro homem. Ela era muito eficiente quando recebia a missão certa.

Sloan voltou sua atenção à criatura na gaiola.

O vídeo não havia feito jus a ela.

Tinha mostrado a Sloan a aparência da sombra, sim, revelando a forma como sua influência se espalhava de uma vítima à outra, a violência como uma doença contagiosa. Mas, nas telas do tablet, a criatura não passava de um vulto plano e sem traços.

Agora, em sua presença, Sloan se sentiu oco, frio. Sua pele formigava e seus dentes doíam. Uma coisa simples e primitiva como *medo* começou a crescer dentro dele, até encontrar algo mais forte.

Vitória.

Ali estava um ser das trevas, como os corsais; um caçador solitário, como os malchais; uma criatura que arrepiava os pelos de Sloan,

como os sunais; mas não era nenhuma daquelas. Era uma arma, um ser de destruição absoluta.
 E era dele.

VERSO 4
UM MONSTRO À SOLTA

Kate não se lembrava de cair, mas estava de quatro, com sangue pingando do nariz, sobre a luz branca ofuscante da faixa logo embaixo. Em algum lugar, além do zumbido em sua cabeça, ela ouviu o som de passos, rápidos e firmes, e soube que precisava levantar, mas a dor dilacerava seu crânio e seus pensamentos estavam aturdidos, abalados pela mudança súbita no quem, no que e no onde.

Sloan.

Sloan estava com o devorador de caos.

Sua visão se duplicou e, por um instante trêmulo, o malchai estava lá, pairando na frente dela na faixa, a pele pálida esticada sobre ossos escuros, os olhos vermelhos voltados diretamente para ela, *atravessando-a* — mas Kate se obrigou a levantar enquanto ele se dissolvia, substituído por olhos cinza frios e um cabelo prateado curto.

Soro.

Kate cambaleou para trás, ou pelo menos tentou, mas Soro a pegou pelo colarinho.

— O que acabou de acontecer?

A cabeça de Kate ainda girava, mas ela conseguiu encontrar uma verdade.

— Seus soldados me atacaram.

Soro não acreditou. Seu punho apertou mais, puxando Kate para perto.

—Vi você cair. *O que aconteceu?*

Kate lutou contra a força da pergunta de Soro, mas a verdade escapou por entre os dentes cerrados.

— O devorador de caos — ela disse. — Sloan está com ele.

A expressão de Soro ficou mais sombria.

— Como sabe?

As palavras escaparam.

— Eu vi.

A outra mão de Soro pegou o cabelo de Kate e ergueu a cabeça dela. Sua franja caiu para o lado, revelando o prateado em seus olhos.

Soro sibilou.

— Não é o que está pensando — disse Kate, mas Soro não estava ouvindo. Soltou o cabelo de Kate, que tentou se libertar, mas a mão em sua gola era firme.

Soro apertou o rádio.

— Aqui é Ômega chamando Flynn.

— Me escuta... — começou Kate.

— Quieta.

— Sloan está com o devorador...

O punho de Soro acertou as costelas de Kate. Ela se curvou, tentando recuperar o fôlego, enquanto luz vermelha dançava por sua pele. Seu joelho cedeu e, antes que conseguisse levantar de novo, uma faixa de tecido foi apertada com firmeza sobre seus olhos, mergulhando-a na escuridão.

Alice se levantou, cuspindo sangue no chão.

— Eles estão com um gosto estranho — ela disse com uma careta, mas aquilo não a impediu de massacrar os garras restantes, manchando sua roupa, seus braços e suas pernas de vermelho.

Sloan pegou um par de luvas.

A morte estava fresca no ar, com os cadáveres ainda quentes, mas a sombra na gaiola perdia sua *substância*. Logo ia se tornar fumaça de novo, fina o bastante para deslizar por entre as aberturas da cortina de ouro. Sloan não podia deixar aquilo acontecer.

Ele estendeu a mão e pegou o manto.

Mesmo através das luvas, o ouro *queimava*, e bolhas começaram a se formar em sua pele. Seu sangue começou a ferver enquanto puxava o manto com mais firmeza sobre a gaiola do monstro.

Sloan recuou, com as mãos chamuscadas, enquanto a sombra dentro do manto finalmente começava a se eriçar, agitada.

Alice olhou para a gaiola, depois desviou o rosto deliberadamente. Sloan percebeu com certo deleite que ela estava *assustada*.

Ela se virou para ir embora, mas ele segurou seu ombro com firmeza e a virou para a gaiola.

— O que acha do meu novo bichinho?

— Acho que deveria ter matado essa coisa.

Sloan cravou as unhas nela.

— Está pronta para hoje à noite?

Alice se livrou do aperto dele.

— Fique aí brincando com seu *bichinho* — ela zombou. — Deixe hoje à noite comigo.

August voltou para o Complexo depois do anoitecer.

Havia energia no prédio naquela noite — sempre havia, com tantas pessoas —, mas o ritmo estava diferente, fora de sincronia. Daquela vez, a sensação não tinha vindo com ele, porque já estava ali. Nos sussurros, ele ouviu o nome de Kate.

Foi direto ao centro de comando em busca dela, mas, assim que saiu do elevador, *soube* que havia algo errado.

Emily estava esperando por ele.

— August...

Quando perguntou por Kate, uma sombra perpassou o rosto dela.

— O que foi?

—Venha comigo.

— O que aconteceu?

— Houve um incidente.

Sua cabeça repassou uma dezena de situações possíveis, mas, em vez de remoer alguma, ele virou e caminhou para a sala de controle.

— August — chamou Em atrás dele. — Ela foi infectada.

Ele quase disse "Eu sei", mas se conteve.

— Ilsa — ele chamou. — Me mostre onde Kate está.

Sua irmã já estava esperando, com os joelhos erguidos diante das inúmeras telas. Ela lançou um olhar para August, mas ele não parou para interpretá-lo, observando diretamente as telas — onze das doze estavam revezando, mas ali, no centro, uma câmera mantinha a tomada.

A primeira coisa que ele viu, e a única, foi Kate.

De joelhos no centro da cela, as mãos algemadas no chão e um pano preto sobre seus olhos. Como o soldado.

Os dedos de Ilsa apertaram a manga dele num pedido silencioso de desculpas.

— O que aconteceu? — August perguntou, quando na verdade queria dizer "Como vocês descobriram?".

Ilsa apertou as teclas, e Henry e Soro apareceram numa segunda tela, na sala de observação.

Outra tecla foi apertada, e o som encheu o cômodo.

— ... perdendo tempo — Kate estava dizendo. — Já disse que o devorador de caos está com Sloan.

O coração de August acelerou, mas ninguém mais pareceu reagir às notícias. Soro continuava em silêncio, com os braços cruzados, enquanto Henry caminhava de um lado para o outro da sala de observação.

— E você sabe disso — ele dizia —, porque *viu*. — August pensou ouvir um chiado na respiração do pai adotivo, mas talvez fosse só estática. — E você viu porque foi infectada.

Kate balançou a cabeça.

— Ainda estou no controle.

—Você atacou um soldado da FTF — disse Soro.

— Foi *ele* quem me atacou — gritou Kate.

—Você nos contou o que o monstro faz — Henry continuou. — Disse que ele infecta mentes humanas. E trouxe a infecção para dentro da minha casa, do meu exército.

— Não — protestou Kate.

— Colocou todo o Complexo em perigo...

— *Não.*

Mas a voz de Henry era fria.

— Ao menos sabe o que é essa ligação entre vocês? Ou até onde vai? Se consegue ver através dos olhos desse monstro, o que o impede de ver através dos seus?

Kate abriu a boca, mas não disse nada. August tinha ouvido o suficiente. Ele se virou em direção à porta, mas Emily barrou seu caminho.

—Você sabia? — ela perguntou.

Ele engoliu em seco.

— Ela queria ajudar.

O rosto de Emily se endureceu.

— August...

— Ela é nossa melhor chance de caçar aquela coisa.

Na tela, Henry começou a tossir. Soro deu um passo na direção dele, que conteve a aproximação com um aceno.

— Fale de novo o que você viu — ele disse a Kate.

Mas foi interrompido por uma sirene súbita e estridente.

O barulho cortou a cabeça de August enquanto a parede de telas se apagava e as luzes ao redor tremulavam. Um segundo depois, a energia do Complexo caiu.

11

Kate ergueu a cabeça de repente.

Mesmo com uma orelha ruim e a venda sobre os olhos, soube que alguma coisa estava *muito* errada.

Os alarmes dispararam na sala de concreto, repercutindo em todas as paredes. A voz de Henry continuava lá, em algum lugar sob todo o ruído, e a de Soro também, mas a clareza de suas palavras se perdeu.

E então eles sumiram. Kate ficou sozinha na cela, com a dolorosa consciência de que ainda estava acorrentada ao chão. Ela abaixou a cabeça em direção às mãos e tirou a venda. Ninguém a mandou parar. Era o primeiro sinal de problemas. O segundo foi o fato de o mundo além do pano estar tão preto quanto o dentro dele.

Por longos dez segundos, não houve nada além de sirenes e escuridão. Então, tão de repente quanto começaram, os alarmes pararam, deixando apenas o espaço negro e o zumbido em sua cabeça.

Uma fonte de energia de emergência foi ligada, deixando a cela numa meia-luz azulada.

— Ei! — ela gritou para a placa de plástico na parede, mas ninguém respondeu.

Kate tentou manter a calma enquanto abaixava a cabeça, passando os dedos atrás do pescoço. Havia encaixado dois grampos na gola do uniforme. Encontrou o primeiro e começou a trabalhar nas algemas.

O chão balançou, um tremor perpassando o concreto. A energia falhou de novo e o grampo escapou de seus dedos, escorregando para longe de seu alcance. Kate xingou furiosamente e tirou o segundo, obrigando as mãos a se acalmarem e ela mesma a respirar.

Depois de alguns segundos, as algemas soltaram e Kate levantou com um salto, mas a porta da cela estava trancada. Pelo lado de fora. Não havia maçaneta, só uma placa de metal parafusada no aço.

Ela girou, procurando outra saída, o que era ridículo, já que a sala eram seis placas de concreto e uma lâmina de plástico inquebrável. Não tinha nenhuma arma, nada além de um par de grampos e as roupas do corpo. As botas tinham metal nas solas, de modo que com força suficiente talvez conseguisse...

A energia falhou uma terceira vez e a fechadura estalou. Kate se lançou contra a porta, e o metal se abriu antes que os geradores voltassem. Ela tinha conseguido.

O corredor do outro lado estava vazio, iluminado pela mesma luz azulada, e o chão oscilou de novo sob seus pés, como os tremores fracos depois de um terremoto, enquanto Kate corria escada acima.

Havia barulho demais.

As sirenes ecoavam na cabeça de August mesmo depois de terem sido desligadas, e o centro de comando era um paredão de vozes falando mais alto que o zumbido dos geradores de emergência e as vozes nos rádios com as trocas de informações.

Alguém tinha atacado os transformadores.

As torres de metal que transferiam energia para o complexo e os barracões ao redor, as torres de metal localizadas ao *sul* dos prédios da FTF, longe da Fenda. Em seis meses, os malchais nunca haviam se aventurado tão longe, nunca tinham feito um ataque coordenado...

Até agora.

— Esquadrões 1 a 8, apresentem-se no bloco de energia — ordenou Phillip.

— 9 a 12, apresentem-se na Fenda — disse Marcon.

— 13 a 20, ocupem a faixa de RUV — acrescentou Shia.

— 20 a 30, evacuem os barracões — instruiu Bennet.

August já estava descendo a escada, emitindo ordens para seu próprio esquadrão. Eles tinham um plano. Tinham um para *quase* tudo. Mas planos e realidades são coisas diferentes. Planos eram claros, cristalinos, feitos de papel e treino; August havia aprendido que a realidade era sempre, sempre, sempre caótica.

Soro surgiu, dando apoio a Henry, que estava pálido como um fantasma e tossia. Daquela vez, parecia não conseguir parar. A tosse se tornou uma ânsia, e então um espasmo. Henry sofria para respirar. Emily apareceu e chamou um médico. Soro puxou August para longe.

— Temos trabalho a fazer.

August sabia que tinha razão.

— Estou bem — disse Henry, sem fôlego. — *Vão.*

August obedeceu, disparando escada abaixo, seguido por Soro. A voz de Leo era um fluxo contínuo em sua cabeça, uma corrente fluida e constante de ordens. August se permitiu se apoiar na eficiência do raciocínio do irmão. Ele chegou ao térreo e, por um instante, pensou em descer em vez de sair, mas Kate estava mais segura numa sala trancada do que ali em cima, concordasse ela ou não.

Harris, Jackson e Ani já estavam em formação ao lado das portas principais.

— Equipe Alfa.

Eles bateram continência; Harris sorriu como se estivessem a caminho de uma festa. Ele sempre parecia feliz em campo. Ani parecia grave mas determinada. Jackson parecia ter sido pego no meio do banho, com o cabelo molhado escorrido para trás.

Uma fila de jipes esperava na faixa, com os faróis altos ligados. A rede ficava a apenas dois quarteirões de distância, mas, sem energia nos edifícios principais, seriam dois quarteirões de escuridão absoluta.

—Vamos.

Kate subiu a escada dois degraus de cada vez, tentando limpar o resto do sangue seco do rosto no caminho para o subsolo 1.

O depósito de armas era um caos organizado. Sob a luz fraca, os soldados se alvoroçavam, vestindo-se enquanto os líderes de equipe davam ordens e os subordinados falavam um por cima do outro.

— ... um ataque contra a rede central...

— Caíram os transformadores um a quatro...

Então tinham atacado a energia. A escuridão era a coisa mais perigosa num lugar como Veracidade, o que fazia da eletricidade o recurso mais valioso, já que era a única coisa que mantinha os monstros longe. Sloan estava levando a briga até eles.

— A primeira leva está a caminho...

— ... algum tipo de explosivo...

Fora aquilo que ela tinha sentido?

— ... relatos de malchais na cena...

Sua mente continuava a mil enquanto entrava na corrente de soldados.

Ela ainda estava vestida com o uniforme da FTF, e a meia-luz dos geradores de emergência projetava o mesmo brilho abrandado sobre todos, apagando os detalhes e reduzindo os soldados a sombras.

O corredor estava cercado por coletes blindados e não exatamente capacetes, mais algo como um protetor modificado com protetores para os olhos e a parte de baixo exposta. Eles a faziam lembrar dos Guardiões e das tentativas de Liam de projetar um traje adequado, algo que a protegesse.

Kate estava prestes a pegar um colete quando se deu conta de que aquela era a sua chance. Podia se aproveitar do caos, vestir outra roupa e sair discretamente.

Eles sabiam de sua doença e, quando aquilo acabasse, provavelmente seria trancada de volta na cela. Era melhor fugir. Mas pensou em Ilsa destrancando a porta. Em August, provavelmente a caminho da rede.

Ela poderia partir.

Ou poderia ficar e lutar.

Mostrar para eles que não era um monstro.

Alguém colocou uma arma nas suas mãos e seu sangue zumbiu, a visão se estreitando enquanto seu polegar deslizava para a trava de segurança. Seu dedo vagou em direção ao gatilho.

Kate ejetou o pente e guardou a arma e a munição em coldres separados.

Queria suas estacas, mas se conformou com um bastão de ferro, facas e um raio UVAD, então seguiu o fluxo de soldados até o saguão, vestindo o capacete no caminho. Ela abaixou o visor sobre os olhos e seguiu os soldados para fora, passando pelas portas e chegando à faixa obscurecida que, horas antes, tinha sido uma linha vívida de luz.

Jipes saíam em direção ao ataque — marcado no horizonte escuro pela fumaça cinza e pela luz difusa do fogo. A torre do seu pai se assomava na direção contrária, um farol de sombra.

Sloan, sussurrou a escuridão em sua cabeça.

Ele estava com o devorador de caos. O impulso de ir atrás dele, atrás dos dois, zunia em sua cabeça como um delírio. Mas não passava daquilo. Um delírio. Porque ela sabia que não teria como matar os dois, não sozinha.

Então saiu na direção do último jipe.

★

O comboio riscou uma faixa de luz pelas ruas escuras enquanto abria caminho até a rede de transformadores. Jackson seguia no volante.

August não estava com o violino — não com tantos soldados envolvidos —, e a ausência do instrumento lhe parecia estranha. Ele pegou um bastão só para segurar alguma coisa, ainda que a superfície fizesse sua pele formigar e seu estômago se revirar.

Jackson soltou um palavrão quando viraram a esquina e a estrutura de energia central da FTF surgiu no campo de visão.

Estava pegando fogo.

Uma explosão tinha eliminado uma grande parte dos transformadores, cujos restos chiavam e faiscavam no escuro. Os soldados designados para proteger a estação jaziam espalhados ao pé do edifício de apoio mais próximo, seus corpos — ou o que restou deles — contorcidos, quebrados, já envoltos pelos corsais. August saltou do jipe antes que o carro parasse, e Soro desceu do jipe seguinte com uma graça inumana, a flauta a postos.

— Aumentem as luzes! — ordenou August.

Os veículos fizeram um círculo, apontando os faróis altos na direção dos destroços. Os corsais se espalharam conforme os técnicos corriam para isolar e voltar a sequenciar a energia restante.

Vários fios chiavam e patinavam pelo chão, enquanto um dos edifícios de apoio parecia prestes a ruir.

Até que ruiu.

Ele apagou outro transformador enquanto desmoronava, e uma fileira de prédios a um quarteirão dali escureceu.

Kate desceu do jipe e encontrou um mundo em chamas, o ar elétrico e todo o quarteirão mergulhado em caos. Os soldados da

FTF estavam claramente acostumados a combater batalha pequenas — assim como ela —, mas o que quer que estivesse acontecendo na central de energia não era um combate. Era uma sequência de dominós sendo derrubada.

O primeiro pensamento de Kate não foi a eletricidade — foi o número de soldados da FTF na estrada.

Estamos expostos, ela pensou. Esticou o pescoço, examinando os terraços, e avistou um par de olhos vermelhos incandescentes logo antes de outra explosão, não nos transformadores, mas na *rua*.

O chão tremeu violentamente. Perto dali, o pavimento estalou e cedeu, mergulhando um grupo de soldados na escuridão. Gritos surgiram quando houve outra explosão.

E outra.

E mais outra.

Por toda a volta, a estrada ruía.

Kate correu à procura de abrigo, sacando o bastão enquanto o chão tremia e se partia sob suas botas. Ela ficou de costas para uma parede bem a tempo de ver outro trecho da rua cair, engolindo dois soldados.

As explosões não eram aleatórias. Elas estavam vindo dos túneis subterrâneos.

— Saiam do chão! — Kate gritou, a voz perdida na confusão antes de se lembrar do rádio enganchado em seu colete. Ela apertou o botão e gritou no microfone.

Alguns dos soldados se empertigaram, mas muitos ainda estavam serpenteando pelos destroços, tentando ajudar os feridos. Idiotas.

A noite estava cheia de fumaça, poeira e escombros. Kate subiu alguns degraus de uma escada de mão e semicerrou os olhos para enxergar através da bruma, à procura de August. Mas só viu o cabelo prateado atravessando o caos. Soro.

Uma explosão enorme balançou a noite e Soro vacilou, tapando as orelhas, enquanto o chão praticamente se abria e partia, com rachaduras correndo pela rua em sua direção. Soro não conseguia vê-las, mas Kate sim.

Ela gritou seu nome, que ergueu a cabeça, estreitando os olhos.

— *Sai daí!* — Kate entoou, um instante antes que a estrada cedesse. Soro se moveu bem a tempo, saltando para fora do caminho.

Kate subiu mais um degrau, observando o caos. Avistou August a um quarteirão dali, coberto de poeira e segurando um soldado ferido.

No mesmo instante, ele levantou os olhos e a viu, erguendo uma mão logo antes do chão implodir sob seus pés.

III

O MUNDO FICOU BRANCO.

Num segundo, August estava na rua; no segundo seguinte, era tragado pelo chão. Ele não conseguia ver, não conseguia ouvir, não conseguia sentir nada além da força da explosão.

Será essa a sensação de se desfazer?, perguntou-se.

Mas então chegou ao chão.

A força da queda tirou o ar de seus pulmões. Sua cabeça zumbia, e só conseguia ouvir ruído branco.

O mundo estava escuro ao redor, mas, pelo menos, a escuridão parecia superficial, algo na *frente* dos olhos, não atrás deles. No alto, havia um buraco; além dele, a noite esfumaçada, a névoa distante dos faróis. A julgar pelo teto abobadado, pelo eco comprido e pelas barras de metal embaixo de suas costas, ele havia caído num túnel de metrô.

Havia um soldado ferido perto dele, com o corpo torcido de forma nada natural sobre os escombros. Quando August tentou se mover, percebeu que estava *preso*, com uma perna imobilizada sob o concreto e os vergalhões.

Devagar, o zumbido metálico em seus ouvidos diminuiu, e ele conseguiu distinguir um som diferente. A corrente constante de água.

O pânico o atravessou até perceber que não estava se aproximando. O metrô era construído em cima de um rio. Quando August se mexeu, pedaços de escombro escorregaram pelos buracos no chão e caíram na água lá embaixo.

August usou todo o seu peso para se libertar dos destroços, mas nada cedeu.

Os corsais nas sombras riram.

sunai sunai preso sunai

August observou ao redor em busca de qualquer coisa, para usar como alavanca. Enquanto analisava o túnel, dois pontos vermelhos incandescentes, como pontas de cigarro, dançaram no escuro.

— Alice.

— Olá, August.

Havia algo em sua mão. Um controle remoto.

Ela chutou um objeto que rolou na direção dele, parando ao bater num pedaço de concreto perto do joelho de August. Parecia uma bola assimétrica, um embrulho irregular amarrado com fita.

Ele demorou tempo demais para entender o que era.

Alice subiu no pedaço mais distante de escombro e girou o detonador entre os dedos.

— Por quanto tempo um sunai consegue prender a respiração?

— August! — A voz de Kate ecoava pelo túnel.

Ela estava no alto, agachada na beira do buraco, amarrando um cabo a um pedaço de vergalhão.

Não, pensou August. *Corra.*

Mas era tarde demais.

Alice ergueu os olhos vermelhos, que se arregalaram.

Kate a encarou em choque. August tentou dizer alguma coisa — qualquer coisa —, mas a malchai apertou o controle.

A bomba explodiu e o chão cedeu. Ele estava caindo de novo, ainda enroscado no concreto e no aço, com metade do chão do metrô.

Por quanto tempo um sunai consegue prender a respiração?

August chegou à água e continuou caindo.

★

Kate fitou a malchai embaixo dela. Por um instante estranho e desorientador, ela não entendeu — não conseguiu entender — o que estava vendo. Era como um reflexo seu, distorcido pela fumaça e pela sombra. Então, se deu conta.

Estava encarando um fantasma, uma sombra, um monstro feito à sua própria imagem.

O monstro ergueu os olhos para ela e sorriu logo antes da detonação.

A explosão chacoalhou o túnel, e Kate quase perdeu o equilíbrio enquanto August caía no rio.

— Soro! — ela chamou, apertando o cabo e saltando na escuridão. A corda queimou em suas mãos enquanto descia rápido demais e acertava o chão com força, pegando um bastão de luz UVAD numa mão e a arma na outra.

As sombras sibilaram à sua volta, rechaçadas pelo raio de luz e pelo metal em seu uniforme.

Um segundo depois, Soro pousou numa postura graciosa a alguns metros, sem corda, apenas seu metro e oitenta de braços e pernas longos e a incapacidade de quebrar com o impacto.

Tudo o que Kate disse foi "August", mas Soro já estava se movendo, amarrando um cabo na cintura enquanto mergulhava no buraco no chão do metrô para dentro da água escura abaixo.

Kate girou o bastão UVAD de um lado para o outro, cortando as nuvens de poeira e as sombras mais profundas, mas não havia nenhum sinal da malchai. Deixou a lanterna no chão e pegou o pente da arma do bolso no mesmo instante em que algo se moveu atrás dela. Kate ouviu o rolar de pedras com o ouvido bom, entulho batendo nas ripas, e girou.

A malchai estava lá, no limite da luz. Era uma versão apavorante da própria Kate, com o formato certo, mas todos os detalhes errados.

Olhos vermelhos em vez de azuis.

Cabelo branco em vez de loiro.

Era mais magra do que Kate, esquelética como todos os malchais, mas *parecia* com ela, uma imagem distorcida, um eco, assim como Sloan fora um eco de Harker, ao mesmo tempo ele e não ele, nenhum dos dois, ambos e algo entre eles.

Seu pai teria sentido a mesma repulsa ao olhar para Sloan?

Ou só havia visto a prova de seu próprio poder?

A criatura abriu os lábios — os lábios *de Kate* — e, quando falou, sua voz tinha um eco do tom melódico de Sloan, mas também um tom rangente.

— Olá.

Soro passou um braço molhado pelo buraco e a malchai lançou um olhar para o lado. Kate não hesitou. Colocou o pente na arma, ergueu-a e disparou. Era uma sensação boa, certa, o impacto do coice, o estrondo gratificante enquanto dava três tiros rápidos no peito da malchai.

Bum-bum-bum.

Kate sempre tinha sido rápida.

Mas sua sombra foi mais, desviando antes que o primeiro disparo ecoasse pelo túnel. Girou com uma graça terrível e monstruosa, e deu um chute no peito de Kate. Ela caiu no chão do metrô, perdendo o fôlego.

A blindagem do colete absorveu a maior parte do impacto. Mesmo assim, ela estava ofegante e sem ar quando levantou, cambaleante.

A malchai já havia ido embora, tragada pela escuridão insondável do túnel, sem deixar nada além de um rastro de risadas atrás de si. Tudo em Kate dizia para *correr* — não para *longe*, mas *atrás* do monstro. Ela deu dois passos antes de Soro se erguer para fora do buraco, trazendo August para o piso do metrô.

Ele tossiu e quase vomitou, com o peito arfando.

Kate foi até lá.

— August...

— Ele vai ficar bem — disse Soro, jogando o cabelo para trás.

— É fácil... falar... — ele engasgou, cuspindo a água salobra no chão.

Enquanto Kate se ajoelhava ao lado dele, enquanto o ajudava a se levantar, enquanto saíam do túnel, o olhar dela ficava voltando e voltando para a escuridão que havia engolido sua sombra, desejando tê-la seguido.

IIII

•

August sentou no chão do saguão, com os ouvidos ainda zumbindo por causa da explosão.

Tinha ido direto para a enfermaria do Complexo, esperando encontrar Henry em uma das macas, mas ele estava de pé, cuidando dos feridos como se não tivesse praticamente desmaiado mais cedo.

— Ele está mais forte do que parece — Emily havia dito, mas August conseguiu ouvir o chiado no peito do pai, o tique-taque do tempo passando num ritmo instável, como um relógio defeituoso.

Henry estava com as mãos cobertas do sangue de um soldado e nem olhou para ele, então August saiu, recostou-se na parede do lado de fora, e deslizou até o chão.

Água pingava do seu cabelo. Toda vez que respirava, sentia os resquícios do rio em seus pulmões.

Por quanto tempo um sunai consegue prender a respiração?

Tinha havido um momento, antes de Soro alcançá-lo, em que a voz de Leo havia surgido em sua mente e lhe dito para *sucumbir*, libertar aquele ser sombrio que dormia sob sua pele e se entregar.

Mas ele não tinha sucumbido.

O August que eu conheço preferiria morrer.

Faça a dor valer a pena.

Não se entregue.

Seu corpo gritava, a pressão se transformando em dor em seus pulmões. Tinha ouvido que afogamento não era uma morte ruim, que, em algum momento, se tornava até pacífico, mas não fora daquele jeito para ele, talvez porque não pudesse morrer. Não daquela forma.

Teria cedido se Soro não o salvasse?

As luzes voltaram, a bruma azulada substituída pelo branco constante. August ouviu gritos nervosos de comemoração atravessarem o prédio.

Os técnicos haviam contido o dano na central de energia e reencaminhado a eletricidade que conseguiram para o Complexo, mas para isso tiveram de cortar o suprimento da maioria das estruturas da FTF. Do outro lado das portas da entrada, o fosso de luz brilhava com metade de sua potência. Além dele, a noite era perigosamente escura.

Escura demais para avaliar o estrago.

Escura demais para recolher os mortos.

Eles teriam de esperar até o amanhecer e torcer para que tivessem restado corpos para cremar. Até lá, pessoas entravam sem parar no Complexo, com a população de vários quarteirões amontoada em meia dúzia de prédios. O saguão estava lotado, assim como a sala de treinamento e todos os apartamentos — até o de Flynn estava sendo compartilhado com os esquadrões de Soro e August. Ele ficou ali, no chão do lado de fora da enfermaria, e afastou o cabelo molhado do rosto enquanto ouvia um par de passos conhecidos vindo pelo corredor.

Todo mundo era feito de sons, e August havia aprendido os dela no dia em que se conheceram.

Kate se recostou na parede oposta.

Ela não tinha dito nada desde que haviam saído do túnel. Poeira e ruínas marcavam sua farda. Não parecia bem — estava suada e o prateado contaminava seus dois olhos.

— Achava que alguém ia me prender de novo — ela disse. — Mas parece que está todo mundo ocupado.

Não havia humor em suas palavras. Seu tom era frio e seu olhar, duro. August sabia o porquê.

Alice.

Ele se levantou.

—Venha comigo — disse, pegando a mão dela.

Kate se deixou guiar, mas não havia suavidade nem simpatia na expressão dela.

— Para onde estamos indo?

— Para um lugar mais reservado.

Ela arqueou a sobrancelhas, como se não existisse nenhum lugar assim. Havia uma fila para os elevadores, então pegaram as escadas, subindo um andar após o outro em silêncio. Não era um silêncio agradável, mas do tipo que ficava mais tenso a cada passo. August não sabia o que dizer. Se Kate sabia, não planejava dizer, ou pelo menos não no momento.

Quando chegaram ao topo, ele a levou não para o apartamento, mas para uma escada oculta que dava para o piso do terraço do Complexo.

Durante meses, August havia se imaginado mostrando aquela vista para ela. Em sua mente, Kate estava sentada ao lado dele, com os ombros encostados na pedra aquecida pelo sol, enquanto os dois observavam a cidade. Em sua mente, a guerra havia acabado, e não havia Norte nem Sul, monstros nem humanos, apenas Veracidade e uma cobertura de estrelas brilhando na escuridão.

Em sua mente, não era nada daquilo.

Assim que ficaram sozinhos, o feitiço se quebrou.

Kate se virou para ele.

—Você sabia?

Ele poderia ter desviado da pergunta. Afinal, não tinha sido explícita, mas ele sabia exatamente do que falava.

—Você *sabia*?

August deixou a verdade sair.

— Sim. Cerca de uma semana depois que Sloan assumiu o controle, estávamos fazendo uma missão de resgate e...

— Todo esse tempo, você sabia que ela estava aqui e não me contou — ela sussurrou.

Os olhos dele se voltaram para a sombra dela, cujos contornos finos se contorciam feito uma cauda.

— Todas as ações têm seu preço. Em algum grau, você deveria saber que ela estava...

— Não. — Kate balançou a cabeça. — Entendo, mas pensei... torci para que, fosse lá o que fosse, estivesse em algum lugar *lá fora*, assombrando o Ermo. Não *aqui*.

— Bom, mas está aqui — disse August. — Ela voltou. Com Sloan.

Kate envolveu a si mesma com os braços.

— Ela... ela *parece* comigo, August. Aquela *coisa*...

— Alice não tem *nada* a ver com você.

Kate ergueu a cabeça.

— Alice?

— É como ela se chama.

Algo ruiu dentro de Kate. August conseguia *sentir*. Ela engoliu em seco, e ele não soube dizer se estava contendo a náusea ou as lágrimas.

— Claro. — Kate ergueu os olhos para o céu de uma maneira que mostrava que não conseguia olhar para *ele*. — Meu pai me contou que os malchais escolhem seus nomes de nossas sombras. Nossos fantasmas. O que mais nos atormenta. Sloan era o braço direito dele... não seu primeiro assassinato, mas o primeiro a deixar uma marca.

— E Alice?

Kate fechou os olhos.

— Era a minha mãe. Eu apertei o gatilho naquela casa, atirei naquele estranho, mas Alice Harker foi meu primeiro homicídio. Sou o motivo por que fugimos. Sou o motivo por que Callum mandou seus monstros atrás de nós. Sou o motivo por que ela morreu.

Duas lágrimas escaparam dos olhos de Kate, mas, antes que August estendesse a mão, ela já as estava secando.

— Sou o motivo por aquele monstro estar aqui.

August engoliu em seco. Ele não podia mentir, mas a verdade era cruel. Deu um passo cauteloso na direção de Kate e, quando ela não recuou, abraçou-a. A garota não se entregou, mas apertou com firmeza.

—Vamos deter aquela malchai — disse August.

— Ela é *minha* sombra — Kate retrucou, pressionando o rosto na gola da camisa dele. Quando ela voltou a falar, as palavras eram tão baixas que nenhum humano podia ouvi-las. — *Eu mesma vou detê-la.*

⊞⊦

Sloan tirou as luvas e examinou a superfície empolada e gotejante de suas palmas.

— Sacrifício — ele disse, pensativo, para a jaula coberta. — Callum dizia que é uma base para o sucesso. Mas é claro que ele preferia sacrificar os *outros*...

Sloan parou de falar quando ouviu Alice chegando.

Aquilo por si só já era estranho — ela tinha uma capacidade inquietante de aparecer e desaparecer sem avisar, mas, naquela noite, seus passos ecoaram pelo porão. Não vieram da escada, mas do túnel de metrô do outro lado. Durante o reinado de Harker, os malchais tinham sido forçados a ir e vir por aquele caminho, para não assustar os locatários humanos do prédio.

Nos meses após a ascensão de Sloan, o túnel tinha se tornado domínio dos corsais e apenas deles. Mas lá estava ela, coberta de cinzas.

— Como foi nossa pequena distração? — ele perguntou. — Ouvi as explosões da...

— Ela está aqui — interrompeu Alice.

— Quem?

— Kate Harker — Alice disse, com os olhos ardentes. — Ela está *aqui*.

As palavras fizeram um calafrio percorrer a espinha de Sloan.

Não medo, definitivamente não, algo doce. O sabor de sangue fresco se derramando na língua, o cheiro penetrante do ódio e a ideia da vida se esvaindo daqueles olhos azuis. Os olhos de Callum colocados no rosto da filha. Olhos que ninguém, nenhum sósia, nenhum sacrifício poderia substituir.

—Você a viu?

— Ela parece comigo, mas errada, toda melosa e humana, e está com o *sunai*. Quando chegou aqui? Você sabia? — Alice não conseguia conter a euforia. Ela começou a andar de um lado para o outro. — Quis cortar a garganta dela ali mesmo, mas fui pega de surpresa. Da próxima vez...

—Você não vai matar Katherine — disse Sloan.

Os olhos vermelhos de Alice se arregalaram.

— Mas ela é *minha*.

— Ela era minha antes.

—Você pode ter quem quiser...

— Eu *sei*.

Alice soltou um rosnado baixo, avançando as unhas na direção do pescoço de Sloan, mas elas cortaram apenas o ar antes que os dedos dele envolvessem a garganta fina dela. Suas palmas machucadas queimaram de dor. Alice rangeu os dentes e cravou as unhas no braço dele, que não soltou.

Alice tinha obviamente *esquecido*. Esquecido o que ela era, o que *ele* era, esquecido que não era a predadora ali, e sim a presa.

Gotas de sangue negro escorreram pelo pescoço dela onde as unhas de Sloan se fincaram. Ele ergueu o corpo esguio da malchai do chão.

— Escute aqui — disse calmamente —, e preste atenção. Não somos iguais, eu e você. Não somos parentes. Não temos o mesmo sangue. Você é um cachorrinho. Uma sombra. Sua força não passa de um eco da minha. Você ainda existe porque eu permito. Mas minha benevolência reside sobre um equilíbrio delicado, e se você perturbar um pouquinho a balança, vou arrancar suas presas uma a uma com as próprias mãos e deixar que morra de fome. Estamos entendidos?

Alice soltou um som ferino antes de responder.

— Sim...

Quando viu que ela pretendia acrescentar "pai", ele apertou mais forte.

Então, soltou Alice, que caiu de joelhos, respirando com dificuldade. Quando ela levou a mão à garganta, Sloan ficou satisfeito ao ver que tremia.

Ele se ajoelhou diante dela.

— Ora, ora — disse com a voz suave, voltando a vestir as luvas —, não tem porque ficar amuada. Katherine pertence a mim, mas, se for útil, posso dividir a garota com você.

Devagar, Alice ergueu os olhos vermelhos inflamados.

— O que quer que eu faça? — perguntou com a voz rouca.

— Como você está se sentindo?

Kate tirou a cabeça do ombro de August. Ela soube pelo tom dele — tão cauteloso, tão cuidadoso — que não estava mais falando de Alice.

— Ainda sou eu — ela respondeu, porque era o mais próximo da verdade que conseguia chegar.

— Se Sloan está com o devorador de caos...

— Ele *está*...

— ... precisamos descobrir onde. Vamos reunir uma equipe e...

Uma breve estática veio do rádio de August. Kate se afastou quando a voz de Henry surgiu na linha.

— *Preciso de um par de mãos firmes aqui embaixo.*

Ela deu um passo em direção à beira do terraço. Meses antes, a cidade resplandecia iluminada. Agora, estendia-se em vários tons de sombra, pontilhados por trechos de escuridão absoluta.

— Estou a caminho — August disse para o rádio, virando na direção da porta do terraço.

— Pensei que você odiasse sangue — disse Kate.

— E odeio — respondeu August. — Mas a vida nem sempre pode ser agradável. — Ele hesitou perto da porta, obviamente à espera dela, mas Kate não conseguia suportar o Complexo claustrofóbico. Não naquele momento.

— Se não tiver problema, vou ficar mais um pouco aqui em cima.

August pareceu hesitante. Ela apontou para a grande extensão de nada.

— Aonde eu iria? — ironizou. — Além do mais — ela abriu um sorriso exausto —, as chances de Soro me encontrar são menores aqui em cima.

E as chances de eu machucar alguém também.

August cedeu.

— Está bem. Só... não chegue muito perto da beirada.

A porta se fechou. Kate ficou sozinha, e só percebeu que estava desmoronando quando era tarde demais.

Ela se agachou no terraço e abraçou os joelhos, com a imagem do monstro — de *Alice* — gravada em sua mente. A lista de vítimas, seus homicídios horrendos, todos marcados por um A.

O que tinha feito?

Havia passado os últimos seis meses tentando salvar outra cidade enquanto a dela ardia, seis meses caçando monstros enquanto o dela caçava ali.

Algo apitou no bolso de seu uniforme.

Kate ergueu a cabeça. Tinha pegado o colete da parede do andar subterrâneo, e em nenhum momento chegara a verificar os bolsos. Ela encontrou um tablet que cabia na palma de sua mão, o aparelho-padrão de todos os membros da FTF. Alguém devia ter esquecido no uniforme...

Os pensamentos de Kate foram interrompidos quando ela viu uma mensagem na tela.

O assunto era *KOH*, o tipo de acrônimo que ninguém entenderia, a menos que fosse seu.

Katherine Olivia Harker.

Quando ela tocou na tela, viu que a mensagem não tinha sido

mandada para aquele tablet em particular, mas para todos. Era uma transmissão para toda a rede da FTF.

A mensagem tinha uma única linha.

Você tem medo da sua própria sombra?
A.

Kate se esqueceu de respirar.

Estava de volta ao túnel, vendo sua sombra fugir rumo à escuridão e querendo segui-la. Daquela vez, não havia Soro nem August, nada para distraí-la. Já estava em pé, seguindo para a porta, a escada, descendo em direção à saída. A ânsia queimava febril em suas veias. Mesmo sem a presença em seu crânio a pressionando, ela sabia que Alice era sua criação, seu monstro.

E era sua função matá-la.

Antes que matasse mais alguém.

Na verdade, Henry não queria que August trabalhasse.

Queria que ele *tocasse*.

— Para os feridos — ele explicou, apontando para a enfermaria e para os soldados da FTF que tinham sido atingidos pelas explosões da central de energia, duas dezenas de pessoas espalhadas em macas. Os sedativos do Complexo estavam acabando. Ferimentos tinham se tornado bem raros na FTF, já que os soldados costumavam voltar inteiros de uma missão, ou nem voltar.

— O quarto não é à prova de som — disse August.

— Então toque baixo — argumentou seu pai. — Não tem problema deixar alguns transeuntes zonzos se ajudar a aliviar a dor deles.

August pegou o violino e Henry saiu. O sunai fechou a porta e puxou uma cadeira, com o arco hesitando sobre as cordas.

Ele pensou no soldado na cela.

Em Soro quebrando seu pescoço.

Em Leo dizendo que aquilo era um desperdício.

E no alívio do soldado enquanto o conflito deixava seu corpo.

Talvez sejamos mais do que assassinos.

Ele começou a tocar suave. Em questão de segundos, os sons de dor abafada desapareceram. A tensão deixou o corpo dos pacientes, sua respiração ficou mais tranquila, suas almas começaram a surgir, enchendo a enfermaria com uma luz pálida mas constante.

August expirou. Seu próprio corpo relaxava com a música. Pela primeira vez em quatro anos, a canção em si pareceu um tipo de alimento, enchendo-o de luz, de vida, de alma e...

Os tablets começaram a apitar. Tocaram ao mesmo tempo, em todo o Complexo. August vacilou, perdendo o ritmo. Uma transmissão para toda a Força-Tarefa?

Ele deixou o instrumento de lado, tirando seu próprio aparelho do bolso.

Leu a mensagem uma vez, depois de novo e de novo, então levantou, abandonando o violino ao correr para o terraço.

As portas se escancararam, revelando o espaço vazio, o céu aberto.

Nada de Kate.

Ele voltou para o apartamento, tentando manter a calma, dizendo a si mesmo que ela não faria aquilo, não cairia direto numa armadilha, não sozinha, era esperta demais para...

Mas ele também ouvia as palavras que a garota tinha sussurrado, tinha visto o prateado dançando em seus olhos enquanto um demônio distorcia seus pensamentos em direção à violência.

Harris e Ani estavam jogando baralho no sofá, com Allegro entre eles.

Ela ergueu os olhos.

— Não sabia que você tinha um gato.

Jackson estava fazendo café, com o tablet na mão.

— Ei, August, alguma ideia do que isso significa?

Ele não respondeu.

O quarto estava vazio.

O banheiro estava vazio.

Harris estava atrás dele agora.

— O que está acontecendo?

Eu mesma vou detê-la.

Ele nunca deveria tê-la deixado sozinha.

— É Kate, não é? — Ani perguntou, calçando as botas. — Dá para ver pela sua cara.

Jackson bloqueou o caminho dele, com o café na mão. August era mais alto, mas Jackson era bem mais largo.

— Sai da minha frente — ordenou August.

— Aonde estamos indo, capitão?

— *Vocês* não vão a lugar nenhum — disse August.

Ani repreendeu:

— *Tsc, tsc.* Sem missões solo.

— Eu nunca pediria...

— Não precisa pedir — disse Harris, fechando o colete. — Se você vai, nós também vamos.

August balançou a cabeça.

— Vocês nem gostam dela.

— Não — concordou Ani, guardando a faca no coldre. — Mas você, sim. E isso é uma coisa rara.

Jackson virou o resto do café.

— Para onde ela foi?

— Para a torre — disse August.

— Alguma chance de a alcançarmos antes de chegar à Fenda?

— Se ela estiver a pé...

Ani já estava no rádio.

— Aqui é o Esquadrão Alfa. Precisamos de um jipe.

E, assim, eles entraram em formação. Como se fosse uma missão qualquer.

— Obrigado.

— Não precisa agradecer, chefe. Não até a trazermos de volta.

Kate era muitas coisas, mas não idiota.

Sabia que era uma armadilha. Claro que sabia. Mas, a seus olhos, ou Alice ou Sloan estaria esperando por ela, que tinha contas a acertar com ambos.

Kate não olhou para trás, porque não podia se dar ao luxo de pensar duas vezes.

A Fenda se assomou diante dela. A linha de luz que envolvia o lugar devia estar ligada a um transformador diferente, porque ainda estava acesa, sob os soldados que andavam de um lado para o outro. Kate apertou o capacete e começou a subir a escada, lembrando-se várias e várias vezes de que era um deles — ou, melhor, de que *parecia* um deles, já que ainda usava o uniforme.

Ela chegou à beirada e subiu no alto da Fenda, grata por nunca ter tido medo de altura. A Cidade Norte se estendeu à sua frente — de onde ela estava, conseguia ver toda a avenida principal, seguindo reto até o Harker Hall.

— O que está fazendo aqui? — perguntou um FTF que parecia líder de um esquadrão.

Kate não hesitou. Pausas revelam mentiras.

—Vim trocar de turno com alguém, senhor.

O soldado estendeu a mão, como se para cumprimentá-la. Quando Kate a apertou, ele a puxou para perto.

— As unidades de troca de turno chegaram há dez minutos — ele disse, comprimindo seus dedos. — Tente outra.

Kate suspirou, exasperada. Não tinha tempo para aquilo. Com uma mão ainda presa na do soldado, sacou a arma com a outra, apontando-a para o peito dele.

— Vou atravessar essa muralha de um jeito ou de outro — ela disse, baixo.

As trevas vibraram em seu corpo: o peso do aço em sua mão, o choque no rosto dele, o alívio vertiginoso de estar no controle. Seria tão fácil — mas ela não soltou a trava de segurança e manteve o dedo longe do gatilho. A visão da arma — ou sua disposição para usá-la — foi o bastante para fazer o homem soltar.

Kate deu um passo em direção à escada mais próxima.

— Vou relatar isso assim que você sair — ele disse.

— Fique à vontade — disse Kate, passando a perna sobre a beirada.

Se August ainda não sabia, saberia em breve.

O jipe esperava na beira da faixa de luz.

Soro também.

Estava entre August e o veículo parado.

Às vezes, quando Leo ficava mais moralista, a energia praticamente exalava dele como calor. Ilsa também parecia criar sua própria nuvem sempre que seus pensamentos começavam a espiralar. Mais de uma vez, ela havia dito a August que, quando ele ficava triste, conseguia sentir aquilo no ar à sua volta, como uma frente fria.

Se era verdade que um sunai conseguia alterar o espaço ao seu redor, o ar em volta de Soro era uma tempestade. August fez sinal para seu esquadrão parar e começou a cruzar o fosso.

— Você está indo atrás dela — disse Soro. Não era uma pergunta.

— Estou.

Soro não se moveu, mas August tinha que ir. Kate estava se distanciando a cada segundo.

— Se pretende me deter...

O olhar cinza de Soro endureceu.

—Você arriscaria essas vidas e a sua por uma pecadora.

— Não — disse August. — Mas arriscaria por uma amiga.

Soro expirou baixo e avançou na direção dele. August se preparou para a briga, mas Soro continuou em frente, voltando para o Complexo.

— É melhor ir, então. Antes que seja tarde demais.

𝍮

O JIPE PAROU DERRAPANDO DIANTE DA FENDA.

A informação havia chegado pelos rádios um minuto antes — uma jovem soldada armada havia atravessado.

Jackson acendeu os faróis altos, mas o portão não se abriu. August e Harris desceram enquanto um soldado da FTF ia até eles.

— Estamos em confinamento, senhor.

— Mas vocês já deixaram alguém passar.

— Ela tinha uma arma...

— É só isso que precisa? — perguntou Harris, sacando a baioneta. August segurou o punho dele. Em algum lugar por perto, pneus rolavam no asfalto. Outro veículo se aproximava.

— Precisamos atravessar — ele disse. — *Agora*.

O soldado fez que não.

— Estou sob ordens estritas.

— Sou August Flynn.

— Com todo o respeito — ele disse —, minhas ordens vêm de cima.

Luzes se acenderam ao lado da Fenda quando outro jipe parou e Henry saiu dele. Soro tinha contado ou ele mesmo havia visto a mensagem?

— Henry, preciso...

— Senhor — disse o soldado ao mesmo tempo. — Estava só...

— Abra o portão — comandou Henry.

O soldado não hesitou. Comunicou a ordem pelo rádio e o portão começou a se abrir. August virou na direção do pai.

—Vai nos deixar ir?

— Não — disse Henry, caminhando na direção do jipe de August. —Vou com vocês.

— Sem querer ofender, senhor — disse Harris —, mas não acho que seja uma boa ideia.

Henry riu tranquila e silenciosamente enquanto abria a porta.

— Então que bom que sou seu superior.

— Podemos nos virar daqui para a frente — insistiu Ani.

Mas August apenas fitou o pai, com sua palidez doentia e seu corpo magro demais. Não fazia sentido. Henry não estava em forma para lutar.

— Por quê?

Henry colocou a mão no ombro dele.

— Sou um homem, não um movimento — ele disse. — Mas, se preciso me tornar um movimento para pôr fim a essa guerra, então vou fazer isso. Agora — ele apertou o ombro do filho e soltou —, vamos encontrar a srta. Harker.

A Cidade Norte tinha ficado mais escura.

Foi a primeira coisa em que Kate pensou enquanto avançava pelas ruas, com a UVAD numa mão e a arma na outra. Os corsais murmuravam nas sombras, mostrando dentes e garras.

harker harker é uma harker

A farda da FTF tinha traços de metal, mas havia uma diferença entre *afastar* e *deter* os monstros, e ela tentou se manter sob a pouca luz que havia.

A torre de seu pai se erguia à sua frente.

Ou melhor, uma sombra gigantesca se assomava em seu lugar.

Os passos de Kate ficaram mais lentos. Ela parou embaixo de um único poste de baixa voltagem. Sua lâmpada tremeluzente era tudo o que havia entre ela e uma zona de blecaute.

A área se estendia num círculo de dois quarteirões em volta da base do Harker Hall, uma versão escura do fosso que cercava o Complexo. A escuridão parecia algo físico, mais do que ar ou noite.

Uma muralha preta.

E, cravada nessa muralha, havia um par de olhos vermelhos.

O malchai saiu das sombras, e Kate não deparou com a própria sombra, mas com a de seu pai.

Sloan.

Ela o tinha visto em sonhos, em lembranças, que não eram nada perto da verdade. Em suas visões, Sloan tinha sido reduzido a um vulto num terno escuro. A presas, sangue e maldade. Mas, agora, estava diante dela, com sua pele cinza esticada sobre os ossos negros, os dedos terminando em pontas prateadas. O medo bateu forte no peito de Kate, e Sloan sorriu como se conseguisse *ouvir* o coração traiçoeiro correndo no pulso dela.

Quando ele falou, sua voz a roçou como faca. Metal contra pele.

— Katherine.

O som do nome dela nos lábios dele, doce e provocativo, era como gelo em sua espinha.

— Sloan — ela disse, esforçando-se para manter o tom seco. — Que surpresa.

Ele abriu as mãos.

— Não pode ter pensado que eu deixaria Alice ficar com você. Não com a *história* que temos.

Os dedos dela apertaram a arma. A noite se agitou à sua volta, pontilhada de vermelho à medida que as sombras saíam da escuridão. Malchais. Não um ou dois, mas meia dúzia, formando um círculo largo em volta deles.

— Não é exatamente uma luta justa.

Sloan estalou a língua.

— Que lugar a justiça teria num mundo como o nosso? *Justiça é uma bandeira branca. Algo para os covardes.* — Ele apontou para as roupas dela. — Você trocou de lado. Seu pai ficaria decepcionado.

— Meu pai está morto. — Ela manteve a cabeça erguida. Queria encará-lo nos olhos quando o matasse. Enfiar a faca em sua pele até chegar ao coração e sentir aquele calor delicioso.

O devorador de caos sussurrou na mente dela, sedento pelo sangue de Sloan; seu medo foi substituído por ódio, frio e constante, mas ela manteve o monstro longe. Não, ainda não. Não haveria volta. Kate deixaria que ele saísse, se precisasse. Quando precisasse.

Mas nos seus termos.

— Você mudou — comentou Sloan. Seus lábios se abriram, revelando dentes pontudos. — Mas ainda sinto o gosto do seu...

— Desce daí, cachorrinho — ela gritou, atirando.

Sloan se moveu como luz, como fumaça, como nada. Quando o tiro ecoou, já estava atrás de Kate, com um braço em volta de seus ombros enquanto puxava as costas dela contra si.

Ela sentiu a respiração dele como gelo no pescoço.

— Esperei tanto por isso.

— Pode continuar esperando — murmurou, jogando o cotovelo para trás e para cima, acertando o rosto dele. Sloan era ágil, mas Kate havia aprendido alguns golpes baixos. O malchai deu um único passo para trás, mas foi o bastante para ela se livrar e colocar certa distância entre os dois.

Sloan riu. Era um som terrível, agudo demais.

—Você é ainda mais teimosa do que eu lembrava.

Os outros malchais se agitaram, inquietos; a sede de sangue era intensa no ar, mas Sloan tinha obviamente dito a eles que a caça era *dele*. Por quanto tempo dariam ouvidos? O pai dela havia tentado controlar os malchais, mas não tinha dado certo.

Kate sacou uma faca quando Sloan foi para cima dela de novo.

Ela cortou o ar, achando que ele recuaria ou, pelo menos, desviaria. Não foi o que fez. O malchai deu um passo mínimo para a esquerda e deixou a faca se cravar em seu braço enquanto continuava a avançar, diminuindo a distância entre eles. Sangue negro escorreu, manchando a manga do terno de Sloan, mas seus olhos não revelaram nada — nem surpresa nem dor. Kate não teve nem tempo de puxar a lâmina, de recuar. Ele havia sacrificado um peão para avançar.

A mão dele se fechou em volta do pescoço da garota; o pé do malchai puxou o calcanhar dela. Os dois caíram e, por um segundo terrível, quando ela acertou o pavimento, estavam de volta no cascalho diante da casa no Ermo, com Sloan pressionando o corpo dela contra a pedra quebrada, seus dedos no pescoço dela.

Ela forçou sua mente a voltar para o presente.

Ele estava em cima dela, com o cabo da faca preso entre os dois de maneira que não conseguia soltá-la. A arma ainda estava na outra mão dela mas, quando tentou erguê-la, Sloan a envolveu com sua outra mão, empurrando o punho dela contra o pavimento.

Ele a empurrou contra o chão. Não cheirava à morte. Nunca havia cheirado. Cheirava a violência. A couro, sangue e dor.

Seus dentes afiados cintilaram ao se cravar no braço dela. Um grito escapou da garganta de Kate.

As trevas começaram a crescer dentro dela, o monstro se erguia, mas Sloan recuou de repente. Havia sangue dela respingado em sua boca, mas ele não sorria.

Puxou o cabelo dela, forçando sua cabeça para trás. Kate percebeu que não pretendia expor sua garganta, mas encarar em seus *olhos*.

Ele soltou um rosnado de fúria.

— O que você fez? — gritou, logo antes de um par de faróis altos cortar a escuridão. Sloan estava quase de pé quando um tiro cortou o ar e o acertou no peito.

O jipe parou cantando pneu, com Harris e sua arma ainda dependurados para fora da janela.

Sloan cambaleou para trás, e os outros monstros avançaram pela escuridão num frenesi de garras e dentes.

August já estava fora do jipe, sacando uma faca, enquanto Harris corria para a briga. Ani detonou uma série de granadas de luz, um efeito estroboscópico ofuscante que deixou os malchais desnorteados e deu a Jackson e Henry tempo para pegar Kate, que já estava em pé. Seu braço sangrava, mas ela tinha uma faca manchada de sangue negro numa mão e uma arma na outra.

Sloan também estava em pé — o tiro tinha acertado seu peito, rasgando o terno e a pele, mas claramente não havia chegado ao coração. Seus olhos vermelhos encontraram August, que partiu para cima dele, mas foi interrompido por dois outros malchais. Ele não parou — cortou a garganta de um e cravou a faca por baixo das costelas do outro. A voz de Leo cruzou sua mente.

Esse é seu propósito. A sensação não é boa?

Ele girou à procura de Sloan, enquanto Harris soltava um grito sufocado. Um malchai havia cravado as presas no ombro dele, mas Ani enfiou sua faca no pescoço do monstro. Ele caiu e Harris uivou de dor, chutando o peito do malchai até estalar, lascar, quebrar.

— Acho que ele morreu — gritou Jackson, limpando um risco de sangue negro na bochecha. — Todos morreram.

August se virou, à procura.

Kate apertava o braço enquanto Ani fazia pressão no ombro

de Harris. August percebeu com um pavor aflito que nenhum dos corpos no chão era de Sloan.

Ele tinha sumido.

E Henry Flynn também.

— Como assim "sumiu"?

Emily Flynn não era de gritar. Nas poucas vezes em que August a tinha visto brava — brava de verdade — a voz dela perdera todo o volume, todo o calor. Ficara fria e baixa. O resto do conselho da FTF não estava nem de perto tão sereno, disparando perguntas pelo centro de comando.

Ilsa estava no batente, com um olhar distante, e August desejou que ela ainda tivesse sua voz, por mais que soubesse que, se tentasse falar agora, tudo o que sairia seriam devaneios, divagações, frases perdidas.

Soro podia falar, mas continuava em silêncio contra a parede, o rosto inexpressivo exceto pelos olhos.

Da cor da pedra, eles faziam uma pergunta silenciosa.

Ela vale tudo isso?

Emily ergueu a mão, pedindo silêncio, então apoiou as mãos na mesa e encarou August.

— Me explique.

Ele abriu a boca, mas Kate falou primeiro. Ela se livrou do médico que enfaixava seu braço.

— A culpa é minha.

— Acredito em você — disse Em. — Mas isso não responde minha pergunta.

— Ele insistiu — disse August.
Vou com vocês.
Marcon balançou a cabeça.
— Por que faria isso?
— Por que você *deixou* que fizesse? — acrescentou Emily, ainda prestando atenção em August.
Por que ele tinha deixado?
Porque Henry Flynn estava no comando da FTF?
Porque acreditava em algo maior do que ele próprio?
Porque August achava que seu pai tinha um plano?
— Porque ele está morrendo.
August ouviu as palavras saírem de sua boca. A sala ficou em silêncio. O rosto de Emily se encheu de sombras.
Henry nunca tinha dito aquilo, não para August, que nunca havia perguntado. Ele não precisava perguntar, não queria, nem todos aqueles meses vendo Henry definhar, ouvindo sua tosse, nem momentos depois que cruzaram a Fenda. Havia um lugar estranho entre saber e não saber. Onde as coisas podiam habitar no fundo de sua mente sem pesar em seu coração.
— Isso não explica... — começou Paris.
— Não? — contestou Kate. — Talvez ele quisesse que sua morte significasse alguma coisa.
—Você não tem o direito de falar — disse Marcon.
— Se não tivesse ido — acrescentou Shia —, Henry não teria...
— Se eu não tivesse ido, ele teria encontrado outra desculpa para ser morto.
O clima ficou mais tenso, e August sentiu Ilsa e Soro se empertigarem.
— Não sabemos se ele está morto — disse Emily, tensa.
— O que vamos dizer à Força-Tarefa? — perguntou Marcon.
— *Não podemos* dizer nada a eles — argumentou Shia.

— *Precisamos dizer* — Kate e Bennet retrucaram ao mesmo tempo.

Emily se empertigou.

— Henry ia querer que soubessem.

Ilsa tocou no batente. Ninguém mais pareceu ouvir, mas August e Soro olharam para ela. Então tirou um tablet do bolso e começou a usar.

— A última coisa de que precisamos é uma revolução — disse Marcon.

— Na verdade — disse Kate —, acho que é exatamente disso que vocês precisam.

Ilsa fez um floreio com os dedos e todas as telas da sala ganharam vida, mostrando imagens do próprio complexo, as salas de treinamento transformadas em barracões, o saguão, o refeitório — todos os cômodos repletos de pessoas, todas falando. Os sons invadiram o lugar, uma cacofonia de vozes de cadetes e capitães, soldados e esquadrões noturnos, falando um por cima do outro.

— *Eles estão com o comandante Flynn.*

— *Não podemos simplesmente ficar aqui.*

— *Deveríamos estar lá fora.*

— *O que estamos esperando?*

— Bom — disse Kate —, parece que eles já sabem.

August se lembrou das últimas palavras de Henry.

— Ele é um homem, não um movimento — disse, ecoando o pai. — Mas, se for preciso um movimento para acabar com a guerra...

Emily encontrou seu olhar do outro lado da mesa.

— Se... Henry... estiver vivo — ela disse devagar —, precisamos lutar para trazê-lo de volta.

Marcon cruzou os braços.

— E se não estiver?

★

Sloan arrancava os estilhaços de metal da pele com uma pinça, jogando os pedaços no prato, cobertos por sangue negro viscoso.

Seu terno estava arruinado, sua camisa fora jogada de lado e seu peito exposto era uma desordem de carne dilacerada. Sua pele chiava enquanto ele arrancava os estilhaços de prata, mas a sensação era superficial e passageira, não muito diferente de prazer. Sloan disse a si mesmo para apreciá-la, embora suas mãos tremessem enquanto trabalhava.

Os dois engenheiros estavam caídos na mesa, com as gargantas abertas.

Ele não havia tido tempo de saborear as mortes, mas a refeição ajudara, tirando o gosto rançoso do sangue de Kate em sua boca.

Do outro lado da sala, a cabeça de Henry balançou para a frente, um fio fino de sangue traçando uma linha da têmpora até o queixo antes de pingar no chão. Sloan sempre o havia imaginado como o outro lado da moeda, a força oposta e equivalente a Callum Harker.

Ele estava enganado.

De perto, Flynn não passava de um humano magro demais com as têmporas grisalhas e a pele amarelada. Ele cheirava a... *doença*. Era decepcionante. Mesmo assim, não pôde deixar de se maravilhar com a sorte de ter o líder da FTF de mão beijada. Ele havia perdido Katherine e ganhado um ídolo — mesmo que falso.

Sloan se empertigou, limpando o resto do sangue do ombro.

— Por que ele não está morto? — perguntou Alice, entrando de repente. — E o que aconteceu com você? — Ela voltou os olhos para os engenheiros. — Não acredito que os matou sem mim.

Sloan vestiu uma camisa preta limpa.

—Você deveria estar cuidando do nosso bichinho de estimação.

— Onde está Kate? — ela perguntou. —Você prometeu...

— Kate vai voltar para nós — disse Sloan. — E, quando ela voltar, você vai poder ficar com ela.

Alice sorriu.

— Os malchais foram evacuados? — perguntou Sloan.

— A maioria — ela disse, pulando em cima do balcão. Alice olhou para a tigela de estilhaços e franziu o nariz. — Tem alguns no saguão, mas estão dormindo profundamente. Não quis acordar. — Ela voltou a atenção para Flynn. — Por falar nisso...

Sloan virou a tempo de vê-lo abrir os olhos. Flynn tentou se mexer, mas tinha sido amarrado à cadeira. Sloan o observou se debater, contorcer e então parar ao perceber onde estava.

— Devo admitir — disse Sloan, abotoando a camisa — que eu esperava mais.

Flynn tossiu, com um estrépito fundo no peito.

— Sinto muito por decepcionar você.

— Você quase não resistiu — Sloan disse. — Dá até para pensar que *queria* estar nessa posição. Para quê? Revigorar as tropas? — Flynn ergueu os olhos ao ouvir aquilo, e Sloan viu que estava certo. — Foi uma aposta alta.

— Ao contrário de você — ele falou, com dificuldade —, eu me importo com mais... do que minha própria vida. A Força-Tarefa... finalmente vai... trazer a luta até aqui... até mim... até você.

Sloan estendeu o braço e girou a cadeira de Flynn para a janela. Faltavam duas horas para o amanhecer, e a noite estava completamente escura. Ele apontou para o farol que era o Complexo da FTF e abaixou a cabeça para sussurrar no ouvido do homem:

— É exatamente com isso que estou contando.

Flynn ficou tenso.

De pernas cruzadas no balcão, Alice apenas riu.

— É hora de colocar as cartas na mesa e ver quem tem a melhor mão.

Flynn balançou a cabeça.

— Kate sabia que você veria isso como um jogo.

Os olhos de Alice brilharam com a menção de sua criadora, mas Sloan ergueu a mão para pedir silêncio.

— Você acredita em destino, Henry? Callum não acreditava. Nem eu. No entanto, aqui está você.

Alice começou a brincar com um círculo de metal. Era uma coleira, do tipo usado pelos garras. Sloan a pegou das mãos dela.

— Seja útil — ele disse, estalando os dedos na direção de uma câmera sobre um tripé. Alice suspirou e saltou do balcão. Sloan voltou para o lado de Henry e prendeu a coleira em seu pescoço, divertindo-se com o calafrio perceptível que perpassou o corpo de Henry ao toque do metal. Sloan virou a cadeira de volta e contemplou sua obra. Estava faltando algo. Ele pegou um rolo de fita.

— Quando encontrei Leo pela primeira vez, ele me perguntou se eu acreditava em Deus. — A fita fez barulho quando ele puxou um pedaço. — Acho que esperava que eu dissesse não, mas, se *nós* não somos prova de um poder superior, o que poderia ser? — Ele cortou a fita com os dentes. — Gosto de pensar que somos simplesmente o que os humanos semearam e colheram. Vocês fizeram por nos merecer. Eu e Leo concordávamos nisso.

O olhar de Henry se endureceu.

— Ele enfiou uma barra de metal nas suas costas.

Sloan deu de ombros.

— Eu teria feito o mesmo com ele. Respeito atos monstruosos. Além do mais, ele *errou*.

Uma chama surgiu nos olhos de Henry. Então ainda *havia* uma centelha.

— Se vai me matar...

— Ah, não planejo fazer isso, por mais que eu fosse adorar. — Sloan se aproximou. — Morto, você é um mártir.

Ele grudou a fita na boca de Henry.

—Vivo, não passa de uma *isca*.

Eram um bando de idiotas, pensou Kate.

Henry Flynn tinha dado à FTF uma causa, uma razão para lutar. E o Conselho não conseguia parar de atrapalhar.

— Não *importa* se ele está vivo. — O comentário fez August arregalar os olhos, Soro a encarar com frieza e o resto da sala reprová-la, mas Kate continuou. — Durante seis meses vocês ficaram divididos em Norte e Sul, nós e eles. Ficaram falando em segurança e defesa, mas essas pessoas, seus soldados, *querem* lutar, e agora têm algo... alguém... por quem fazer isso. Pelo amor de Deus, não joguem isso *fora*.

Naquele exato momento, as telas em toda a sala crepitaram e se apagaram. Todos olharam para Ilsa, cuja expressão deixava claro que aquilo não era obra dela.

Então o sinal voltou. Mas, em vez de exibir imagens das várias salas do Complexo, todas as telas mostravam a mesma coisa.

Henry Flynn.

Ensanguentado, quase inconsciente, mas vivo.

Não havia som no vídeo e, mesmo se houvesse, ele estava com a boca amordaçada por uma fita e uma coleira de metal em volta do pescoço. Kate levou um segundo para processar os fios e a contagem regressiva.

59:57

59:56

59:55

59:54

E, de repente, a sala começou a se agitar. Cadeiras foram arrastadas e pessoas levantaram. A imagem estava sendo transmitida para toda a rede, todas as telas e todos os tablets, não apenas no centro de comando, mas em todo o Complexo.

Era um presente. Um caminho sem volta. A FTF, já se armando para a luta, agora sabia qual devia ser seu alvo: a torre. Mesmo se os membros do conselho *quisessem* discutir, não teriam como deter os soldados.

59:42
59:41
59:40

Ilsa colocou a mão na tela maior, passando os dedos no rosto cinza de Henry Flynn enquanto August, Emily e Soro falavam em seus rádios, passando ordens para os batalhões.

— ... reúnam os esquadrões 1 a 36...

— ... autorizando a liberação de armas...

— ... procedimento de reclusão...

Mas Kate ainda encarava o vídeo; não Flynn, mas a sala em volta dele. Reconheceu as janelas do chão ao teto atrás dele, a cadeira a que estava amarrado, o aço, o vidro e a madeira, todas aquelas superfícies frias e pontiagudas de que seu pai gostava.

A cobertura.

58:28
58:27
58:26

— Sei exatamente onde ele está.

𝍮 IIII

Durante seis meses, August tinha visto a FTF se dividir lentamente.

Agora, de uma vez só, ela voltava a se unir.

Era como uma sinfonia, ele pensou. Com todos os instrumentos em sintonia.

Equipe após equipe de cadetes da FTF entrou em formação em todo o Complexo com a missão de proteger a estrutura e os dez mil civis abrigados ali, enquanto os Esquadrões Noturnos se preparavam para conquistar a torre. August avistou Colin entre eles, e o garoto abriu um sorriso e bateu uma leve continência enquanto o sunai passava com o violino na mão.

Kate caminhava ao lado de August, com o olhar firme e o rosto inexpressivo. Ele tinha se acostumado às mudanças de expressão dela, a seus humores variados, e era inquietante lembrar como Kate era boa em escondê-los.

Ele conseguiria convencê-la a ficar?

Não.

Aquela luta era tanto dela como era dele.

Talvez fosse ainda mais dela.

August estava quase na porta quando Ilsa segurou seu punho e o puxou para trás.

— O que foi? — ele perguntou, e ela jogou os braços em volta do seu pescoço, apertando com tanta força que o assustou.

Não vá, parecia dizer. Ou talvez simplesmente *volte*.

August se perguntou se ela sabia desde o começo que era para *aquilo* que estavam se encaminhando.

Se era o que tinha visto na cidade que havia esculpido no balcão da cozinha, com açúcar com gosto de cinzas.

August recuou ou Ilsa o empurrou, ele não soube ao certo; mas de repente o peso dos braços dela não estava mais lá.

O coração do Esquadrão Noturno havia se reunido na rede de luz, mais de trezentos soldados armados e prontos para a guerra. August pendurou a alça do estojo do violino no ombro enquanto se dirigiam para o jipe na frente do comboio. Harris, Jackson e Ani já estavam lá, com Em ao volante.

Uma faixa manchada de sangue reluzia sob a gola de Harris, mas ele estava com os olhos bem abertos, se armando para a briga. O soldado abriu espaço para August, que já estava a meio caminho do jipe quando Soro veio de outro veículo a passos largos e estendeu uma bolsa. Não para ele, mas para Kate.

Como ela hesitou, claramente desconfiada, Soro jogou a bolsa aos seus pés e voltou para seu esquadrão. Ela caiu com um estrépito metálico. Kate se ajoelhou e pegou um par de estacas de ferro.

— Não precisava — gritou para Soro antes de subir no jipe.

August colocou o violino no colo e Kate sentou ao seu lado, girando uma estaca entre os dedos. Enquanto o jipe saía, ele olhou para trás, na direção do Complexo, e viu sua irmã nas portas de entrada, com uma mão encostada no vidro, mas estava longe demais para conseguir ler sua expressão.

Sloan se aproximou do manto dourado.

A sombra na jaula estava ficando inquieta. Seu silêncio tinha se transformado de uma mão em um punho, de um punho em um peso de chumbo. Seu descontentamento era como um estalo frio no porão.

caos caos caos caos, sussurravam os corsais nos cantos.

O caminhão esperava por perto. Um malchai abriu a traseira e desceu uma rampa. Sloan observou enquanto outros quatro monstros pegavam cabos de madeira e os enfiavam sob a gaiola coberta para erguê-la. O monstro lá dentro não pesava nada, mas a gaiola era de aço, e os malchais sofriam sob seu peso.

— Cuidado com o ouro — alertou Sloan, ajustando as luvas.

O lençol se agitou, tocando de leve a pele de um malchai, que rosnou, derrubando seu cabo, mas Sloan estava lá para segurá-lo. Ele teria cortado a garganta do monstro, mas o tempo era curto.

Por fim, a gaiola foi carregada no caminhão e Sloan subiu ao lado dela, embora a proximidade do ouro fizesse seus pulmões arder. Ele conseguia sentir a sombra embaixo do manto, como uma dor em seus dentes, uma sede em sua garganta, e sabia que ela estava faminta.

— Em breve, meu bichinho.

39:08
39:07
39:06

O comboio cortou a noite; a voz de Emily Flynn saía do carro e era transmitida para todos os rádios ao mesmo tempo.

— Cada esquadrão recebeu a ordem de liberar um andar. Vocês vão avançar pela torre de maneira sistemática. Todos os malchais devem ser eliminados à primeira vista. Os garras devem ser incapacitados. Como sabem, há outro tipo de monstro em algum lugar do prédio, capaz de influenciar mentes. Se o encontrarem, fechem os olhos. Se algum membro de sua equipe for afetado, deve ser incapacitado...

Então chegaram à Fenda.

Os portões foram abertos.

E eles não pararam.

O tempo passava dentro da cabeça de Kate enquanto o jipe avançava rumo à muralha de trevas ao redor da torre. Seu braço latejava por causa da ferida irregular que os dentes de Sloan haviam feito mais cedo, mas ela se apegou à dor como uma âncora, de modo que o sangue manchando o curativo era apenas um lembrete de que ainda era humana.

Os jipes chegaram à zona de blecaute e mergulharam. Seus faróis altos afugentaram as criaturas na escuridão. August se aproximou e falou no ouvido bom dela.

— O que foi?

Nada. Alguma coisa. Tudo.

Ela não tinha certeza.

Parecia ter, até ver Henry Flynn naquele vídeo, amarrado como um prêmio, como um *presente*. Aquilo era uma dádiva — e também um problema.

Seria uma provocação? Uma armadilha? O que os esperava naquela torre? Sloan? Alice? O devorador de caos? Estavam todos jogando de acordo com as regras de Sloan? Teriam escolha?

Era simples demais. Óbvio demais. Fácil demais.

Havia algo que Kate não estava vendo — que ninguém estava vendo — bem ali, um pouco desfocado, mas bem embaixo do seu nariz.

— Kate? — insistiu August.

— E se estivermos errados? — ela murmurou baixo, de maneira que só ele pudesse ouvir. — E se isso for um erro?

August franziu a testa.

— Era o que Henry queria. O que precisávamos. Um motivo para atacar.

E ele estava certo.

Tudo corria exatamente de acordo com o plano.

E era justo naquele *exatamente* que ela não confiava.

Os jipes pararam na base da torre.

August se esforçou para ouvir enquanto desligavam os motores, mas havia soldados demais, estática demais.

Mantiveram os faróis altos, bloqueando a escuridão, e os corsais se agitaram famintos dentro dela. Garras riscavam as laterais dos carros em todos os lugares onde a luz não alcançava, produzindo um som agudo de unhas contra metal.

Os esquadrões noturnos se reuniram ao pé da escadaria. A maioria carregava armas de fogo, mas Kate segurava uma estaca de ferro, August erguia o arco do violino como uma espada e Soro segurava a flauta com o punho cerrado. Eles subiram a escada da torre como se todos os seis degraus pudessem esconder armadilhas, mas nada aconteceu. Não tropeçaram em nenhum fio. Não houve uma explosão repentina.

August e Soro assumiram a liderança, chegando às portas da frente juntos. Além delas só havia escuridão. August encostou as mãos no vidro, tentando ouvir o tique-taque de uma bomba, o chiado e o rebuliço de corsais prestes a ser soltos, mas tudo o que escutou foi o coração acelerado dos soldados da FTF atrás dele e uma respiração baixa, quase imperceptível, em algum lugar lá dentro. Ele acenou para Soro e, juntos, abriram as portas da torre.

Granadas de luz rolaram pelo chão do saguão, quicando sobre o piso de pedra antes de ondas brancas ofuscantes explodirem. A FTF invadiu o lugar, com as armas em punho. Uma dezena de malchais se levantou com um salto, chiando surpresa antes de atacar os soldados mais próximos, com os dentes à mostra.

August virou e cortou a garganta de um monstro enquanto Kate enfiava a estaca no peito de outro e Harris soltava um som radiante ao atingir um terceiro. Soro eliminou mais dois, abrindo caminho, e eles correram pelo saguão até o conjunto de elevadores do outro lado. Emily foi a primeira a chegar, apertando o botão para chamá-los. Os outros logo se juntaram a ela, virando para encarar o que quer que estivesse vindo para cima deles.

Mas nada veio.

A dezena de malchais estava morta, e os outros Esquadrões Noturnos se dirigiam a seus andares.

Fácil demais, pensou August enquanto as portas se abriam atrás deles.

— Fácil demais — murmurou Kate enquanto entravam no elevador. Ela apertou o botão da cobertura com a familiaridade de alguém que volta para casa, o que não pôde deixar de notar.

— Vira essa boca para lá — sussurrou Ani, com raiva, enquanto o elevador subia.

— Total — disse Jackson. — Podemos cair mortos a qualquer segundo.

Todos ficaram quietos, e os únicos sons na caixa de aço eram as batidas do coração deles e o murmúrio quase inaudível de Emily contando o tempo.

August nunca tivera medo de morrer, por mais que pensasse a respeito. A ideia de se desfazer o incomodava, claro, mas sua própria morte era um conceito que não conseguia compreender, mesmo se esforçando muito.

Mas a *perda* era algo que o assustava.

Perder aqueles de quem gostava.

Perder a si próprio.

A ausência que restava.

Leo teria desdenhado daquilo, Soro sequer entenderia a lógica e Ilsa nunca fora de discorrer sobre o inevitável. Mas, para August, aquele medo era a maior sombra em sua vida, o monstro que combatia e nunca conseguia vencer, o motivo por que queria tanto *não* sentir.

E, ali, cercado por sua família, sua equipe e seus amigos, o medo tomou conta dele. Ilsa estava sozinha, Henry estava morrendo e tantas pessoas que amava cabiam naquela caixa de metal.

Tudo poderia se perder.

Kate apertou a mão dele antes que o elevador parasse e as portas se abrissem.

A COBERTURA SURGIU DIANTE DELES, silenciosa e escura, e a única coisa que August ouviu foi o som de uma respiração abafada. Correu sem pensar, atravessou o corredor, entrou na sala de estar e lá estava ele.

Henry.

Amarrado à cadeira, atordoado e pálido, mas vivo.

Os números vermelhos reluziam na coleira em seu pescoço.

24:52

24:51

24:50

— Ani — Emily ordenou, mas a técnica já estava ao lado de Henry, assim como Jackson, verificando os sinais vitais dele enquanto Harris e Soro atravessavam o apartamento.

Emily se ajoelhou ao lado do marido.

— Estou aqui — disse. — Estamos aqui. Você é um imbecil completo e vou te matar depois que estiver a salvo, mas estamos aqui.

Henry tentou falar, mas sua boca estava amordaçada. Quando Em esticou o braço para tirar a fita, Ani a deteve.

— Não encoste em nada até eu desativar isso — ela avisou.

Henry baixou a cabeça diante do rádio crepitando na gola de August.

— *Segundo andar: nada.*

— Tem dois cadáveres aqui — disse Kate. — Ambos humanos.

Harris ressurgiu.

— Os quartos estão vazios.

— Não tem mais ninguém — disse Soro.

Não fazia sentido.

— *Terceiro andar: vazio* — disse outra voz pelo rádio.

August franziu a testa. Onde estavam os malchais? Onde estavam os *garras*? Onde estavam todos os monstros? Ele viu as mesmas perguntas estampadas no rosto de Kate enquanto ela tirava um tablet de baixo de um dos cadáveres.

— Não faz sentido — disse Ani, mexendo no dispositivo.

— Espera... — começou Em, mas ela já estava tirando a coleira do pescoço de Henry, arrancando as peças com uma força que ninguém deveria usar ao mexer com uma bomba ativa.

Mas então August entendeu: era de propósito.

Ela não estava ativada.

Não era uma bomba. Só uma coleira, como a que os garras usavam, com alguns pedaços de fios coloridos e um relógio.

— O que está acontecendo? — perguntou Harris.

— *Quarto andar: nada.*

Ani tirou a fita da boca de Henry. Ele estava rouco, sem fôlego, mas suas palavras ecoaram.

— É... uma armadilha.

Todos se enrijeceram conforme as vozes continuavam pelos rádios.

— *Quinto andar: não encontramos nada.*

— Se é uma armadilha — disse Em —, por que não fomos atacados?

— Porque não somos o alvo — disse Kate, erguendo o tablet.

Atrás do risco de sangue na tela, August viu um mapa da cidade e um prédio bem conhecido: o Complexo.

Kate já estava correndo para o elevador.

— Precisamos voltar. Agora.

Soro emitia uma série de ordens pelo rádio enquanto Jackson e Ani erguiam Henry. As pernas dele cederam, o ar chiava em seu peito. Sua pele estava cinza.

— Fique comigo — disse Em.

Kate chamou o elevador. August pensou em Ilsa, nas portas do Complexo, em Colin no saguão, nos dez mil inocentes enfiados num prédio com capacidade para mil e quinhentas pessoas.

O elevador chegou, mas, quando as portas se abriram, não estava vazio.

Alice estava no círculo de luz, abrindo um sorriso afiado.

—Vão a algum lugar?

O caminhão sacudia e vibrava sobre o terreno irregular atravessando os túneis embaixo da cidade, com seus raios de luz cortando um caminho na escuridão sólida. Os corsais chiaram, mas Sloan ia compensá-los. Afinal, logo haveria cadáveres de sobra.

Finalmente, a última abertura estava à vista.

Alice tinha feito bem seu trabalho — uma grande cratera fora aberta entre o túnel novo e o antigo, e os escombros haviam sido removidos para dar lugar a uma estrada. O caminhão a atravessou devagar e entrou numa estação de metrô abandonada. Uma ampla escadaria terminava numa parte do prédio antes cerrada, que marcava o lugar onde o metrô tinha sido fechado para construírem em cima dele, mas uma explosão havia aberto um buraco ali também.

Os malchais descarregaram a jaula do caminhão enquanto Sloan subia as escadas e entrava no espaço em cima, abrindo os braços triunfante.

Ele estava dentro do Complexo.

Era um corredor simples de concreto, com S3 marcado nas paredes e uma série de portas de aço abertas que levavam a cômodos que pareciam celas. Seriam perfeitas, para os sunais, ele pensou. Soro podia ficar em uma e August, na outra. Seria bem fácil deixá-los com fome até que sucumbissem às trevas.

Os malchais içaram a jaula encoberta para o corredor e Sloan pousou as mãos enluvadas sobre o manto dourado. Sua pele formigava de dor e de ansiedade saborosa. Era como o momento antes de uma caçada, aqueles segundos preciosos depois que a presa foi solta, quando a tensão crescia, os sentidos se afiavam e tudo ficava aguçado, ficava claro.

— Consegue sentir lá em cima? — Sloan murmurou. — Eles são minha oferenda para você.

Ele apertou o manto dourado, saboreando o calor abrasador enquanto o tirava. Imaginou-se como um mágico realizando um número, mas, em vez de torcer para mostrar a jaula vazia, torcia para que ainda estivesse cheia.

E estava.

Olhos prateados permaneciam suspensos numa nuvem de sombra, encontrando os dele logo antes de um alarme disparar.

Sloan ergueu os olhos e viu o único olho vermelho de uma câmera de segurança. Então sorriu, porque os alarmes tinham soado *tarde demais*.

A jaula estava vazia.

A sombra, à solta.

As luzes em volta piscaram fracas e, segundos depois, Sloan foi recompensado com o som de gritos em algum lugar lá no alto.

𝍮𝍮|

Ele encontra
a morte
aguardando
em dez mil
corações batendo
dez mil
corpos inquietos
afinados como
instrumentos
prontos
para ser tocados
e juntos
vão
fazer
uma melodia
magnífica.

Alice saiu do elevador.

O estômago de Kate se revirou ao vê-la. A malchai usava suas roupas antigas, com as mangas da blusa manchadas de sangue seco. Seu cabelo branco estava preso num rabo de cavalo e os olhos vermelhos brilhavam sob a franja pálida.

August já estava erguendo o violino e a flauta de Soro estava quase encostando em sua boca, mas, antes que tocassem, Alice abriu a mão, revelando um detonador.

— Não — ela disse. — Vocês podem ser rápidos, mas vou ser mais.

Soro a encarou com fúria e August cerrou os dentes enquanto abaixava o instrumento um centímetro. Poderia ser um blefe, pensou Kate, mas o brilho nos olhos vermelhos de Alice dizia o contrário.

— Já vai embora? Acabou de chegar. — As palavras poderiam ser para qualquer um, mas Kate sabia que eram para *ela*.

E entendeu.

Aquilo não era sobre Norte e Sul, ou Sloan e Flynn.

Era sobre *elas*.

— Alice — começou August, mas Kate o interrompeu.

— Se eu ficar — ela perguntou à malchai —, você deixa os outros irem?

O sorriso de Alice ficou maior.

— Com prazer. — Ela deu um passo para o lado e apontou para o elevador. — A liberdade é de vocês pela bagatela de uma única pecadora.

— Não — disse August entredentes.

— Eu cuido disso — ela disse para ele, mas mantendo os olhos em Alice. — Pegue Henry e volte para o Complexo. Eles precisam de você.

— Nós vamos juntos.

Ela encarou August e viu dor em seus olhos, e medo, o que lhe deu esperança. Não por ela, não por eles, não por nada nem ninguém além dele. August não ia desistir. Ele ainda estava ali.

— August — ela disse. — As pessoas vão morrer se vocês não forem.

— Ah, imagino que já estejam morrendo — disse Alice alegremente.

Naquele exato momento, a estática encheu os rádios, seguida por um sinal de socorro, não dos Esquadrões Noturnos, mas do Complexo.

— *S.O.S., S.O.S., estamos sob ataque...*

— Tique-taque — ironizou Alice.

Flynn tentou se empertigar, falar alguma coisa, mas nada saiu; seus pulmões chiavam conforme ele lutava para respirar.

— Ah, não — disse Alice. — Ele não parece nada bem.

— *Vão!* — gritou Kate.

Quem se moveu primeiro foi Soro, lançando um olhar incompreensível para ela enquanto entrava no elevador. Depois foi a vez de Jackson e Ani, carregando Flynn enquanto Emily dava cobertura caso a malchai mudasse de ideia. August foi o último, com o maxilar tenso. Kate se obrigou a encará-lo. Conseguiu até abrir um sorriso, subitamente grata pela esperança não valer como uma mentira.

— Encontro vocês lá — ela disse, antes que a porta se fechasse.

★

O jipe cortou a noite.

Os sinais de socorro continuavam a chegar, enchendo os canais com relatos apavorados interrompidos sobre uma sombra e soldados da FTF enlouquecidos. August soube o que significava: o devorador de caos estava no Complexo.

Soro acelerou enquanto as vozes nos rádios davam lugar à estática ou a disparos. No banco de trás, Henry jazia caído; Em dizia "Fique comigo" várias e várias vezes, e Jackson monitorava o pulso dele. August estava com a cabeça entre as mãos e só via Kate quando fechava os olhos, sua expressão enquanto a deixava para trás, enquanto tentava dizer a si mesmo que não tivera escolha — mas era mentira. Sempre havia escolha. O sentido de estar vivo era poder escolher, não era?

— Kate escolheu. — As palavras vieram de Soro, cuja expressão indicava que August tinha falado sem perceber. — Ela escolheu ficar e lutar. Agora, o que *nós* vamos fazer?

August se empertigou, porque Soro tinha razão. Kate estava lutando. Henry estava lutando. Era a vez deles. Segurou o violino com força. Não sabia como deter o devorador de caos, mas sabia como impedir que os soldados da FTF matassem uns aos outros.

Eles só tinham que chegar lá.

— Quando voltarmos ao Complexo — ele disse —, eu e você vamos entrar pelos fundos. Os Esquadrões Noturnos vão ficar do lado de fora.

— De jeito nenhum — murmurou Harris do banco de trás.

— Isso é uma ordem — disse August. — O Complexo é uma zona de quarentena agora. Avise pelos rádios que *ninguém* deve passar pela faixa de luz. Usem os jipes para criar uma barreira e impeçam *qualquer coisa* que sair. Eu e Soro cuidamos do resto.

Sloan não conseguia evitar.

Queria apreciar a vista. Os alarmes tinham sido disparados, mas as luzes continuavam a piscar e diminuir enquanto ele subia a escada, os sons da matança mais próximos a cada passo. Um corpo desceu a escada rolando, com o uniforme rasgado pelo que pareciam unhas.

Os humanos sabiam ser verdadeiramente monstruosos, ele pensou, passando por cima do cadáver.

Quando chegava ao andar principal, foi atingido pelo aroma doce de sangue fresco. O sangue riscava o chão claro do salão e corria pelas paredes, saía dos corpos. Para onde quer que olhasse, os humanos atacavam uns aos outros.

Um homem enfiou uma faca na barriga de outro e uma mulher estrangulava o pescoço de um rapaz. Sloan passou por todos como um fantasma, sem ser notado, os olhos deles nublados de prata, indicando que estavam sob o controle do monstro.

A sombra em si estava no centro do saguão, mais sólida conforme se alimentava de tanta violência; e os sunais, a única esperança da FTF, estavam do outro lado da Fenda, atacando uma torre vazia. Quando chegassem ali, tudo estaria acabado. Quando...

O silvo de aço zuniu no ar, e Sloan virou bem a tempo de desviar de uma faca, que cortou sua camisa e arranhou sua pele.

Ele se pegou encarando um fantasma.

Um fantasma com uma nuvem de cachos vermelhos e uma cicatriz irregular na garganta.

— *Ilsa*.

O jipe deu a volta pelo Complexo e parou cantando os pneus, à frente do resto do comboio. Os dois sunais saltaram para a faixa de luz. A primeira coisa que August viu foram os corpos espalhados.

Uma porta nos fundos estava entreaberta, segurada pelo cadáver de um soldado que devia ter tentado escapar, com marcas de tiro nas costas. Não havia tempo para cuidar dos mortos. August fechou os olhos por um instante enquanto passava por cima do corpo, e Soro apertou os dedos na flauta enquanto o seguia.

Do lado de dentro, reinava o caos. A energia piscava e, sob a luz instável, os cadáveres, em sua maioria de farda verde e cinza, cobriam o corredor.

Aqui e ali, um corpo respirava.

Aqui e ali, uma voz gemia.

Mas havia tanto silêncio, silêncio demais para tantos corpos.

Um soldado estava caído no chão, com as costas apoiadas nas portas da sala de treinamento. August sentiu um aperto no peito quando reconheceu os olhos castanhos no rosto sincero. Colin estava sangrando, embora não desse para saber por onde. Quando August se aproximou, o garoto ergueu a cabeça e chegou a sorrir.

— Eles estão seguros — disse. — Fechei as portas antes que — Colin tossiu — antes que a coisa visse... antes que eles vissem...

Ele perdeu a voz e fechou os olhos. August foi verificar seu pulso, mas a mão de Soro já estava em seu ombro, para que se levantasse logo. Tinham de continuar. Cada segundo era uma vida. August se ergueu no exato momento em que uma voz veio do saguão.

Uma voz que o fazia lembrar de febres, aço frio e de sucumbir.

Mas a questão não era apenas a voz de Sloan. Era também a única palavra que ele disse.

— *Ilsa*.

August se voltou para Soro.

—Vá para o centro de comando — ele disse —, ligue o sistema de comunicação interna e comece a tocar.

Os olhos de Soro se iluminaram em compreensão enquanto avançava para a escada. August corria para o saguão, a irmã e Sloan.

||||| ||||| |||

— Você sujou minhas roupas de sangue — disse Kate enquanto observava a sala, tentando traçar um plano em sua mente.

A malchai olhou para a camisa.

— Hum, de quem será esse sangue? — Alice sorriu, mostrando os dentes. — Sabe o que sempre me pergunto?

Kate deu um passo discreto para o lado, aproximando-se do sofá.

— Por que seu cabelo não é tão bonito quanto o meu?

Os olhos vermelhos de Alice se estreitaram.

— Como vai ser a sensação de tirar sua vida. — A malchai se agachou, deixando o detonador em pé no chão. — Há uma beleza nisso, não acha? É poético. O que acontece quando o efeito mata a causa? — Ela se levantou. — Passei os últimos seis meses vendo Sloan matar cópias suas. Curiosa para saber se sentiria metade daquele prazer. Acho que sim.

Kate apertou a estaca enquanto a sombra em sua cabeça insistia para entrar, para *sair*.

— Já acabou?

Alice fez um biquinho.

— Você não é muito de falar, né? Tudo bem.

A malchai avançou — tão rápida que pareceu se turvar, desaparecer —, mas Kate também se moveu, desviando. Apoiou um pé em cima do sofá e pulou, enfiando a estaca no vulto turvo sob ela...

Um instante tarde demais.

A arma arranhou o chão. Kate rolou e levantou, bem a tempo de bloquear o chute de Alice em seu peito. A dor explodiu em seu braço, onde o golpe acertou, e a estaca escorregou para o chão.

Kate engasgou e sacou a segunda estaca enquanto tentava desviar da malchai, que já estava ali. Suas unhas riscaram o rosto de Kate, fazendo brotar linhas finas de sangue na bochecha dela.

Alice sorriu com o vermelho em seus dedos.

— Sinceramente, não acho que seja páreo para mim — ela disse, sacudindo a mão. — Sou você melhorada. Não tem a mínima chance.

Kate virou a estaca na mão.

— Você deve ter razão.

Ela passou a mão no cabelo, tirando a franja da frente do rosto para exibir as fissuras prateadas. Os olhos de Alice oscilaram em desconfiança e surpresa, então foi a vez de Kate sorrir.

— Ainda bem que não sou apenas eu mesma — ela disse.

Desde aquele momento em Prosperidade, Kate queria lutar, ferir, matar, mas havia resistido, resistido e resistido, fugido da sombra, sabendo que era apenas uma questão de tempo até ser controlada por ela.

E agora, finalmente, podia parar de fugir.

Bastava deixar as trevas entrarem.

Bastava deixar o monstro sair.

E foi o que fez.

Finalmente, Kate se permitiu parar de resistir. O mundo ficou em silêncio enquanto a sombra a dominava.

Não havia medo ali.

Não havia nada além daquela sala.

Daquele momento.

O ferro cantava em suas mãos.

Os olhos de Alice se estreitaram, como se ela conseguisse *ver* a mudança em Kate.

— O que é você? — a malchai rosnou.

Kate riu.

— Não sei — ela disse. — Vamos descobrir.

August chegou ao saguão bem a tempo de ver Sloan empurrar Ilsa contra a parede do lado oposto, fazendo a faca cair dos dedos dela. O cabelo de sua irmã estava empapado de suor e a gola da blusa tinha rasgado, expondo uma faixa de estrelas ao longo do ombro.

Sloan chutou a faca para longe e se aproximou.

— O que você disse? — ele sussurrou. — Não consegui ouvir.

— Sloan! — August gritou. O monstro suspirou e deixou Ilsa cair no chão.

— August — murmurou o malchai. — Há quanto tempo.

Da última vez que tinha enfrentado Sloan, August estava faminto, febril, à beira da mortalidade. Tinha sido amarrado num depósito e espancado a ponto de sucumbir às trevas.

Mas ele tinha mudado.

Ainda estava mudando.

Sloan apontou para o caos.

— Conheceu meu bichinho de estimação?

O Complexo era um campo de batalha. Soldados lutavam no chão sujo de sangue, aprisionados no feitiço violento do monstro.

Rápido, Soro, August pensou.

Muitos ainda estavam vivos, mas estavam todos matando uns aos outros. E ali, no centro do saguão, imóvel como o olho de um furacão, estava o devorador de caos, com a cabeça inclinada para trás e os braços abertos, como se para receber a todos.

Enquanto observava, August sentiu de novo aquele frio terrível e o vazio em seu peito, como fome. Então se obrigou a encarar Sloan.

— Ainda se mantendo nessa casca humana, pelo que vejo. — O malchai estalou a língua. — Leo teria me enfrentado em sua forma real, monstro contra monstro, um contra um.

— Não sou Leo — disse August. — E não vai ser um contra um.

Ilsa estava em pé, e o ar à sua volta tinha ficado gélido. Ele já tinha visto sua irmã perdida, doce e sonhadora, mas nunca furiosa.

Até aquele momento.

A faca estava de novo em sua mão, enquanto o arco de aço estava na de August. Sloan devia ter sentido a balança pesando contra ele, porque deu um único passo para trás, sendo bloqueado pelo corpo de um cadete caído. Naquele instante de desequilíbrio, August e Ilsa atacaram.

Sloan teve de escolher, e escolheu August. Mas, quando o malchai derrubou o arco, Ilsa avançou atrás dele com a graça de uma bailarina e enfiou a faca atrás do seu joelho. Sloan urrou e cambaleou, com uma perna ameaçando ceder, mas August o pegou pelo colarinho.

O malchai atacou os olhos de August e saltou para trás, mas Ilsa estava lá. Ela chutou a outra perna dele, que caiu de joelhos no chão. Então levou a faca à garganta do inimigo, enquanto August pegava seu arco caído.

O malchai rangeu os dentes.

— Diga, August, onde está Kate? — Aquilo o pegou desprevenido. — Você certamente não a *largou* com Alice.

— Cala a boca.

Sloan riu.

— Ela não tem a mínima chance.

A surpresa perpassou o rosto de Ilsa. Sua mão deve ter perdido força, porque Sloan se levantou com um salto numa última tentativa desesperada de liberdade. A faca traçou uma linha superficial na garganta dele, mas o malchai estava livre — e depois não estava mais. August entrou na sua frente.

— Você está *errado* — ele rosnou, cravando o arco de aço diretamente no coração de Sloan.

Ainda em pé, o malchai oscilou, mas, ao contrário de Leo, August tinha acertado. Sloan caiu, e seus olhos vermelhos se arregalaram antes de sua luz se apagar.

𝍧
𝍧
||||

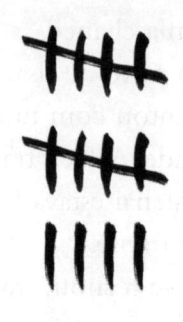

Ele está
no centro
de um sol
ardente
mais
e mais brilhante
a cada
vida tirada.

Kate avançou para o cepo onde estavam as facas.

Seus dedos roçaram no cabo mais próximo antes de Alice derrubar tudo do balcão. As facas se soltaram, escorregando pelo chão da cozinha. Kate rolou e pegou uma, enquanto Alice pegava outra.

— Como é a sensação de saber que só estou aqui por sua causa? — Alice perguntou, girando a faca.

A lâmina cortou o ar, mas Kate desviou por pouco, e a faca se cravou no armário. Então Kate tentou acertar a barriga de Alice, mas a malchai estava com o cepo na mão, e a ponta da faca se cravou na madeira, soltando da mão de Kate antes de Alice acertar o próprio cepo nas costelas dela.

A dor se espalhou pelo peito da garota, aparecendo e desaparecendo, uma explosão de luz tragada rapidamente pela sombra. Ela pegou um cutelo, com o sangue zunindo.

— De saber que todas as pessoas que matei... e foram muitas — acrescentou Alice com um riso maníaco —... estão mortas por *sua* causa?

Suas palavras tinham a intenção de ferir...

— Que tudo que faço é por sua causa?

... mas não atingiam Kate.

— Você consegue sentir quando eu mato? — provocou Alice.

Não havia nada além do peso frio das armas em suas mãos.

— Um calafrio percorre seu corpo?

—Você nunca *cala a boca*? — Kate perguntou, fingindo atacar com a faca antes de cravar a estaca na mão de Alice, imobilizando-a na bancada da cozinha. A malchai soltou um grunhido de dor, mas, quando Kate se moveu para cortar sua garganta, ela se libertou.

As duas colidiram, de novo e de novo.

Separaram-se, de novo e de novo.

Até o sangue pontilhar o chão, vermelho e negro.

Pingando das mãos e dos maxilares como suor.

Alice riu.

Kate rugiu.

E elas colidiram de novo.

cada grito
como um fio
como músculo
dando forma
a ele
até
por fim…

August puxou o arco e deixou o corpo de Sloan — ou o que restava dele — cair no chão enquanto Ilsa respirava assustada. Era a coisa mais próxima de um som que tinha soltado em meses. Ele virou, acompanhando o olhar dela.

O devorador de caos ainda estava lá, mas não era mais uma sombra de olhos prateados.

Era um ser de carne e osso. August conseguiu ouvir pulmões se enchendo de ar e algo como um coração batendo no peito da criatura enquanto uma boca se talhava em seu rosto, lábios se curvavam num sorriso, o sorriso se abria para revelar uma voz e...

Eu
sou
real.

A voz cortou August como uma tempestade, abrindo caminho por sua cabeça, por seu peito.

Acertou o carvão que ardia ali, as trevas esperando para ser soltas. August apertou o peito que acendia, com as marcas em sua pele queimando vermelhas.

Ele lutou
e perdeu
e começou a sucumbir
em direção àquele eu sombrio
para longe de seu corpo...
para longe de...
A música fluiu pelos alto-falantes.

As notas firmes da canção de Soro se derramaram sobre o saguão.

Banharam August como um bálsamo, apagando o fogo antes que se espalhasse. Ele se esforçou para se apoiar nas mãos e nos joelhos e viu Ilsa no chão ao seu lado, a luz das estrelas se apagando enquanto a febre a deixava. Em toda parte, a luta cessou.

A música não podia ressuscitar os mortos, mas as almas vivas se acalmaram, envolvidas pelo feitiço de Soro.

As armas escaparam dos dedos, as mãos soltaram a pele, os ataques se dissolveram imóveis até parar completamente.

Por todo lado, luzes subiram à superfície das peles, brancas no começo, depois riscadas de vermelho, o brilho carmesim vazando pela beirada das almas, manchando todas, sem exceção.

Todos ficaram imóveis.

Exceto pelo devorador de caos.

Ele estremeceu e se contorceu, lutando para manter sua forma, tentando abrir a boca que se dissolvia, ressurgia e dissolvia de novo, contendo sua voz. Mas então ele começou a *vencer* sua luta contra a música. Seus contornos se enrijeceram, a linha de sua boca ficou firme, e August soube que não tinha muito tempo.

O ar em volta do monstro crepitou e se partiu, linhas negras se abrindo como estilhaços, lembrando uma alma, só que fria e vazia.

August levantou, forçando-se a seguir em frente.

Ele havia ceifado a alma de um malchai que quase o matara.

Havia ceifado a alma do irmão, que ainda lutava dentro dele.

E, enquanto seus dedos se aproximavam do estilhaço mais próximo, August se perguntou como seria...

Algo passou bruscamente por ele, rápido como o ar.

Uma nuvem de cachos e uma constelação de estrelas.

E então elas sumiram, tragadas pela fumaça enquanto Ilsa se *transformava*, entre um passo e outro, o ar fumegante em volta de chifres e asas em chamas. Uma luz azul, como o centro de uma chama, brilhava através da pele dela enquanto Ilsa enlaçava o devorador de caos com os braços, e o salão *explodia* em prata e sombra, duas forças colidindo de uma maneira que estremecia o mundo.

August cambaleou, protegendo os olhos.

Quando se virou de novo, o devorador de caos havia sumido.

E Ilsa estava sozinha no centro do saguão.

"Ilsa tem dois lados", Leo havia dito. "Eles não se encontram."

August sempre tinha imaginado a verdadeira forma de sua irmã como o oposto de sua forma humana, tão cruel quanto ela era doce; mas, ao encarar no fundo dos olhos negros da sunai, só via sua irmã.

E, diante de seus olhos, a fumaça recuou e as asas foram consumidas pelo fogo, os chifres voltando a ser cachos vermelhos.

Mas a pele dela, que deveria estar lisa e sem estrelas, rachava. Linhas escuras como fissuras fundas começaram a surgir em suas mãos e se espalhar, subindo pelos braços, passando pelos ombros e atravessando o rosto.

Ilsa ergueu os olhos para August, que viu a tristeza neles logo antes que ela se estilhaçasse.

|||| |||| ||||

Kate cambaleou, com a visão turva. Quando recuperou o foco, o mundo estava entorpecido, sem nitidez. Seus braços e pernas tremiam, seu corpo estava dolorido, a sombra em sua cabeça tinha *desaparecido*.

E Alice estava em cima dela.

A malchai a segurou pela garganta e bateu suas costas contra as janelas que ocupavam toda a parede. O vidro trincou contra a espinha da garota, as rachaduras se espalhando perigosamente.

— Qual é o problema? — Alice provocou. — Está sem fôlego?

Em vez de tentar se libertar, Kate a segurou pelo colarinho e a puxou com força, desequilibrando a malchai.

Ela ganhou um segundo com isso — o suficiente apenas para respirar e se proteger atrás do que restava da mesa de centro, uma pilha de cacos de vidro e lascas de madeira. Alice passou por cima dela com um cuidado exagerado, então Kate recuou um passo e mais um.

Ela estava fugindo.

E Alice sabia daquilo.

Sua mente estava a mil enquanto usava suas últimas forças para pensar num plano.

Havia uma faca ensanguentada no balcão.

Alice estalou a língua.

— Que sem graça.

Kate avançou para pegá-la.

Quase conseguiu.

Seus dedos tocaram o metal antes de Alice pegar sua perna, cravando as unhas fundo na panturrilha. Kate engasgou de dor, soltando um som animalesco que pareceu atiçar a sede de sangue da malchai, que a arrastava para o chão. A garota se contorceu para ficar de costas, e deu um chute na cara do monstro. Alice se encolheu, mais de surpresa que de dor, então Kate levantou com dificuldade. Ela tentou ignorar o sangue escorrendo, tentou ignorar a dor crescente, tentou ignorar tudo além dos olhos vermelhos de Alice sob a luz fraca.

Então fechou os dedos, sabendo muito bem que estavam vazios. Uma estaca de ferro cintilou no chão, no meio do caminho entre elas, e Alice arreganhou os dentes, desafiando Kate a tentar chegar primeiro.

Ela sabia que não conseguiria — era devagar demais sem o monstro em sua cabeça e estava perdendo sangue, perdendo força, *perdendo...*

— Eu desisto — ela disse. — Você venceu.

As palavras pegaram Alice de surpresa, que era exatamente o que Kate queria. Ela mergulhou para pegar a arma. Alice se moveu um segundo tarde demais, a mão de Kate já estava fechada em volta da estaca e ela virou, encontrando-a quando a malchai a encontrou.

Kate cravou a estaca no peito de Alice.

E Alice enfiou a mão no peito de Kate.

𝍷𝍷𝍷𝍷𝍷
𝍷𝍷𝍷𝍷𝍷
𝍷𝍷𝍷𝍷𝍷
𝍷

August caiu de joelhos no chão do saguão.

Não havia restado nada de Ilsa, nada além de uma pilha branca de cinzas e um mundo de vermelhidão, e ele se ouviu dizendo o nome dela várias e várias vezes, até o mundo perder o sentido, até sua voz vacilar e embargar. August estendeu a mão e passou os dedos nas cinzas.

Então se obrigou a levar a mão ao rádio, obrigou as palavras a saírem, obrigou o corpo a se levantar enquanto a música parava de tocar e Soro surgia, com os olhos escuros arregalados diante de tantas almas maculadas. Momentos depois, os Esquadrões Noturnos entraram, os vivos voltaram a si e o Complexo mergulhou em choque, tristeza e barulho.

August começou a recuar, então sentiu algo rachar sob seu calcanhar. Um tablet abandonado. Ele se ajoelhou para pegá-lo e viu que imagens da cobertura estavam sendo transmitidas. A tela estava escura. Não havia sinal de Alice. Não havia sinal de Kate.

Não havia sinal de vida.

O tablet caiu de suas mãos.

August correu.

As portas do elevador se abriram e ele entrou na cobertura de Harker.

Era uma bagunça de móveis revirados, vidro quebrado, armas cintilando e uma janela marcada por uma teia violenta de rachadura. Sangue manchava quase todas as superfícies, parte dele vermelho e parte preto, e cinzas úmidas estavam empilhadas num monte no chão. August mal prestou atenção nelas, porque tudo o que viu foi Kate.

Kate, sentada no escuro diante do balcão da cozinha, com um braço no colo e o outro apoiado na bancada, segurando a estaca de ferro.

Ela ergueu os olhos quando August entrou. O prateado não estava mais ali, tendo sido substituído pelo azul uniforme, destacado pelo sangue em seu rosto.

—Vencemos? — ela perguntou.

Um som escapou da garganta dele, algo entre um riso e um choro, porque August não sabia como responder. Parecia errado chamar aquilo de vitória, com tantos mortos, com Ilsa transformada em cinzas, com Henry cada vez mais fraco, com o Complexo banhado de sangue. Mas o devorador de caos estava morto, e Sloan também, então ele disse:

— Sim.

Kate expirou, trêmula, e fechou os olhos.

— Que bom.

Ela deixou a estaca rolar de seus dedos. August franziu a testa ao ver a palma da mão dela coberta de sangue vermelho, que pingava no chão.

—Você precisa de um médico.

Kate só abriu um sorriso cansado.

— Sou mais forte do que pareço — ela disse. — Só quero... — Ela se forçou a levantar, e uma sombra de dor perpassou seu rosto enquanto avançava na direção dele.

Mas Kate não foi muito longe.

August já estava lá quando as pernas dela cederam. Ele a segurou e pousou seu corpo no chão. Mesmo sob a luz fraca, pôde ver o sangue encharcando a parte da frente da blusa dela, como havia acontecido quando tinham ficado presos no vagão de metrô, quando as luzes haviam se acendido e o mundo deixara de ser preto e branco para ficar de um vermelho feroz.

— Fica comigo — ele disse.

Aquelas palavras tinham sido dela, ditas quando ele estava doente, em chamas, quando Kate pegara a mão ardente dele e o puxara, então August se levantara, a segurara. Ela *tinha* que ficar agora.

— Fica comigo, Kate.

— Eles ficam com *você*? — ela murmurou, e August não entendeu o que quis dizer, porque só conseguia ver e pensar no sangue.

Tanto sangue.

Encharcava as roupas dela a partir de um rasgo irregular e escuro na camisa. Quando August pressionou as mãos na ferida, Kate estremeceu, a luz vermelha subindo à pele.

— *Não*. — Ele tentou recuar, mas Kate pegou a mão dele, segurando-a ali. — Kate, por favor, me deixa...

— As almas que você pega. — Os dedos dela apertaram os dele. — Elas... ficam?

E ele soube o que ela estava perguntando, e soube o porquê, mas não sabia como responder.

— Não sei, Kate. — Ele pensou em Leo, na voz de seu irmão em sua cabeça, em todas as vozes que nunca ouvia. — *Não sei*.

— Às vezes — ela disse entredentes —, queria que você conseguisse mentir.

— Sinto muito. — Lágrimas escorriam pelo rosto dele.

— Eu não. — Kate pressionou sua mão sobre a dele, e August

abaixou a cabeça, tentando pressionar a ferida enquanto a luz vermelha ficava mais forte.

August não queria nada além de devolver a alma dela, fazer com que se segurasse firme, como Kate havia feito com ele. Mas não conseguia. Não sabia como. August fechou os olhos enquanto a luz da alma de Kate entrava nele, forte e luminosa.

— Eu não sei — ele sussurrou. — Não sei se as almas continuam comigo. Mas espero que sim.

Não houve resposta.

August abriu os olhos.

— Kate?

Mas a sala estava escura e silenciosa, e Kate não estava mais lá.

ELEGIA

Ele encontrou Allegro raspando as patinhas na porta de Ilsa.

Fazia três dias e o gato parecia ainda não ter entendido que a garota das estrelas não existia mais.

August se ajoelhou.

— Eu sei. — Ele estendeu a mão com cuidado para acariciar o animal. — Também sinto falta dela.

Allegro o encarou com os olhos verdes e tristes antes de subir em seus braços e se aninhar ali. Estava claro que August tinha sido perdoado.

O sunai levou o gato para seu quarto e o deixou em cima da cama, ao lado do tablet de Kate. O resto das coisas dela — as estacas de ferro, o isqueiro prateado — estava numa mochila ao lado, mas era ao tablet que sempre retornava.

Não estava bloqueado e, quando August o tinha ligado pela primeira vez, encontrara uma caixa cheia de mensagens não enviadas. Bilhetes pela metade para pessoas que ele nunca tinha conhecido, que Kate nunca veria de novo.

Kate — o nome ecoou nele como uma única nota tocada. Não havia nenhuma voz em sua cabeça, nenhum jeito de saber se ela estava ali. Mas August podia acreditar.

Ele sentou na beira da cama com o tablet nas mãos e desceu pelas mensagens até encontrar a de Ilsa, cujo título dizia apenas AUGUST.

Sentiu um aperto no peito.

Sentia falta das duas, de maneiras diferentes; admirava-se com como pessoas diferentes deixavam vazios tão distintos.

Alguém bateu na porta. Ele ergueu os olhos e viu Henry parado ali, com uma mão no batente. O pai se movia como se feito de vidro, correndo o risco de quebrar a cada passo. Mas ainda não acontecera.

— Está na hora — disse Henry.

August assentiu e levantou.

A FTF se reuniu diante da Fenda, com faixas pretas nas mangas. Em respeito aos mortos.

Estavam todos na frente do portão central, com Henry apoiado em Emily e o Conselho ao lado deles. Henry achava que era importante que a FTF visse os rostos do futuro e os do passado.

August estava ao lado dele, seguido por Soro; a ausência de Ilsa era marcada por um espaço entre os dois. O violino de August pendia de seus dedos — ele queria tocar para os corpos sobre a muralha, para os mortos e os perdidos, para Ilsa e Kate, para todos levados por atos monstruosos; mas esperaria o sol se pôr, o fogo se apagar. Se os vivos quisessem ouvir, perder-se por um momento na música, seriam bem-vindos.

Ninguém disse nada, nenhum discurso foi feito, e não havia mal naquilo. O luto tinha sua música própria — o som de tantos corações, tantas respirações, tantas pessoas unidas.

A multidão se estendia da Fenda até o Complexo, um mar de rostos voltados para a muralha onde os corpos estavam dispostos, duzentos e noventa e oito membros da FTF vestidos de preto, como marcas de contagem.

Era um dia quente para o começo da primavera, com o sol cortando as nuvens. August estava com as mangas arregaçadas, revelando suas próprias marcas riscadas na pele.

Cento e oitenta e sete.

Não perderia a conta de novo.

Colin estava na frente da multidão. Apesar de seus ferimentos, ainda queria se alistar no Esquadrão Noturno. Sempre tinha sido cheio de uma esperança teimosa.

Esperança teimosa —

August gostou da expressão.

Kate provavelmente diria que ela era a teimosia e ele, a esperança. August não sabia se ela teria razão, mas se apegou a essa ideia — à esperança — enquanto Henry erguia a mão. Ele o imitou, assim como Soro, Emily, o Conselho e a multidão, o sinal se espalhando fileira por fileira até os soldados na Fenda acenderem a chama e os corpos na muralha começarem a queimar.

August subiu no terraço do Complexo. O sol descia e o fogo se apagava em brasas na Fenda.

Passos soaram atrás dele, que um momento depois, entreviu Soro, sentindo sua presença como algo sólido o bastante em que se apoiar.

Mesmo agora, ficava assombrado com a resolução de Soro, sua firmeza de propósito inabalável de uma forma que o sunai mais velho nunca tinha visto. August era cheio de perguntas, dúvidas, desejos, esperanças, medos e falhas. Não sabia se eram fraquezas ou forças, só que não queria viver sem aquilo.

Por um tempo demorado, ficaram em silêncio, então, pela primeira vez, foi Soro quem o quebrou.

— Eu vi as almas deles. Todos aqueles humanos, manchados de vermelho. Como podemos julgar agora?

August olhou para Soro.

— Talvez não devamos.

Ele esperou uma discussão, mas Soro ficou em silêncio de novo, girando a flauta entre os dedos enquanto observava o horizonte irregular. August seguiu seu olhar, para o lado norte da cidade, além da Fenda e da fumaça.

Em seu primeiro mês, August havia derrubado um pote de vidro vazio.

Havia escorregado por entre seus dedos e se estilhaçado no chão da cozinha, espalhando uma centena de cacos, alguns do tamanho de sua mão e outros pequenos como pó, impossíveis de ver a menos que refletissem a luz. Tinha levado um tempo enlouquecedor para recolher todos os cacos e, mesmo depois de pensar que a tarefa havia terminado, ainda via o vidro brilhando no chão horas, dias, semanas depois.

Os monstros em Veracidade eram como aquele pote.

Sloan e Alice eram os dois estilhaços maiores, que tinham sido extintos, para a segurança de todos, mas muitos pedaços menores haviam ficado. Os corsais, August só podia torcer para que morressem de fome com o tempo e a luz, enquanto alguns dos malchais haviam fugido para o Ermo. O resto estava espalhado pela cidade, determinado a sobreviver. Quase todos os garras haviam sumido, mas os que sobraram iam se tornar vítimas. Dos monstros. Ou dele.

Toda a cidade cintilava no pós-guerra, os cacos espalhados por ela, e August não sabia quanto tempo levaria para encontrar todos, para recolhê-los e tornar Veracidade segura novamente.

Quanto aos humanos, ainda estavam divididos — por raiva, perda, medo, esperança. Estavam progredindo, mas August percebera que sempre haveria fissuras na superfície, sombras sob a luz, inúmeros tons de cinza entre o preto e o branco.

As pessoas eram confusas. Não podiam ser definidas pelo que

tinham feito, mas pelo que *teriam* feito, sob circunstâncias diferentes, moldadas tanto por seus arrependimentos como por suas ações, as escolhas que defendiam e as que gostariam de poder fazer diferente. Mas não havia como, porque o tempo só seguia em frente, mas as pessoas podiam mudar.

Para pior.

E para melhor.

Não era fácil. O mundo era complicado. A vida era dura. E, muitas vezes, viver era dolorido.

Então faça a dor valer a pena.

A voz de Kate cochichou, súbita e agradável, e August respirou fundo. A escuridão caía sobre a cidade, e ainda havia muito trabalho a ser feito.

— Está pronto? — perguntou Soro.

August ergueu o violino e pisou na beira do terraço.

— Estou.

Agradecimentos

Este livro quase me matou.

Sempre digo isso, mas juro que desta vez foi para valer. Mas isso não quer dizer que não o amo — afinal, os livros só podem nos machucar se gostamos deles.

É assim que eles entram — através das rachaduras que o amor cria em nós.

Este livro quase me matou porque eu o amei. Adorei Kate e August, adorei contar a história deles. Desde o começo, sabia que não seria uma história feliz. Esperançosa, sim, mas num mundo com lugares como Veracidade até finais esperançosos têm um custo.

Este livro me custou algo, mas, por causa das pessoas que tive ao meu lado, não me matou.

Minha agente, Holly Root, que me lembrou de respirar.

Minha editora, Martha Mihalick, que me ajudou a levantar toda vez que eu caí (e então me manteve em pé).

Minha equipe na Greenwillow, que nunca perdeu a fé.

Minha mãe e meu pai, que me tranquilizaram ao lembrar que eu já tinha passado por isso.

Meus amigos, que tinham e-mails, mensagens e sua memória para provar isso.

Dizem que é um esforço conjunto, e mais do que nunca sinto que isso é verdade.

Obrigada.

1ª EDIÇÃO [2018] 1 reimpressão

ESTA OBRA FOI COMPOSTA PELA VERBA EDITORIAL EM BEMBO
E IMPRESSA PELA GRÁFICA BARTIRA EM OFSETE SOBRE PAPEL PÓLEN SOFT DA
SUZANO S.A. PARA A EDITORA SCHWARCZ EM AGOSTO DE 2021

A marca FSC® é a garantia de que a madeira utilizada na fabricação do papel deste livro provém de florestas que foram gerenciadas de maneira ambientalmente correta, socialmente justa e economicamente viável, além de outras fontes de origem controlada.